世说新语

顾豫葭 / 选编

南海出版公司
2020 · 海口

图书在版编目（CIP）数据

世说新语 / 顾豫葭选编. -- 海口 : 南海出版公司，
2020.7

ISBN 978-7-5442-6590-4

Ⅰ. ①世… Ⅱ. ①顾… Ⅲ. ①笔记小说—中国—南朝
时代 Ⅳ. ①I242.1

中国版本图书馆CIP数据核字（2018）第297321号

SHI SHUO XIN YU

世说新语

编　　者	顾豫葭
责任编辑	余　靖
排版制作	艺和天下
出版发行	南海出版公司　电话：(0898)66568511(出版)　(0898)65350227(发行)
地　　址	海南省海口市海秀中路51号星华大厦五楼　邮编：570206
电子信箱	nhpublishing@163.com
经　　销	新华书店
印　　刷	北京飞达印刷有限责任公司
开　　本	710毫米×1000毫米　1/16
印　　张	20
字　　数	225千
版　　次	2020年7月第1版　2020年7月第1次印刷
书　　号	ISBN 978-7-5442-6590-4
定　　价	45.00元

前　言

《世说新语》由南朝刘宋宗室临川王刘义庆及其门客编写而成。记载了东汉末年至南朝刘宋初年近三百年间六百多个主要人物的言行逸事，上至帝王将相，下至士庶僧徒。它集中反映了当时上层社会的生活面貌，而魏晋时期的名士风度则是其中记录得最为丰富、翔实的一部分。全书共分德行、言语、政事、文学、方正等三十六门。

魏晋时期是一个异彩纷呈的时代，由它所孕育造就的那种清俊通脱、超然物外、风流自赏的名士风度，历来为后世景仰，也对我国知识分子的精神内质产生了深远的影响。《世说新语》就是这一时期诸多风流人物的最好"画像"。书中众多气韵生动的风流人物，绘就了魏晋时期几代士人的群像，被赞誉为名士的"教科书"。许多脍炙人口的佳言名句，至今仍广为流传。如"千岩竞秀，万壑争流""小时了了，大未必佳""飘如游云，矫若惊龙"等。许多广泛使用的成语也是出自此书，如难兄难弟、拾人牙慧、咄咄怪事、标同伐异等。《世说新语》自问世后，对后世文学产生了重大影

响。如《唐语林》《续世说》《何氏语林》《今世说》《明语林》等都是模仿《世说新语》之作，被称为“世说体”。而唐宋诗词中的许多典故与意向也都来源于此。元明戏曲中，如《玉镜台》《击鼓骂曹》《周处除害》等都是从中取材而成。

《世说新语》三十六门给我们提供的知识广泛而又丰富。我们可以从中了解到一些历史情况，看到当时的社会状况、思想状况、生活面貌、风尚习俗等具有历史价值的材料。书中所记，多则百余言，少则十数字，有很多经过作者的精心雕琢，篇篇皆是短小精悍的佳作。其中情节的安排、渲染，言行的互为烘托，文辞的隽永质朴，都给人留下深刻的印象。全本《世说新语》三十六门力求展现出鲜活生动、气韵活现的魏晋名流风貌。

目　录

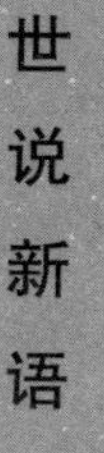

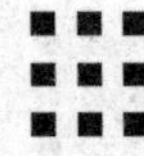

经典文学名作

JINGDIAN WENXUE MINGZUO

备考手册

特级教师倾力打造 ※ 重磅出击名著考点

世说新语

美文版

南海出版公司

作者素描

刘义庆（403—444），南朝刘宋宗室，文学家。彭城（江苏徐州）人。幼为宋武帝喜爱，受封南郡公，后过继给叔父临川王刘道规，袭封临川王。历任尚书左仆射、荆州刺史、江州刺史。刘义庆为人谦虚简素，寡嗜欲。爱好文义，文词虽不多，但足为宗室之表。延纳文学之士，远近必至。

刘义庆著述甚丰，但皆已散失。所撰以《世说新语》影响最大，是中国现存最早的一部志人小说。它主要记载了东汉后期到魏晋南北朝之间一些名士的言行与逸事。言简意赅，颇能传写人物神情；语言质朴，往往如口语，但意味隽永，颇具特色，在小说史上有较高地位。

内容综述

本书记述东汉至魏晋士族阶层人物的逸事与言行，分为“德行”“言语”“政事”“文学”“方正”“雅量”“识鉴”“赏誉”“品藻”“规箴”“惑溺”“仇隙”等三十六门，共一千余则故事。

所载人物，皆非虚构；言论故事，则多属传闻，或杂采众书，搜罗记录而成，并加以褒贬臧否，比较全面地反映出汉末以来盛极一时的品评人物和清谈的风气，表现了士族阶层的生活方式和精神面貌。其内容大致说来，一部分记述所谓“高士”“名流”的举止谈笑，称许其所谓“魏晋风度”“名士风流”。如《任诞》篇，写刘伶纵酒，以至于在室中脱衣裸体狂饮，称天地为其衣裤，万人万物皆在其裤中。表现了他们的不受任何拘束，恣意而行，自由放达。另一部分记述豪门士族的纵欲享乐的生活，如《汰侈》篇，记石崇与王恺斗富，大肆挥霍：石崇每宴客，常令美人行酒，客饮不尽，即斩美人。一次大将军王敦做客，竟固不饮以观其变，已斩三人，仍不饮，丞相王导责备他，他却说：“自杀伊家人，何预卿事?”石崇的残暴，王敦的冷酷，令人发指，但时人却以为大家风度。书中所选人物言行故事，虽然大多零碎不整，但却很有典型性，生动形象，令人读后难以忘怀。后世许多故事典故，出自本书。明胡应麟评本书说：“读其语言，晋人面目气韵，恍然生动，而简约玄澹，真致不穷，古今绝唱也。”鲁迅也评本书“记言则玄远冷隽，记行则高简瑰奇”。

《世说新语》的文字较为质朴，以简洁而意味隽永著称。文

中往往通过一两句话或一个小故事，比较深刻地反映出人物的性格特征。如：祖士少（约）好财，阮遥集（孚）好屐，并恒自经营。同是一累，而未判其得失。人有诣祖，见料视财物，客至，屏当未尽，馀两小簏，著背后，倾身障之，意未能平。或有诣阮，见自吹火蜡屐，因叹曰："未知一生当著几量屐!"神色闲畅，于是胜负始分。这种通过一个小动作反映出人物内心活动的手法，《世说新语》中多有。书中对人物评价不分轩轾，而优劣却很清楚，如记载别人评论谢道韫与张玄之妹说，"王夫人（谢）神情散朗，故有林下风气；顾家妇（张）清心玉映，自是闺房之秀"，实为推谢抑张。

《世说新语》记当时人语言，往往不避口语，故颇能传神。书中如"阿堵""宁馨""何乃"等语，保留了当时人的辞汇和语调，是语言学的珍贵史料；"兰阇""娵隅"则为少数民族的语言。阮修答王衍关于孔子和老庄的异同，只用"将无同"三字，表现了阮修的自信和研究有素。至于《简傲》写王徽之答桓冲问马匹之数，他答不上竟用《论语》"不问马"作答，画出名士之迂阔不切世情。《忿狷》写王螭对哥哥王胡之发火时说"冷如鬼手馨，强来捉人臂"，表现了狂怒者的心态。《雅量》写桓温"伏甲"请王坦之、谢安赴宴，"王之恐状，转见于色；谢之宽容，愈表于貌"，通过对比，显示了两人不同的性格。

《世说新语》承继着史传和先秦诸子散文以及汉刘向编的

《新序》《说苑》的影响，在记事写人方面具有自己的特色。正如明胡应麟所说："读其语言，晋人面目气韵，恍然生动，而简约玄澹，真致不穷。"记言委婉曲折，耐人寻味，应对巧妙，意境高远。在简约的篇幅中，通过记叙人物的片言只语或一两个行动，表现出人物性格特征。每则多者百余言，少或十数字，着墨精练，而一代人物，百年风尚，历历在目，如《俭啬》："王戎有好李，卖之，恐人得其种，恒钻其核。"只用十六字写了一件事的细节，画出了王戎的吝啬和刻薄。《世说新语》善于采用多种表现手法刻画人物，如《管宁割席》便是采用对比的手法，刻画管宁、华歆的不同性格：管宁、华歆共园中锄菜，见地有片金，管挥锄与瓦石不异，华捉而掷去之。又尝同席读书，有乘轩冕过门者，宁读如故，歆废书出看。宁割席分坐，曰："子非吾友也。"两个细节对比描写了两人的不同性格，后人常称绝交为"割席"，出于此篇。有的抓住人物性格特征作漫画式的夸张，如蓝田侯王述，此人性格方正刚强，《世说新语》中记载了他几则故事，其中《忿狷》中突出写他的性急，给人留下难忘印象：王蓝田性急。尝食鸡子，以箸刺之，不得，便大怒，举以掷地。鸡子于地圆转未止，仍下地以屐齿蹍之，又不得，瞋甚，复于地取内口中，啮破即吐之。"还有的篇目运用富于个性的口语，来表现人物的神态。有的口语一经作者加工，简约含蓄，后来成了广泛运用的成语，如"难兄难弟""咄咄怪事""一往情深"等。

《世说新语》对后世的影响很大，在真人真事的基础上选取生活片断来表现人物的逸事小说，成为我国笔记小说的一个重要流派。后世逸闻琐语之书有意摹仿它，如《唐语林》《续世说》《何氏语林》等。此外，《世说新语》还为后世小说、戏曲的创作提供了不少素材，如《三国演义》中"望梅止渴""七步成诗""黄绢幼妇"等，都是取自《世说新语》。

趣味链接

志人小说

产生和盛行于魏晋南北朝时期，以随笔录历史人物的逸闻旧事为内容。今存者有葛洪《西京杂记》、刘义庆《世说新语》，鲁迅辑录部分佚文编入《古小说钩沉》。志人小说往往以片言只语或一二行为描写一个人物，表述其某一特征。篇幅短小精悍，文笔简约灵活，勾勒人物、描摹情态，能隽永传神。如鲁迅评《世说新语》所谓"记言则玄远冷隽，记行则高简瑰奇"。但此类小说写人只止于真人真事的记录，不能很好地塑造典型形象，情节缺少虚构，多不丰富和完整，故不是完全意义上的小说。志人小说在宋、元、明、清的笔记小说中继续有所发展。

考点集萃

一、填空题

1. 陈仲举________，登车揽辔，有澄清天下之志。

2. 巨伯曰："友人有疾，不忍委之，宁以我身代友人命。"贼相谓曰："________"遂班军而还，一郡并获全。

3. 晋文王称阮嗣宗至慎，每与之言，________。

4. 王平子、胡毋彦国诸人，皆以任放为达，或有裸体者。乐广笑曰："________，何为乃尔也?"

5. 遗已聚敛得数斗焦饭，未展归家，遂带以从军。战于沪渎，败，军人溃散，逃走山泽，皆多饥死，遗独以焦饭得活。________。

6. 太中大夫陈韪后至，人以其语语之，韪曰："________!"文举曰："想君小时，必当了了!"韪大踧踖。

7. 融谓使者曰："冀罪止于身，二儿可得全不?"儿徐进曰："________?"寻亦收至。

8. 祢衡被魏武谪为鼓吏，正月半试鼓，衡扬枹为《渔阳掺挝》，________，四坐为之改容。

9. 毓对曰："战战惶惶，汗出如浆。"复问会："卿何以不汗?"对曰："________。"

10. 过江诸人，每至美日，辄相邀新亭，藉卉饮宴。周侯中坐而叹曰："________!"皆相视流泪。

二、判断题

1.《世说新语》的作者是刘孝标。 (　　)

2.《世说新语》是一本志怪小说。 ( )

3.《世说新语》分为二十四个门类。 ( )

4.《世说新语》被称为“一部名士底（的）教科书”。 ( )

5. 鲁迅称赞《世说新语》为“记言则玄远冷隽，记行则高简瑰奇”。 ( )

6.《世说新语》对后世笔记文学有很大影响，仿作甚多，如《续世说》《今世说》等。 ( )

7.《世说新语》中不少故事如“祢衡击鼓骂曹”“曹植七步成诗”等，成为后世小说、戏剧创作的素材。 ( )

8.《世说新语》原书只称《世说》，宋人称作《世说新书》。 ( )

9.《世说新语》采辑汉末至唐代名士们的言谈逸事以及他们的生活习俗，生动描摹了当时标榜门第、崇尚浮华、讲究清谈、遗弃世务的名士风流。 ( )

10. 刘义庆另有《幽明录》《宣验记》《徐州先贤传》以及文集八卷。 ( )

三、选择题

1. 丞相因觉，谓顾曰：“此子（ ）特达，机警有锋。”

A. 珪璋　　B. 珠玉

C. 才华　　D. 机锋

2. 既诣王丞相，陈主上幽越、（ ）焚灭、山陵夷毁之酷，有《黍离》之痛。

A. 国家　　B. 山河

C. 社稷　　D. 家国

3. 周仆射（　　）好仪形。诣王公，初下车，隐数人，王公含笑看之。

A. 华贵　　B. 傲然

C. 窈窕　　D. 雍容

4. 庾公尝入（　　），见卧佛，曰："此子疲于津梁。"于时以为名言。

A. 佛寺　　B. 寺庙

C. 佛土　　D. 佛图

5. 竺法深在简文坐，刘尹问："道人何以游朱门?"答曰："君自见其朱门，贫道如游（　　）。"或云卞令。

A. 破户　　B. 蓬户

C. 贫户　　D. 绝户

6. 顾悦与简文同年，而发蚤白。简文曰："卿何以先白?"对曰："（　　）之姿，望秋而落；松柏之质，经霜弥茂。"

A. 柳树　　B. 杨柳

C. 柳枝　　D. 蒲柳

7. 王曰："年在（　　），自然至此，正赖丝竹陶写，恒恐儿辈觉，损欣乐之趣。"

A. 高年　　B. 桑榆

C. 晚秋　　D. 暮年

8. 支道林常养数匹马。或言："道人畜马不韵。"支曰："贫道重其（　　）。"

A. 神骏　　B. 神气

C. 神情　　D. 精神

9. 王右军与谢太傅共登冶城。谢悠然远想，有（　　）之志。

A. 高远　　B. 超世

C. 超脱　　D. 高世

10. 顾长康从会稽还，人问山川之美，顾云："千岩竞秀，万壑争流，草木蒙笼其上，若云兴（　　）。"

A. 霞蔚　　B. 云霞

C. 霞光　　D. 朝霞

四、问答题

1. 本书的主题思想是什么？

2. 本书的创作背景是什么？

3. 列举鲁迅对《世说新语》的评价。

4. 简述《世说新语》的艺术特色。

5. 简述《世说新语》的后世影响。

五、阅读题

（一）

陈仲举言为士则，行为世范，登车揽辔，有澄清天下之志。为豫章太守，至，便问徐孺子所在，欲先看之。主薄曰："群情欲府君先入廨。"陈曰："武王式商容之闾，席不暇暖。吾之礼贤，有何不可！"

1. 把下列句子翻译成现代汉语。

(1) 为豫章太守，至，便问徐孺子所在，欲先看之。

（2）吾之礼贤，有何不可！

2. 从本文可以看出陈仲举是一个怎样的人？

（二）

王右军年减十岁时，大将军甚爱之，恒置帐中眠。大将军尝先出，右军犹未起，须臾钱凤入，屏人论事，都忘右军在帐中，便言逆节之谋。右军觉，既闻所论，知无活理，乃剔吐污头面被褥，诈孰眠。敦论事造半，方忆右军未起，相与大惊曰：“不得不除之!”及开帐，乃见吐唾从横，信其实孰眠，于是得全。于时称其有智。

1．文中大将军和钱凤为什么“大惊”？用自己的话回答。

2．文中的王右军是一个怎样的孩子？

参考答案

一、1. 言为士则，行为世范

2. 我辈无义之人，而入有义之国！

3. 言皆玄远，未尝臧否人物

4. 名教中自有乐地

5. 时人以为纯孝之报也

6. 小时了了，大未必佳

7. 大人岂见覆巢之下，复有完卵乎

8. 渊源有金石声

9. 战战栗栗，汗不敢出

10. 风景不殊，正自有山河之异

二、1. × 2. × 3. × 4. √ 5. √

6. √ 7. √ 8. × 9. × 10. √

三、1. A 2. C 3. D 4. D 5. B

6. D 7. B 8. A 9. D 10. A

四、1.《世说新语》是中国魏晋南北朝时期笔记小说的代表作，为言谈、逸事的笔记体短篇小说。从《世说新语》及相关材料中魏晋士人的言行故事可以看到，魏晋时期谈玄成为风尚，而玄学正是以道家老庄思想为根底的，道家思想对魏晋士人的思维方式和生活状况，乃至整个社会风气都产生了重要影响。

2. 刘义庆是宋武帝刘裕的侄子，袭封临川王，刘裕对其恩遇有加。公元 424 年，宋文帝刘义隆即位，刚登基便先后杀了徐羡之、傅亮、谢晦等拥立功臣。宋文帝性情猜忌狠辣，因为担心自己重蹈少帝被弑的悲剧，严格控制并杀戮了大量功臣和宗室成员，这其中就包括名将檀道济。在这样的背景下，刘义庆不得不加倍小心谨慎，以免遭祸。“太白星犯右执法，义庆惧有灾祸，乞求外镇。”刘义庆借故离开京城，远离是非之地。尽管文帝下诏劝解宽慰但架不住刘义庆“固求解仆射乃许之”。刘义庆终于得以外镇为荆州刺史，但仍心有余悸。为了全身远祸，于是招聚文学之士，寄情文史，编辑了《世说新语》这样一部清谈之书。

3. “记言则玄远冷隽，记行则高简瑰奇”“一部名士底（的）教科书”。

4. 《世说新语》涉及各类人物共一千五百多个，魏晋两朝主要的人物，无论帝王、将相，或者隐士、僧侣，都包括在内。它对人物的描写有的重在形貌，有的重在才学，有的重在心理，但都集中到一点，就是重在表现人物的特点，通过独特的言谈举止写出了独特人物的独特性格，使之气韵生动、活灵活现、跃然纸上。

5. 《唐语林》《续世说》等，都深受其影响。《世说新语》中的“谢女咏雪”“子猷访戴”等故事，成为后世诗文常用的典故；另有一些故事，则成为戏剧、小说的创作素材。

五、(一)

1. （1）担任豫章太守时，一到南昌就问徐孺子住哪里，要去探望他。

（2）我以尊敬贤人为先，有什么不可以的呢？

2. 以天下为己任，敢于担当，且有独特的施政方针，就是敬贤礼士。

（二）

1. 大将军与钱凤商议叛逆的事情，忘记了王右军在帐中睡觉，担心他们商量的计谋被右军听到了，为此感到大惊。

2. 机智（聪明）、沉着（冷静、镇定）。

世说新语
世说新语
备考手册
世说新语

write
非卖品

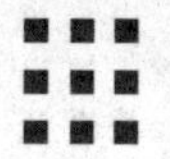

德行第一

【原文】

陈仲举[①]言为士则，行为世范,登车揽辔[②]，有澄清天下之志。为豫章太守[③]，至，便问徐孺子[④]所在，欲先看之。主簿[⑤]白："群情欲府君先入廨[⑥]。"陈曰："武王式商容[⑦]之间，席不暇暖。吾之礼贤，有何不可！"

周子居[⑧]常云："吾时月不见黄叔度[⑨]，则鄙吝之心[⑩]已复生矣！"

郭林宗至汝南[⑪]，造袁奉高[⑫]，车不停轨，鸾不辍轭[⑬]。诣黄叔度，乃弥日信宿[⑭]。人问其故，林宗曰："叔度汪汪如万顷之陂[⑮]，澄之不清，扰之不浊，其器[⑯]深广，难测量也。"

【注释】

①陈仲举：陈蕃，字仲举，东汉人，官至太傅。②登车揽辔（pèi）：表示初到职任。③豫章：郡名，治所在今江西南昌。太守：郡长官。④徐孺子：徐稚，字孺子，终身隐居不仕。⑤主簿：中央机构或地方官府属官，掌管文书簿籍。⑥府君：对太守的尊称。廨（xiè）：官署。⑦武王：指周武王姬发。式：通"轼"，车厢前部扶手的横木。商容：商代贤人，因直谏被纣王废黜。⑧周子

居：周乘，字子居，东汉汝南安城（今河南省汝南东南）人。⑨时月：指一段时间。黄叔度：黄宪，字叔度，东汉汝南慎阳（今河南省正阳）人，与周子居同举孝廉，以学、行著称。⑩鄙吝之心：鄙俗贪婪的情怀。⑪郭林宗：郭泰，字林宗，东汉人。汝南：郡名，治所在今河南平舆北。⑫袁奉高：袁阆，字奉高，东汉人，官至太尉掾。⑬车不停轨，鸾不辍轭：指车子不停下，这里形容下车的时间极短。鸾：通“銮”，车铃，装在轭首或车辕头的横木上，铃内有弹丸，车行则摇动作响。轭：架在拉车牲口脖子上的曲木。⑭弥日：连日。信宿：留宿两夜。⑮陂：池塘。⑯器：气度。

【译文】

陈蕃的言谈是读书人的模范，行为举止是世人的典范，他自从做官后，便有革新政治的志向。他担任豫章太守时，刚到达便打听徐稚的住所，想要先去拜访他。主簿告诉他说：“大家都希望您先到官署。”陈蕃说：“周武王获得天下后，连垫席都还没坐暖，就赶快去商容居住过的里巷致敬。我以尊敬贤人为先，有什么不可以呢？”

周子居常说：“我一段时间不看到黄叔度，鄙陋贪吝的念头就又滋长起来了！”

郭林宗到达汝南，拜访了袁奉高，下车停留的时间很短，就又离去了。他去拜访黄叔度，却连日留宿了两夜。有人问其中的原因，郭林宗说：“黄叔度的修养如浩瀚无边的万顷之池，不可能澄清，也不可能搅浑，他的气度深厚宽广，难以测量。”

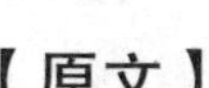

【原文】

李元礼[1]风格秀整，高自标持，欲以天下名教[2]是非为己任。后进之士有升其堂[3]者，皆以为登龙门。

李元礼尝叹荀淑、钟皓[4]，曰：“荀君清识难尚[5]，钟君至德可师。”

陈太丘诣荀朗陵[6]，贫俭无仆役，乃使元方将车[7]，季方持杖后从[8]，长文[9]尚小，载著车中。既至，荀使叔慈应门[10]，慈明行酒[11]，余六龙下食[12]，文若[13]亦小，坐著膝前。于时[14]，太史奏：“真人[15]东行。”

【注释】

①李元礼：名膺，字元礼，东汉人，曾任司隶校尉。②名教：以儒家为核心的传统礼教。③升其堂：登上他的厅堂。④荀淑：字季和，东汉颍川郡人，曾任朗陵侯相。他和钟皓（字季明）两人都清高有德，名重当时。⑤尚：超出；超越。⑥陈太丘：陈寔，字仲弓，东汉颍川许县（今河南许昌）人，曾任太丘长，故称。荀朗陵：荀淑，曾任朗陵侯相，故称。⑦元方：陈纪，字元方，陈寔长子。将车：驾车。⑧季方：陈谌，字季方，陈寔少子。后从：跟在后面。⑨长文：陈群，字长文，陈寔孙子。⑩叔慈：荀淑第三子，名靖，字叔慈。应门：在门口迎接。⑪慈明：荀淑第六子，名爽，字慈明。行酒：依次斟酒。⑫余六龙：指靖、爽以外的六个儿子。荀淑有八个儿子，都有才能，时人称为“八龙”。下食：上菜。⑬文若：荀淑之孙，荀緄之子，名彧，字

文若。⑭于时：当时；正在这时。⑮真人：有才德的人。

【译文】

李元礼（名膺）风度品德高雅正派，在道德操守方面对自己期许很高。他希望在全国推行以儒家为核心的传统礼教，把使人辨明是非当作自己的使命。后辈读书人如有机缘登上他的厅堂得到他的教诲，都认为是登上了龙门。

李元礼曾经赞赏荀淑和钟皓，说："荀淑见识清晰，很难超过；钟皓德高望重，可为人师。"

太丘长陈寔去拜访朗陵侯相荀淑，由于家境贫寒，没有仆人，就叫大儿子元方驾车，小儿子季方持着手杖跟随在后面。孙子长文岁数还小，乘坐在车中。到达荀家，荀淑叫儿子叔慈在门口迎接，慈明依次斟酒劝饮，其他六个儿子端菜送饭。孙子文若岁数也小，就坐在荀淑膝前。正在这时，掌管天文的太史禀报朝廷："有才德的贤人往东方去了。"

【原文】

客有问陈季方："足下家君[①]太丘，有何功德，而荷天下重名[②]？"季方曰："吾家君譬如桂树生泰山之阿[③]，上有万仞[④]之高，下有不测[⑤]之深；上为甘露所沾[⑥]，下为渊泉[⑦]所润。当斯之时，桂树焉知泰山之高，渊泉之深？不知有功德与无也！"

陈元方子长文，有英才，与季方子孝先[⑧]各论其父功德，争之不能决，咨于太丘。太丘曰："元方难为兄，季方难为弟[⑨]。"

荀巨伯[⑩]远看友人疾，值[⑪]胡贼[⑫]攻郡，友人语巨伯曰："吾

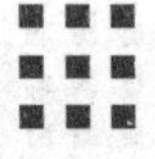

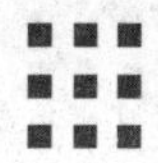

今死矣，子可去。”巨伯曰：“远来相视，子令吾去；败[13]义以求生，岂荀巨伯所行邪！”贼既至，谓巨伯曰：“大军至，一郡尽空，汝何男子，而敢独止[14]？”巨伯曰：“友人有疾，不忍委[15]之，宁以我身代友人命。”贼相谓曰：“我辈无义之人，而入有义之国！”遂班军[16]而还，一郡并获全。

【注释】

①足下：对人的敬称。家君：称父亲为家君、严君或家严。②荷（hè）：负，拥有。重名：厚重的名望。③阿：大的丘陵。④万仞：极言其高。⑤不测：不可测量。⑥沾：浸润。⑦渊泉：深泉。⑧孝先：陈忠，字孝先，陈谌的儿子。⑨“元方难为兄，季方难为弟”：元方、季方兄弟二人论排行有长幼之别，论才智则很难分出高下。⑩荀巨伯：东汉颍川（今河南）人。⑪值：正当。⑫胡贼：古代泛指西北少数民族的入侵者。⑬败：毁弃；背弃。⑭止：停留。⑮委：抛弃，丢开。⑯班军：撤回军队。

【译文】

有客人问陈季方：“令尊太丘有什么功业和品德，而能在天下拥有厚重的名望？”季方说：“我父亲就像生长在泰山一处的桂树，上有万丈的高峰，下有不测的深渊；上受雨露浸润，下受深泉滋润。在这个时期，桂树哪能晓得泰山有多高、深泉有多深呢？不晓得是有功德还是没有功德。”

陈元方的儿子陈长文，有杰出的才能，他和陈季方的儿子陈孝先各自论述自己父亲的事业和品德，两人相持不下，便去询问祖父

太丘长陈寔。陈寔说：元方在才智上与弟弟季方难分高下。

汉朝荀巨伯远道去看望朋友的病，当时刚好遇到少数民族入侵朋友所在那个郡，朋友就对巨伯说："我都是要死的人了，你可以离去。"荀巨伯说："我那么远来看望你，你却叫我离开，背弃道德去求取生存，怎么是我荀巨伯的品行！"敌寇到了，对荀巨伯说："大军到了，整个城市的人都跑光了，你是什么人，居然敢独自停留？"荀巨伯说："朋友生病，不忍心抛下他一个人留在这里，我宁愿用我的身体代替友人受死。"敌寇回答说："我们这些不讲道义的人，却侵入这有道义的地方！"于是撤军返回，整个城市因而保全。

【原文】

华歆遇子弟甚整，虽闲室①之内，严若朝典。陈元方兄弟恣柔爱之道。而二门之里，两不失雍熙之轨②焉。

管宁③、华歆共园中锄菜，见地有片金，管挥锄与瓦石不异④，华捉⑤而掷⑥去之。又尝同席⑦读书，有乘轩冕⑧过门者，宁读如故，歆废⑨书出看。宁割席分坐，曰："子非吾友也！"

王朗⑩每以识度推华歆。歆蜡⑪日尝集子侄燕饮，王亦学之。有人向张华⑫说此事，张曰："王之学华，皆是形骸⑬之外，去之所以更远。"

【注释】

①闲室：私室；家中。②雍熙：和睦亲善的样子。轨：法度。③管宁：字幼安，东汉北海朱虚（今山东临朐县）人。④不异：没

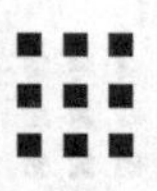

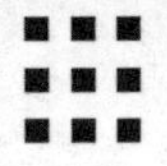

有差别。⑤捉：拿起。⑥掷：扔掉，抛弃。⑦席：席子，古人就席而坐。⑧轩冕：指达官显贵。⑨废：丢下。⑩王朗：字景兴，三国时魏国人，官至司徒。⑪蜡（zhà）：通“褚”，古代的一种年终祭祀。⑫张华：字茂先。⑬形骸：形体，比喻外在的东西。

【译文】

华歆对待晚辈很严肃，即使闲暇家中，也像在朝堂上参加典礼一样严格。陈纪兄弟之间却极其随和。两家之间并没有因性格不同而失去和睦亲善的样子。

管宁、华歆两人一起在园中锄地种菜，看到地上有一片金子，管宁依旧挥锄，视金子如同瓦片石头没有差别，华歆却把金子拾起来扔掉。管宁和华歆曾经同坐在一张席上看书，有达官显贵乘坐华丽的马车从门前经过，管宁照样读书，华歆却丢下书跑出去看。于是管宁割开席子与华歆分坐，说：“你不再是我的朋友。”

王朗常推崇华歆的见识度量。华歆曾在年终祭祀百神的期间，召集子侄一起宴饮，王朗也学着做。有人向张华说起这事，张华说：“王朗学华歆，都是学外在的皮毛，所以他与华歆的距离反而更远了。”

【原文】

华歆、王朗俱乘船避难[1]，有一人欲依附，歆辄难[2]之。朗曰：“幸尚宽，何为不可？”后贼追至，王欲舍所携人。歆曰：“本所以疑[3]，正为此耳。既已纳[4]其自托[5]，宁可以急相弃邪？”遂携拯如初。世以此定华、王之优劣。

【注释】

①难：指汉魏之交的动乱。②难：拒绝，刁难。③疑：迟疑，犹豫不决。④纳：接受。⑤自托：把自己的安危托付于人。

【译文】

华歆、王朗一起乘船避难，有一个人想要搭船跟从，华歆拒绝。王朗说："船上还有宽裕的地方，为何不带上他呢？"后来，贼人追上来了，王朗想要舍弃那个人。华歆说："我开始迟疑，正由于担心会出现这种状况。如今既接受收留，难道能够于急难中不顾吗？"于是依旧收容那个人。世人就依据这件事来判定华、王二人道德的好坏。

【原文】

王祥[①]事[②]后母朱夫人甚谨[③]。家有一李树，结子[④]殊好，母恒[⑤]使守之。时[⑥]风雨忽至，祥抱树而泣。祥尝在别床[⑦]眠，母自往暗斫[⑧]之。值祥私起[⑨]，空斫得被。既还[⑩]，知母憾之不已[⑪]，因跪前请死[⑫]。母于是感悟[⑬]，爱之如己子。

晋文王称阮嗣宗[⑭]至慎，每与之言，言皆玄远[⑮]，未尝臧否[⑯]人物。

王戎[⑰]云："与嵇康[⑱]居二十年，未尝见其喜愠之色。"

【注释】

①王祥：字休徵，晋琅邪临沂（治所在今山东省临沂北）人。②事：侍奉。③谨：恭敬小心。④结子：结的果子。⑤恒：经常，

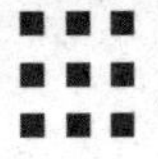

总是。⑥时：有时。⑦别床：另外一张床。⑧暗：偷偷地。斫（zhuó）：用刀、斧等砍。⑨值：碰巧。私起：起床小便。⑩既还：指王祥小便回来。⑪憾之不已：指因没砍到人而恨之不已。⑫请死：领死。⑬感悟：感动悔悟。⑭阮嗣宗：阮籍，字嗣宗。⑮玄远：奥妙深远。⑯臧否（pǐ）：褒贬，评论。⑰王戎（234—305）：字濬冲，西晋琅邪临沂（今山东）人。⑱嵇康：字叔夜。

【译文】

王祥侍奉后母朱夫人非常恭敬小心。家中有一棵李树，结的李子特别好，后母命令他始终守护。有时风雨忽然来临，王祥就抱着李树痛哭。王祥在另一张床上睡觉，后母偷偷地拿着刀要砍死他。恰好遇到王祥起夜去了，只砍着被子。王祥回来之后，晓得后母为这件事愤恨不已，便跪在后母面前希望处死自己。后母因而受到感动而悔悟过来，从此如同对自己的亲生儿子一般爱护他。

晋文王司马昭赞赏阮嗣宗（名籍）是最谨慎的人，每次和他谈话，他的言辞都非常奥妙深远，从来没有谈论过别人。

王戎说："我和嵇康共处了二十年，从未看到过他高兴或生气的样子。"

【原文】

王戎、和峤同时遭大丧[①]，俱以孝称[②]。王鸡骨支床[③]，和哭泣备礼[④]。武帝谓刘仲雄[⑤]："卿数省王、和不[⑥]？闻和哀苦过礼[⑦]，使人忧之。"仲雄曰："和峤虽备礼[⑧]，神气不损；王戎虽不备礼，而哀毁骨立[⑨]。臣以和峤生孝，王戎死孝[⑩]。陛下不应忧峤，而应

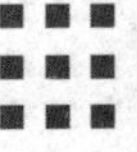

忧戎。”

梁王、赵王⑪，国之近属⑫，贵重当时。裴令公岁请二国租钱数百万，以恤⑬中表之贫者。或⑭讥之曰：“何以乞物行惠？”裴曰：“损⑮有余，补不足，天之道也。”

王戎云：“太保⑯居在正始⑰中，不在能言⑱之流。及与之言，理中⑲清远。将无⑳以德掩其言！”

【注释】

①和峤（qiáo）：字长舆，晋汝南西平（今河南省西平）人。大丧：父亲或母亲过世。②称：著称，闻名。③鸡骨支床：形销骨立，形容十分消瘦。④哭泣备礼：哭泣尽哀，符合礼仪制度的要求。⑤武帝：晋武帝司马炎。刘仲雄：刘毅，字仲雄，东莱掖（今山东省掖县）人，有孝行。⑥数（shuò）：多次。省（xǐng）：探望；看望。不（fǒu）：同“否”。⑦过礼：超过礼仪制度的要求。⑧备礼：准合礼法。⑨哀毁骨立：哀痛损伤身体，瘦得只剩骨头。⑩“和峤”二句：和峤的孝有节制，不伤身体，而王戎的孝无节制，不顾性命。⑪梁王：司马彤，司马懿之子，官至太宰。赵王：司马伦，司马懿之子，官至相国。⑫近属；近亲。⑬恤：体恤，周济。⑭或：有的人。⑮损：减少。⑯太保：指王祥。王祥曾任太保之职。⑰正始：三国时魏帝曹芳年号。⑱能言：指能清谈。⑲理中：恰当的义理；正理。⑳将无：恐怕……吧。

【译文】

王戎与和峤一起遭受亲人过世，都由于能尽孝而受到称赞。王

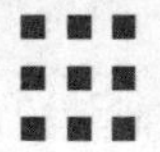

戎骨瘦如柴，和峤哀痛哭泣，礼仪周全。晋武帝司马炎对刘仲雄说道："你多次去探望王戎、和峤吗？听到和峤过于悲伤，超出了礼仪限度，真让人为他担心。"仲雄说："和峤即使礼仪周全，精神并没有受到损伤；王戎即使礼仪不周，但是悲痛得损了身体，只剩一把骨头。我认为和峤的孝有节制，不伤身体，而王戎的孝无节制，不顾性命。陛下不应该为和峤担忧，而应该担忧王戎。"

梁王、赵王都是皇室的近亲，尊贵位重，显耀一时。裴楷每年请二人从封地里拿出几百万钱，用来周济表亲中的贫穷之人。有的人讽刺道："为何乞讨钱物行施恩惠？"裴楷说："减少多余的，弥补不足的，这是天道啊！"

王戎说："太保王祥生活在正始时期，不属于长于清谈的那一类人。等到和他探讨起来，便觉义理清新深远。恐怕是他崇高的德行掩盖了他的清谈吧！"

【原文】

王安丰遭艰①，至性②过人。裴令往吊之，曰："若使一恸果能伤人，濬冲必不免灭性③之讥。"

王戎父浑，有令名④，官至凉州刺史⑤。浑薨⑥，所历九郡义故⑦，怀⑧其德惠，相率致赙⑨数百万，戎悉不受。

刘道真尝为徒⑩，扶风王骏⑪以五百疋布赎之，既而⑫用为从事中郎⑬。当时以为美事。

【注释】

①王安丰：王戎，字濬冲，封安丰侯。艰：父母的丧事。

②至性：纯真的感情。③灭性：因丧亲过度悲伤而危及生命。④令名：美好的名声。⑤刺史：晋代地方行政区州的最高长官。⑥薨：指古代王侯死。⑦所历：所管辖。义故：义从和故吏。⑧怀：感激；怀念。⑨相率：相继；相随。致：奉送；赠予。赙：指财物等丧礼。⑩刘道真：名宝，字道真。徒：苦役犯。⑪扶风王骏：晋宣王司马懿的儿子司马骏，封为扶风王。⑫既而：随后，不久。⑬从事中郎：官名，主管文书、谋划。

【译文】

安丰侯王戎在服丧时期，哀痛的真情超过一般人。中书令裴楷前去吊唁，说："要是一次极度的悲哀果然真能损伤人的身躯，那么濬冲（王戎，字濬冲）一定免不了遭到危及生命的讥笑。"

王戎的父亲王浑，有美好的名声，官位当到凉州刺史。王浑死后，他在各州郡所管辖的随从和部属，感激他的德行恩惠，共同凑集几百万钱送给王戎作丧葬费，王戎全都不接受。

刘道真过去是个判服劳役的苦役犯，扶风王司马骏用五百匹布来为他抵罪，不久又委派他为从事中郎。当时都觉得这是一件好事。

【原文】

王平子、胡毋彦国[①]诸人，皆以任放[②]为达，或[③]有裸体者。乐广笑[④]曰："名教中自有乐地[⑤]，何为乃尔[⑥]也？"

郗公[⑦]值永嘉丧乱[⑧]，在乡里，甚穷馁[⑨]。乡人以公名德，传共饴[⑩]之。公常携兄子迈及外生[⑪]周翼二小儿往食，乡人曰："各自饥困，以君之贤，欲共济君耳，恐不能兼有所存。"公于是独往食，

辄含饭著两颊边，还，吐与二儿。后并得存，同过江[12]。郗公亡，翼为剡县[13]，解职归，席苫[14]于公灵床[15]头，心丧[16]终三年。

顾荣[17]在洛阳，尝应人请，觉行炙人[18]有欲炙之色，因辍己[19]施焉，同坐嗤[20]之。荣曰："岂有终日执之，而不知其味者乎？"后遭乱过江，每经危急，常有一人左右[21]己，问其所以，乃受炙人也。

【注释】

①王平子：王澄，字平子，晋琅邪临沂（治所在今山东省临沂北）人，官至荆州刺史。胡毋彦国：名辅之，字彦国，晋泰山郡奉高县（治所在今山东省泰安市东北）人，官至湘州刺史。②任放：任性放纵，略无约束。③或：甚或，甚至。④乐（yuè）广：字彦辅，晋南阳淯（yù）阳（今河南省南阳市）人。笑：嘲笑。⑤乐地：快乐的地方。⑥何为：为何。乃尔：如此，竟这样。⑦郗公：郗鉴，字道徽，以儒雅著名。⑧永嘉丧乱：晋怀帝永嘉年间，政治腐败，发生战乱。⑨穷：生活陷入困境。馁：饥饿。⑩传：轮流。饴：通"饲"，给人吃。⑪外生：外甥。⑫过江：指渡过长江到江南。⑬为剡县：指做剡县县令。⑭席苫：坐、卧在草垫子上。⑮灵床：安放死者灵柩的地方。⑯心丧：不着孝服，哀悼父母，为父母守丧。⑰顾荣：字彦先。⑱行炙人：传递菜肴的仆役。炙，烤肉。⑲辍己：指自己停下来不吃，让出自己那一份。⑳嗤：讥笑。㉑左右：帮助。

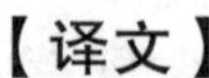

【译文】

王平子（名澄）、胡毋彦国（名辅之）这些人，都把任性放纵看成通达，甚至有人居然赤身裸体。乐广笑道：“名教里面自有其快乐的地方，为什么一定要这样呢？”

郗鉴在永嘉之乱时期，住在家乡，严重穷困得没有饭吃。乡里由于他德高望重，便轮流供养他饭吃。郗鉴常常带着哥哥的儿子郗迈和外甥周翼这两个孩子去吃。乡里说道：“自己也穷困挨饿，只是由于您的贤德，想共同设法帮助您，恐怕不能同时照顾两个小孩。”郗鉴于是便单独去吃，吃完后常常把饭含在腮帮子里，回来后，再吐出来给两个孩子吃。后来三人都活了下来，一起去了江南。郗鉴死时，周翼正任剡县县令，他辞官回去，在郗鉴灵床前尽了孝子礼，服心丧三年。

顾荣在洛阳时，曾经应人邀请赴宴。在宴会上，顾荣发现那个端送烤肉的人流露出想品尝烤肉的神色，便把自己那一份炙肉送给了他，同席的人讥笑顾荣。他说：“哪里有整天端着烤肉，却不晓得烤肉滋味的道理呢？”之后遭遇永嘉战乱，顾荣渡江避难，每次危急的时候，常常有人来帮助自己。顾荣问那人之所以这样做的原因，原来那人正是当初吃到顾荣给的烤肉的侍从。

【原文】

祖光禄[①]少孤贫，性至孝，常自为母炊爨[②]作食。王平北[③]闻其佳名，以两婢饷[④]之，因取为中郎[⑤]。有人戏之者曰：“奴价倍婢。”祖曰：“百里奚[⑥]亦何必轻于五羖[⑦]之皮邪！”

周镇[8]罢临川郡还都[9]，未及上住，泊青溪渚。王丞相往看之。时夏月，暴雨卒[10]至，舫至狭小，而又大漏，殆[11]无复坐处。王曰："胡威[12]之清，何以过此！"即启用为吴兴郡。

邓攸[13]始避难，于道中弃己子，全弟子。既过江，取一妾，甚宠爱。历[14]年后，讯其所由[15]，妾具说是北人遭乱，忆父母姓名，乃攸之甥也。攸素有德业，言行无玷[16]，闻之哀恨终身，遂不复畜妾。

【注释】

①祖光禄：祖纳，字士言，祖逖的同母兄，曾任光禄大夫。②爨（cuàn）：生火做饭。③王平北：王乂（yì），字叔元，晋人，曾任平北将军。④饷：赠送。⑤中郎：官名。⑥百里奚（xī）：春秋时楚国人。⑦羖（gǔ）：黑色的公羊。⑧周镇：字康时，晋陈留尉氏（今河南）人。⑨都：东晋首都建康。⑩卒：同"猝"，突然。⑪殆：几乎。⑫胡威：字伯武，晋时人。⑬邓攸：字伯道。⑭历：经过。⑮所由：根由；指身世。⑯玷：污点；过失。

【译文】

光禄大夫祖纳年轻时死了父亲，家境贫困，天性纯孝，经常亲自为母亲生火做饭。平北将军王乂听说他的好名气，就把自己的两个侍女赠送给他，并任命他做近侍中郎官。有人和他开玩笑说："奴仆的地位比婢女多一倍。"祖纳答复说："百里奚又如何会比五张羊皮还轻贱呢！"

周镇从临川郡解职坐船回到京都健康，还没来得及上岸，船停在青溪渚。丞相王导去拜访他。当时正是夏季，突然下起暴雨，船非常狭小，而且漏雨漏得厉害，几乎没有可坐的地方。王导说："胡威的廉洁，哪里能超过如此样子呢！"马上任用他为吴兴郡太守。

最初邓攸（字伯道）躲避永嘉之乱，在避难的路上，他挑着两个孩子，觉得势难两全，就丢弃了自己的儿子，保全了弟弟的儿子。过江之后，娶了一个妾，十分宠爱。经过一年以后，询问她的身世，妾便仔细诉说自己是北方人，遭遇战乱，回忆起父母的名字，原来她竟是邓攸的外甥女。邓攸一向德行高洁，事业有成，言谈举止都没有污点，听了外甥女的言说，哀伤悔恨一辈子，之后不再纳妾。

言语第二

【原文】

边文礼[1]见袁奉高，失次序[2]。奉高曰："昔尧聘许由，面无怍色。先生何为颠倒衣裳[3]？"文礼答曰："明府[4]初临，尧德未彰，是以贱民颠倒衣裳耳。"

徐孺子年九岁，尝月下戏。人语之曰："若令月中无物，当极明邪？"徐曰："不然。譬如人眼中有瞳子，无此必不明。"

孔文举[5]年十岁，随父到洛。时李元礼有盛名，为司隶校尉[6]。诣门者，皆隽才清称及中表[7]亲戚乃通。文举至门，谓吏曰："我是李府君亲。"既通，前坐。元礼问曰："君与仆有何亲？"对曰："昔先君[8]仲尼与君先人伯阳[9]有师资之尊，是仆与君奕世为通好也。"元礼及宾客莫不奇之。太中大夫陈韪后至，人以其语语之，韪曰："小时了了[10]，大未必佳！"文举曰："想君小时，必当了了！"韪大踧踖[11]。

孔文举有二子，大者六岁，小者五岁。昼日父眠，小者床头盗酒饮之。大儿谓曰："何以不拜？"答："偷，那得行礼！"

孔融被收[12]，中外[13]惶怖。时融儿大者九岁，小者八岁。二儿故琢钉戏[14]，了无遽[15]容。融谓使者曰："冀罪止于身，二儿可得全不？"儿徐进曰："大人岂见覆巢之下，复有完卵乎？"寻亦收至。

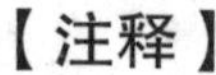

【注释】

①边文礼：边让，字文礼，陈留郡人。②失次序：举止失措。③颠倒衣裳：把衣和裳掉过来穿，后用来比喻举止慌乱。④明府：明府指高明的府君，吏民也称太守为明府。⑤孔文举：孔融，字文举，东汉人。⑥司隶校尉：官名，主管督察京师百官（太尉、司徒、司空除外）及所辖附近各郡。⑦中表：中表亲。父亲姐妹的儿女叫外表，母亲兄弟姐妹的儿女叫内表，互称中表。⑧先君：先人，后辈称自己的祖先。⑨伯阳：老子，姓李，名耳，字伯阳。⑩了了：聪明伶俐。⑪踧踖：局促不安的样子。⑫收：逮捕，拘禁。⑬中外：指朝廷内外；家庭内外。⑭琢钉戏：古时一种儿童游戏。⑮了：完全。遽（jù）：惊慌。

【译文】

边让去拜访袁奉高时，举止失措。袁奉高说："从前尧请许由出来做官，许由脸上毫无惭愧之色，先生为什么举止慌乱呢？"边文礼回答说："太守您刚到任，大德还没有彰显出来，故而我才举止失态的。"

徐儒子九岁时，曾经与人在月下玩耍。有人对他说："要是让月亮里边没有东西，应当会愈加明亮吗？"徐儒子说："不对。比方说人眼中有瞳仁，没有瞳仁必定不明亮了。"

孔融十岁的时候，随着父亲来到洛阳。那时李膺（字元礼）颇负盛名，担任着司隶校尉。到他门上拜访的，都一定是有清望的名士和他本人的亲戚才可以通问拜见。孔融到了李膺府门前，对守门的僚属说道："我是李太守的亲戚。"僚属报告李膺，引他在李膺

面前坐下。李膺询问他说："你和我有什么亲戚关系呀？"孔融回答道："当初我的祖先孔仲尼和大人的祖先老子有师徒之好，所以我与大人世世都有如此的友好关系。"李膺和他的宾僚们没有一人不为孔融的聪慧感到惊奇。太中大夫陈韪后入堂，宾僚们把孔融的话语讲给他听，陈韪说道："小时候十分聪明的孩子，长大后不一定聪明。"孔融应声说："那么您小的时候也一定十分聪明。"陈韪被说得局促不安。

孔融有两个儿子。大的六岁，小的五岁。一天他们的父亲在睡午觉，小儿子在父亲床头偷酒喝。大儿子说："为什么不先行礼就喝酒？"小儿子说："偷酒喝，还要行什么礼！"

孔融被捕，家里内外都惊慌恐惧。那时孔融的儿子大的九岁，小的只有八岁。两个孩子依然在玩琢钉游戏，完全没有一点恐慌的样子。孔融对派来收捕他的人说："但愿罪责只限于我自己，可否保全两个孩子的性命呢？"孩子们从容地上前说道："父亲难道看到过倒翻的鸟窝下面还有完好的蛋吗？"话音刚完，抓捕两个儿子的人就来了。

【原文】

颍川太守髡①陈仲弓②。客有问元方："府君何如？"元方曰："高明之君也。""足下家君何如？"曰："忠臣孝子也。"客曰："《易》称：'二人同心，其利断金；同心之言，其臭③如兰。'何有高明之君，而刑忠臣孝子者乎？"元方曰："足下言何其谬也！故不相答。"客曰："足下但因伛④为恭，而不能答。"

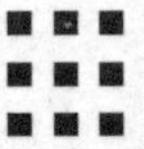

元方曰："昔高宗放[5]孝子孝己，尹吉甫放孝子伯奇，董仲舒放孝子符起。唯此三君，高明之君；唯此三子，忠臣孝子。"客惭而退。

荀慈明[6]与汝南袁阆相见，问颍川人士，慈明先及诸兄。阆笑曰："士但可因[7]亲旧而已乎？"慈明曰："足下相难，依据者何因？"阆曰："方问国士而及诸兄，是以尤[8]之耳。"慈明曰："昔者祁奚[9]内举不失其子，外举不失其仇，以为至公。公旦[10]《文王》之诗，不论尧、舜之德而颂文、武者，亲亲之义也。《春秋》之义，内其国而外诸夏[11]。且不爱其亲而爱他人者，不为悖[12]德乎？"

祢衡[13]被魏武谪为鼓吏，正月半试鼓，衡扬枹[14]为《渔阳掺挝》[15]，渊渊[16]有金石声，四坐为之改容。孔融曰："祢衡罪同胥靡[17]，不能发明王之梦。"魏武惭而赦之。

【注释】

①髡（kūn）：古代剃掉头发的一种刑罚。②陈仲弓：陈寔，字仲弓，东汉颍川许县（今河南许昌）人。③臭：气味。④伛：驼背。⑤放：流放，放逐。⑥荀慈明：荀爽，字慈明，东汉人。⑦因：凭借。⑧尤：指责，责问。⑨祁奚：春秋时代晋国人，任中军尉。⑩公旦：周公旦，姓姬，名旦，是周武王的弟弟，周成王的叔父，辅助周成王。⑪诸夏：古时指属于汉民族的各诸侯国。⑫悖：违背。⑬祢衡：字正平，自幼才华过人，且恃才傲物。⑭枹：鼓槌。⑮《渔阳掺挝》：一种鼓谱的名字。掺挝，古代乐奏中的一种击鼓。⑯渊渊：形容鼓声深沉动人。⑰胥靡：指服刑的犯人。

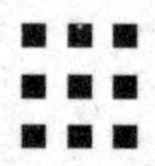

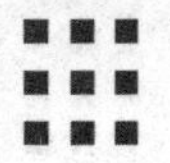

【译文】

颍川太守对陈仲弓实施了髡刑。有人询问仲弓的儿子元方说："太守这个人如何？"元方说："是个有高超智慧的人。"又问："您父亲怎么样？"元方说："也是个忠臣孝子。"客人说道："《周易》中说：'两人心意相同，行动一致的力量犹如利刃可以截断金属；在言语上谈得来，说出话来像兰草那样芬芳、高雅。'怎么会有高超明智的人对忠臣孝子施刑的呢？"元方说："您的话为何这样荒谬啊！所以我不回答您。"客人说："您只是就着驼背算恭敬，其实是不能答复。"元方说："过去高宗流放了孝子孝己，尹吉甫流放了孝子伯奇，董仲舒流放孝子符起。这三个做父亲的，全是高超明智的人；这三个做儿子的，全是忠臣孝子。"客人惭愧地离开了。

荀慈明和汝南郡袁阆会面时，袁阆问起颍川郡有哪些才德之士，慈明事先就提到自己的几位兄长。袁阆嘲笑他说："才德之士只有凭借亲朋故旧来扬名吗？"慈明说道："您责备我，依据什么原则？"袁阆说道："我刚才问国士你却谈自己的诸位兄长，所以我才责问你呀！"慈明说道："从前祁奚在举荐人才时，对内不忽略自己的儿子，对外不忽略自己的敌人，人们觉得他是最公正无私的。周公旦作《文王》时，不去述说远古帝王尧和舜的道德，却歌颂周文王、周武王，这是合于爱亲人这一大义的。《春秋》记事的原理是：把本国看成亲的，把诸侯国当作疏的。再说不爱自己的亲人而爱别人的人，岂不是违背了道德准则吗？"

祢衡被曹操贬为击鼓的小官，于正月十五日试鼓。祢衡操起鼓槌击奏《渔阳掺挝》之曲，鼓声深沉凝重有金石之音，满席宾客无

不为之动容。孔融说："祢衡的罪过跟刑徒一样，但不能让主上像贤明君王那样有求贤之梦。"曹操听到感到惭愧便赦免了祢衡。

【原文】

南郡庞士元[①]闻司马德操[②]在颍川，故二千里候之。至，遇德操采桑，士元从车中谓曰："吾闻丈夫处世，当带金佩紫，焉有屈洪流之量，而执丝妇之事[③]？"德操曰："子且下车。子适知邪径之速，不虑失道之迷[④]。昔伯成耦耕[⑤]，不慕诸侯之荣；原宪桑枢[⑥]，不易有官之宅。何有坐则华屋，行则肥马，侍女数十，然后为奇？此乃许、父[⑦]所以忼慨，夷、齐[⑧]所以长叹。虽有窃秦之爵[⑨]、千驷之富，不足贵也。"士元曰："仆生出边垂[⑩]，寡见大义，若不一叩洪钟、伐雷鼓，则不识其音响也。"

刘公幹[⑪]以失敬罹罪。文帝问曰："卿何以不谨于文宪[⑫]？"桢答曰："臣诚庸短，亦由陛下网目不疏[⑬]。"

钟毓[⑭]、钟会少有令誉。年十三，魏文帝闻之，语其父钟繇[⑮]曰："可令二子来。"于是敕[⑯]见。毓面有汗，帝曰："卿面何以汗？"毓对曰："战战惶惶，汗出如浆。"复问会："卿何以不汗？"对曰："战战栗栗，汗不敢出。"

钟毓兄弟小时，值父昼寝，因共偷服药酒。其父时觉[⑰]，且托寐[⑱]以观之。毓拜而后饮，会饮而不拜。既而[⑲]问毓何以拜，毓曰："酒以成礼[⑳]，不敢不拜。"又问会何以不拜，会曰："偷本非礼[㉑]，所以不拜。"

【注释】

①庞士元：庞统，字士元，南郡襄阳（今湖北省襄阳）人。②司马德操：司马徽，字德操，颍川阳翟（今河南省禹州市）人，有知人之鉴，曾向刘备推荐诸葛亮。③屈：委屈。洪流之量：像洪流一样的才量。执丝妇之事：蚕桑一类妇人之事，指不足为的小事。④“子适”二句：你知道走小路可以很快，但没考虑将会走入迷途。⑤伯成：伯成字高，尧时诸侯，禹登位后，见政日衰，遂辞官耕于野。耦（ǒu）耕：两人同耕，此泛指耕种。⑥原宪：字子思，春秋时宋人，孔子的弟子，安贫乐道。桑枢：桑木做门轴，喻指贫穷。⑦许、父：许由、巢父，均为尧时隐身独善的高士。⑧夷、齐：伯夷、叔齐，商孤竹君二子，均不愿嗣爵，武王克商后，不食周黍，饿死在首阳山。⑨窃秦之爵：指吕不韦以阴谋手段拜相封侯。⑩边垂：边远的地方。垂：同“陲”，边境。⑪刘公幹：刘桢，字公干，三国时魏国人，“建安七子”之一。⑫文宪：法令，法纪。⑬网目不疏：委婉语，指法网过密，法令苛刻。⑭钟毓（yù）：字稚叔，钟繇长子，颍川长社人。⑮钟繇（yáo）：字元常。⑯敕：皇帝下命令。⑰觉：醒了。⑱托寐：假装睡觉。⑲既而：事后。⑳酒以成礼：喝酒要遵守礼仪。㉑偷本非礼：偷本来就违背礼义。

【译文】

南郡庞士元据说司马德操住在颍川，专程走了两千里路去拜访他。到了那里，碰到德操正在采桑叶，士元就在车中对德操说：“我听说大丈夫处世，就应当做大官办大事，哪有抑制长江大河的

流量，去做蚕妇的事！”德操说：“您暂且下车来。您只知道走小路快，却不担心迷路。从前伯成宁肯回家种地，也不羡慕做诸侯的荣耀；原宪宁肯住在破屋里，也不肯换住达官的住宅。哪里有住就要住在豪华的宫室里，出门就一定肥马轻车，身旁要有几十个婢妾侍候，之后才算是与众不同的呢？这正是隐士许由、巢父感叹的原因，也是清廉之士伯夷、叔齐长叹的来源。就算有吕不韦那样的爵位，有齐景公那样的富贵，也是不值得尊敬的。”士元说：“我生长在边远的地方，很少见识到大道理，要是不叩击一下大钟、雷鼓，那就不晓得它的音响啊。”

刘桢由于失敬而获罪。魏文帝问他：“你为什么不慎守法纪呢？”刘桢答复说：“臣真的平庸浅陋，但也是由于陛下的法令苛刻的缘故。”

钟毓、钟会兄弟少年时便很有名声。钟毓十三岁时，魏文帝知道了他们，便召见其父钟繇说：“能够让你的两个儿子来见我一见。”皇帝下令便传令钟氏兄弟入廷。钟毓脸上淌着汗，魏文帝问他：“你的脸上为什么那么多汗？”钟毓回复道：“见到陛下，战战惶惶，故而汗如浆流。”魏文帝又问钟会：“你的脸上为什么不流汗？”钟会回答道：“看到陛下，战战栗栗，所以汗不敢往外流。”

钟毓兄弟年轻的时候，一次正好碰到父亲白天睡觉，便一起去偷服药酒。他们的父亲那时已经苏醒，姑且假装睡着了来观看他们的行动。钟毓行礼之后才喝酒，钟会喝了酒之后还不行礼。事后父亲问钟毓为什么要行礼，钟毓答复道：“喝酒要遵守礼仪，故而喝酒时不敢不行礼。”又问钟会为什么不行礼，钟会答复道：“偷本来就不合礼仪，故而不必行礼。”

【原文】

魏明帝[①]为外祖母筑馆于甄氏，既成，自行视，谓左右曰："馆当以何为名？"侍中缪袭[②]曰："陛下圣思齐于哲王，罔极[③]过于曾、闵。此馆之兴，情钟舅氏，宜以'渭阳[④]'为名。"

何平叔[⑤]云："服五石散，非唯治病，亦觉神明开朗。"

嵇中散语赵景真[⑥]："卿瞳子[⑦]白黑分明，有白起[⑧]之风，恨[⑨]量小狭。"赵云："尺表能审玑衡之度[⑩]，寸管能测往复之气[⑪]，何必在大，但问识如何耳。"

司马景王[⑫]东征，取上党李喜[⑬]以为从事中郎。因问喜曰："昔先公[⑭]辟君不就，今孤[⑮]召君，何以来？"喜对曰："先公以礼见待，故得以礼进退[⑯]；明公以法见绳[⑰]，喜畏法而至耳。"

邓艾[⑱]口喫，语称"艾艾"[⑲]。晋文王戏之曰："卿云'艾艾'，定[⑳]是几艾？"对曰："'凤兮凤兮'，故[㉑]是一凤。"

【注释】

①魏明帝：曹睿（ruì），字元仲，文帝曹丕的儿子。②缪袭：字熙伯，三国时魏国人，曾任侍中。③罔（wǎng）极：无极；无边。④渭阳：渭水北边。⑤何平叔：何晏，字平叔，曹操的女婿。⑥嵇中散：嵇康，字叔夜，魏谯（qiáo）国铚（zhì）（今安徽省宿州西南）人。赵景真：赵至，字景真，魏代郡（今山西阳高）人。⑦瞳子：瞳孔，此指眼睛。⑧白起：秦国名将，郿（今陕西省眉县）人。⑨恨：遗憾，可惜。⑩尺表能审玑衡之度：一尺长的标

杆可以审度星斗的位置。⑪寸管能测往复之气：数寸长的律管可以测出变化不同的音律。⑫司马景王：司马师，三国时魏人，司马懿的儿子。⑬李喜：字季和，上党郡人。⑭先公：指司马景王司马师的父亲司马懿。⑮孤：侯王自称。⑯进退：指出来做官或辞官。⑰绳：约束，整治。⑱邓艾：字士载，三国时魏国人，官至镇西将军，进封邓侯。⑲艾艾：古人常自称己名表示谦卑，邓艾本应自称为“艾”，但由于口吃，因此说成“艾艾”。⑳定：到底；究竟。㉑故：本来；原本。

【译文】

魏明帝曹睿为他的外祖母甄氏修改楼馆，竣工之后，明帝亲自观看，问宾僚说：“这座楼馆应该取个什么名字？”侍中缪袭回复道：“陛下的孝敬之心可与前代圣王相比，可与曾子、闵子并论。此楼的兴建，本来为舅母尽意的，应该用‘渭阳’这个名字。”

何平叔说：“服食五石散，不只是能够治病，也感到精神舒畅清爽。”

中散大夫嵇康对赵景真说：“你的眼睛黑白分明，有白起那样的风度，遗憾的是眼睛狭小些。”赵景真说：“一尺长的表尺就能审定浑天仪的度数，一寸长的竹管就能测量出乐音的高低。何必在乎大不大呢，只问识见怎么样就是了。”

景王司马师东征，抓捕了上党郡李喜任命他担任从事中郎。于是问李喜道：“以前我父亲请您您不愿到职，现在我召请您，您为什么来了呢？”李喜答复道：“当年令尊以礼相待，故而我能够按礼节来决定做官或辞官；现在您用法令来管束我，我怕您杀我故而来了。”

邓艾有口吃病，自称名字经常重复说“艾艾”。晋文王嘲弄他说：“爱卿一天到晚‘艾艾，究竟是几个（邓）艾？”邓艾回答道：“‘凤兮凤兮’，本是一只凤。”

【原文】

嵇中散既被诛，向子期[①]举郡计[②]入洛，文王引进[③]，问曰：“闻君有箕山[④]之志，何以在此？”对曰：“巢、许狷介[⑤]之士，不足多慕！”王大咨嗟[⑥]。

晋武帝始登阼[⑦]，探策[⑧]得一。王者世数，系此多少。帝既不说，群臣失色，莫能有言者。侍中裴楷进曰：“臣闻天得一以清，地得一以宁，侯王得一以为天下贞[⑨]。”帝说，群臣叹服。

满奋[⑩]畏风。在晋武帝坐[⑪]，北窗作琉璃屏，实密似疏，奋有难色[⑫]。帝笑之，奋答曰：“臣犹吴牛[⑬]，见月而喘[⑭]。”

诸葛靓[⑮]在吴，于朝堂大会，孙皓[⑯]问：“卿字仲思，为何所思？”对曰：“在家思孝，事君思忠，朋友思信，如斯而已[⑰]。”

【注释】

①向子期：向秀，字子期。河内怀县（今河南省武陟西南）人。②郡计：载录郡内人事、户口、赋税的簿籍。③文王：司马昭。引进：接见。④箕山：山名，在今河南省登封县东南。说箕山之志，就是指归隐之志。⑤狷介：孤高，洁身自好。⑥咨嗟：赞叹。⑦阼（zuò）：通“祚”，皇位；国统。⑧策：占卜用的竹签。⑨贞：一作“正”，正统。⑩满奋：字武秋，高平人。⑪在晋武帝坐：侍陪晋武帝坐。⑫难色：为难的样子。⑬吴牛：江淮间的水

牛。⑭见月而喘：水牛畏暑，见月疑是日，所以见月则喘。⑮诸葛靓（jìng）：字仲思，琅邪（今山东省临沂北）人。魏司空诸葛诞之子。⑯孙皓：字元宗，孙权之孙，吴国末主，后降晋。⑰如斯而已：如此罢了。

【译文】

中散大夫嵇康被杀之后，向子期到京城洛阳应举。晋文王任用了他，问他道："据说您有隐居的志愿，为什么来到这里？"向子期答复道："隐居箕山的巢父、许由即使坚守原则，不过他们并不理解尧让贤的深意，不值得羡慕。"晋文王十分赞赏。

晋武帝刚登位的时候，用蓍草占卜，得到一。要推断帝位能传多少代，就在于这个数目的多少。因为只得到一，武帝很不高兴，群臣也吓得脸色发白，没人敢出声。这时，侍中裴楷进言道："臣听说，天得到一就清明，地得到一就安宁，侯王得到一就能做天下的中心。"武帝一听，高兴了，群臣都赞叹而且佩服裴楷。

满奋怕风吹。在晋武帝司马炎身边侍坐，北窗是琉璃窗，实际上很严密，看起来却透明，满奋脸上有为难的神色。晋武帝嘲笑他，满奋答复道："臣就像吴地水牛，看到月亮就喘气了。"

诸葛靓在吴国的时候，有一次于朝堂大会上，孙皓询问他："你的字是仲思，你思考的是什么呢？"诸葛靓答复道："在家思的是孝顺父母，侍奉君主思的是忠诚，交友思的是诚信，如此罢了。"

【原文】

蔡洪①赴洛，洛中人问曰："幕府②初开，群公辟命③，求英奇于仄陋④，采贤隽于岩穴。君吴楚之士，亡国之余，有何异才而应

斯举？”蔡答曰：“夜光之珠，不必出于孟津之河；盈握[⑤]之璧，不必采于昆仑之山。大禹生于东夷，文王生于西羌。圣贤所出，何必常处。昔武王伐纣，迁顽民于洛邑，得无诸君是其苗裔乎？”

诸名士共至洛水戏，还，乐令问王夷甫[⑥]曰：“今日戏，乐乎？”王曰：“裴仆射[⑦]善谈名理，混混[⑧]有雅致；张茂先[⑨]论《史》《汉》，靡靡[⑩]可听；我与王安丰说延陵、子房[⑪]，亦超超玄著[⑫]。”

王武子、孙子荆[⑬]各言其土地人物之美。王云：“其地坦而平，其水淡而清，其人廉且贞[⑭]。”孙云：“其山嶵巍以嵯峨[⑮]，其水泙渫而扬波[⑯]，其人磊砢而英多[⑰]。”

乐令女适大将军成都王颖[⑱]，王兄长沙王[⑲]执权于洛，遂构兵[⑳]相图。长沙王亲近小人，远外君子，凡在朝者，人怀危惧。乐令既允朝望，加有婚亲，群小谗于长沙。长沙尝问乐令，乐令神色自若，徐答曰：“岂以五男易一女[㉑]？”由是释然，无复疑虑。

【注释】

①蔡洪：字叔开，晋吴郡吴（今江苏苏州）人。②幕府：泛指军政官署。③辟命：征召任命。④仄陋：身份低微。⑤盈握：满满一把。⑥乐令：乐广，西晋人，官至太子舍人、尚书令。王夷甫：王衍，字夷甫，晋琅邪临沂（今属山东）人。⑦裴仆射：裴（péi）頠，字逸民，晋河东闻喜（今属山西）人。⑧混混：通“滚滚”，说话滔滔不绝的样子。⑨张茂先：张华，字茂先。⑩靡靡：娓娓动听的样子。⑪延陵：本为地名，即今江苏常州，这里指春秋时吴公子季札。子房：张良，字子房。⑫超超玄著：形容议论

高超玄妙而又深沉透彻。⑬王武子：王济，字武子，晋太原晋阳（今山西省太原市）人。孙子荆：孙楚，字子荆，晋太原中都（今山西省平遥西南）人。⑭廉且贞：廉洁坚贞。⑮嶵（zuì）巍以嵯峨："嶵巍""嵯峨"同义复指，均指山高的样子。⑯浬（xiǎ）渫（diè）：同"浃渫"，水涌流的样子。扬波：波浪翻滚。⑰磊砢（luǒ）：众多的样子。英多：人才济济。⑱成都王颖：司马颖，字章度。晋武帝儿子，封成都王。⑲长沙王：司马乂，字士度，晋武帝儿子，封长沙王。⑳构兵：起兵、交战。㉑岂以王男易一女：意为决不因女儿是成都王颖之妻而附颖；一旦附从，五男被诛。

【译文】

蔡洪在吴国覆灭后前去洛阳，洛阳的人询问道："军政官府刚开设，各位官员征召任命人员，从身份低微的人中间寻找英明奇特之才，从偏僻的地方考察贤能俊杰之士。你是吴、楚之地的人，亡国的遗民，有什么特殊的才学来参加这种事？"蔡洪回答道："夜光明珠，不一定出产于孟津河中；满把可握的玉璧，不一定求于昆仑山。大禹出生在东夷，周文王出生在西羌。圣贤出生的地方，为什么非要是固定的地方呢？从前周武王讨伐商纣王，将不服管教的商朝遗民迁移至洛邑，难道你们就是他们的后代吗？"

几位名流一起来洛水边游玩，回来时，乐广问王衍道："今日玩得高兴吗？"王衍回答道："裴善于谈论名理才思敏睿，很有雅趣；张华讲论《史记》《汉书》，也娓娓动听；我和王戎谈论延陵、子房，更是高妙玄远又深沉透彻。"

王武子与孙子荆在一块儿各自赞叹起自己的家乡山水人物之美。王武子说道："我们那里的土地宽广平坦，河水甘洌清澈，人

民清廉正直。”孙子荆说：“我们那儿的山高大险峻，河水波澜荡漾，百姓才华横溢。”

乐广的女儿嫁给大将军成都王颖，他的哥哥长沙王在洛阳掌管大权，于是两人发起战争，相互图谋。长沙王亲近小人，远离君子，凡是朝廷里任职的，人人心怀危惧。乐广既在朝廷上享有盛名，再加上与成都王颖有婚姻亲戚关系，一帮小人向长沙王进谗言。长沙王过去问乐广这件事，乐广神色自如，慢慢答道：“我怎么可能用五个儿子的生命换取一个女儿？”之后长沙王颖疑惑消除，不再怀疑担心了。

【原文】

陆机[①]诣王武子，武子前置数斛羊酪，指以示陆曰：“卿江东何以敌此？”陆云：“有千里莼羹[②]，但未下盐豉耳[③]。”

中朝有小儿，父病，行乞药。主人问病，曰：“患疟也。”主人曰：“尊侯明德君子，何以病疟？”答曰：“来病君子，所以为疟耳。”

崔正熊[④]诣都郡，都郡将[⑤]姓陈，问正熊：“君去崔杼[⑥]几世？”答曰：“民去崔杼，如明府之去陈恒[⑦]。”

元帝[⑧]始过江，谓顾骠骑[⑨]曰：“寄人国土[⑩]，心常怀惭。”荣跪对曰：“臣闻王者以天下为家，是以耿、亳无定处[⑪]，九鼎迁洛邑，愿陛下勿以迁都为念。”

庾公造周伯仁[⑫]，伯仁曰：“君何所欣说而忽肥？”庾曰：“君复何所忧惨而忽瘦？”伯仁曰：“吾无所忧，直是清虚[⑬]日

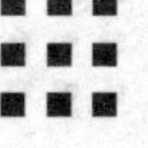

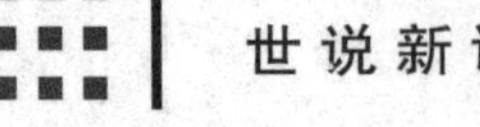

来，滓秽⑭日去耳！”

过江诸人，每至美日，辄相邀新亭⑮，藉卉⑯饮宴。周侯中坐而叹曰：“风景不殊，正自有山河之异！”皆相视流泪。唯王丞相⑰愀然变色曰：“当共戮力⑱王室，克复神州，何至作楚囚⑲相对！”

卫洗马⑳初欲渡江，形神惨悴，语左右云：“见此芒芒，不觉百端交集。苟未免有情，亦复谁能遣㉑此！”

【注释】

①陆机：字士衡，吴郡人，西晋著名作家。②千里：千里湖，有说在今江苏溧阳县附近。莼羹：用莼菜加调料制成的一种稠汤。③“但未”一句：未下盐豉的莼羹就同羊酪相当，如果放入盐豉，羊酪就比不上了。豉，豆豉。④崔正熊：崔豹，字正熊，晋人，官至太傅丞。⑤都郡将：以其他郡的太守兼都督本郡军事的将官。⑥崔杼（zhù）：春秋时齐国大夫，其妻与齐庄公私通，他弑庄公而立景公。⑦陈恒：《史记》作“田常”，春秋时齐国大夫，弑简公而立平公。⑧元帝：晋元帝司马睿，字景文，晋琅邪恭王瑾之子，东晋建立者。⑨顾骠骑：顾荣，字彦先，吴郡（治所在吴县，今江苏省苏州市）人。⑩寄人国土：司马家族本为中原人士，现流落江南，故云。⑪是以耿、亳无定处：商朝多次迁都，商汤迁都亳邑，祖乙迁到耿邑，盘庚回迁亳邑。⑫周伯仁：周顗，字伯仁，袭父爵武城侯，世称周侯。⑬直是：只是。清虚：清静淡泊。⑭滓秽：污秽，丑恶。⑮新亭：三国时吴建，故址在今江苏南京南，东晋时为朝士游宴之所。⑯藉（jiè）卉：坐在草地之上。⑰王丞相：王导，字茂弘，拥戴晋元帝，经营江左，辅佐晋室，是东晋中兴名臣。⑱戮

（lù）力：协力。⑲楚囚：指处境窘迫却无计可施的楚国人。⑳卫洗马：卫玠，字叔宝，晋河东安邑（今山西运城）人。㉑遣：排遣。

【译文】

陆机去拜访王武子，王武子面前摆着几斛羊奶酪，他指出给陆机看问道："你们江南有什么能够和这个相比呢？"陆机说："我们那儿有千里湖出产的莼羹，还不必要放盐豉呢！"

西晋有个男孩，父亲病了，便去讨药治病。主人问病情，男孩说："生的是疟疾。"主人说："令尊大人是有美德的君子，怎么会患疟疾呢？"男孩答道："它来使君子生病，这就是称它为暴虐鬼的原因啊。"

崔豹去拜访郡太守，都郡将姓陈，他问崔豹："你上距崔杼有几代？"崔豹回答说："我上距崔杼的世代，正好与您上距陈恒的世系一样。"

晋元帝司马睿刚来江南的时候，对骠骑将军顾荣说："寄宿在他人国土上，心里经常感到惭愧。"顾荣跪着答复道："臣听说帝王把天下看成家，所以商代的君主或者迁都耿邑、或者迁都亳邑，没有固定的地方，周武王也把九鼎迁到洛邑，请求陛下不要把迁都的事放在心上。"

庾亮去访问周顗，周顗说道："您有什么值得高兴的事忽然发胖了？"庾亮说道："您又有什么担忧的事忽然消瘦了呢？"周伯仁道："我没有什么担忧的事，只是清净虚无之志一天天增加，污浊不洁之心一天天褪去罢了！"

过江避难的士人们，每到风和日丽的好天气，总是相邀一起到

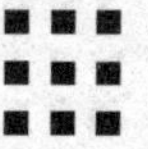

新亭，坐在草地上聚会饮酒。周侯颛坐到中途感叹说："风景没有什么不同，只是山河有了变化！"大家都相看流泪。只有王导脸色大变说："我们应该同心协力辅佐王室，收复中原，为什么像楚国无计可施之人那样相对流泪！"

卫玠开始要渡江的时候，神色惨淡憔悴，对旁边的人说："看见这茫茫无边的大江，不禁百感交集。要是不能免去情感，谁又可以排遣这么多的情绪！"

【原文】

顾司空[1]未知名，诣王丞相。丞相小极[2]，对之疲睡[3]。顾思所以叩会[4]之，因谓同坐曰："昔每闻元公[5]道公协赞中宗，保全江表[6]。体小不安，令人喘息[7]。"丞相因觉，谓顾曰："此子珪璋特达[8]，机警有锋。"

会稽贺生[9]，体识[10]清远，言行以礼。不徒东南之美，实为海内之秀。

刘琨虽隔阂寇戎[11]，志存本朝。谓温峤[12]曰："班彪[13]识刘氏之复兴，马援[14]知汉光之可辅。今晋阼[15]虽衰，天命未改。吾欲立功于河北，使卿延誉于江南。子其行乎？"温曰："峤虽不敏，才非昔人，明公以桓、文[16]之姿，建匡立之功，岂敢辞命！"

温峤初为刘琨使来过江。于时，江左[17]营建始尔，纲纪未举。温新至，深有诸虑。既诣王丞相，陈主上幽越、社稷焚灭、山陵夷毁之酷[18]，有《黍离》之痛。温忠慨深烈[19]，言与泗俱[20]，丞相亦与之对泣。叙情既毕，便深自陈结[21]，丞相亦厚相酬纳[22]。既出，欢然言曰："江左自有管夷吾[23]，此复何忧！"

【注释】

①顾司空：顾和，字君孝。②小极：稍感困乏。③疲睡：打瞌睡。④叩会：拜见交谈。⑤元公：指顾荣，他是顾和的族叔。⑥江表：长江之外，即江南。⑦喘息：呼吸急促，比喻焦急紧张。⑧珪璋特达：珪和璋是玉器，比喻美德。特达：指特别，出众。⑨贺生：贺循，字彦先，官至太常，领太子太傅，死后追赠司空。⑩体识：见识。⑪刘琨：字越石，封广武侯。寇戎：入侵的外族。⑫温峤：字太真，曾在刘琨手下任右司马。⑬班彪：字叔皮，汉代人。⑭马援：字文渊，汉代人，封新息侯，拜伏波将军。⑮晋阼：晋王朝的国统。⑯桓、文：齐桓公、晋文公，都是春秋时代诸侯国的霸主。⑰江左：犹江东，此指东晋政权。⑱陈：陈述，述说。主上幽越：指西晋愍帝被囚禁。社稷：社，土神；稷，谷神。夷毁：夷平毁坏。酷：惨烈。⑲忠慨深烈：忠心、悲愤十分强烈。⑳言与泗俱：边说边流泪。泗：鼻涕。㉑深自陈结：深入表明自己欲结合东晋、共图复国的意图。㉒厚相酬纳：诚恳地采纳。㉓管夷吾：字仲，春秋时齐桓公相。后有以管仲指代良相。此指王导。

【译文】

司空顾和还没有出名的时期，有一次去访问丞相王导。王导有点疲乏，对着他打瞌睡。顾和忧虑怎样才能和他交谈问答，便对在座的人说道："过去经常听族叔顾荣说起王公辅佐中宗，保卫江南的事。现在他的贵体不太舒适，让人焦急不安。"王导便这样醒了过来，对同座的人评论顾和道："这人智慧才能出众，机敏警觉词锋犀利。"

令稽贺循，见识高远，言行遵循礼法。他不仅是东南一带的著名人物，也是全国的优秀人才。

刘琨即使被入侵者阻隔在黄河以北，但心中依然不忘朝廷。他对温峤说："班彪晓得刘氏天下必能复兴，马援晓得汉光武帝值得辅佐。现在晋室的国运衰微，不过天命并没有改变。我想在黄河以北建功立业，让你去江南享受盛誉。你是否同意去呢？"温峤说："我虽然不聪敏，能力也比不上前辈，不过您以齐桓、晋文那样的才智，建立匡正天下扶立王室之功，我如何敢不受命呢！"

温峤作为刘琨的使者南渡长江。当时，东晋王朝刚刚建立，朝廷纲纪法度还没有建立。温峤刚到江南，为此而深感担忧。他去拜见丞相王导，向王导陈述了愍帝遭遇强寇、宗庙被焚、山陵被毁的落魄之像，大有《诗经·黍离》的感慨。温峤性情忠直感情激烈，言说时泪流满面，王丞相也同他一块流泪。两人各述情怀后，彼此已深深信任，王丞相也同意酬谢接待他。温峤离去丞相府，高兴地说："江南自有当值的管仲，光复河山的大事还有什么可担忧的呢！"

【原文】

王敦[①]兄含，为光禄勋[②]。敦既逆谋，屯据南州，含委职[③]奔姑孰。王丞相诣阙谢[④]。司徒、丞相、扬州官僚问讯，仓卒[⑤]不知何辞。顾司空时为扬州别驾[⑥]，援翰曰："王光禄远避流言，明公蒙尘路次[⑦]，群下[⑧]不宁，不审尊体起居[⑨]何如？"

郗太尉[⑩]拜司空，语同坐曰："平生意不在多，值世故纷纭，

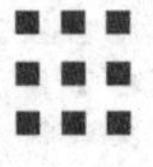

遂至台鼎[11]。朱博翰音[12]，实愧于怀。”

高坐道人不作汉语[13]。或问此意[14]，简文曰：“以简应对之烦[15]。”

周仆射[16]雍容好仪形。诣王公[17]，初下车，隐[18]数人，王公含笑看之。既坐，傲然啸咏[19]。王公曰：“卿欲希嵇、阮[20]邪？”答曰：“何敢近舍明公，远希嵇、阮！”

庾公尝入佛图[21]，见卧佛，曰：“此子疲于津梁[22]。”于时以为名言。

挚瞻[23]曾作四郡太守、大将军户曹参军，复出作内史，年始二十九。尝别王敦，敦谓瞻曰：“卿年未三十，已为万石，亦太早。”瞻曰：“方于将军，少为太早；比之甘罗[24]，已为太老。”

【注释】

①王敦：晋室东迁，与堂兄弟王导一起辅佐晋元帝。②光禄勋：官名，掌管皇帝宿卫侍从。③委职：弃职，离开职位。④“王丞”句：王敦谋反，王导天天领着家里子弟到朝廷谢罪。⑤仓卒：匆忙。⑥别驾：官名，刺史的属官，是重要佐吏，总理众务。⑦蒙尘：蒙受风尘。指王导天天诣阙谢罪。路次：路途上。⑧群下：僚属，部下。⑨起居：日常生活。⑩郗太尉：郗鉴。⑪台鼎：三台星和三足鼎，喻指太尉、司徒、司空三公。⑫朱博：字子元，西汉人。翰音：飞向高空的声音，比喻徒有虚名。⑬高坐道人：西域僧人，名尸黎密。不作汉语：不讲汉话。⑭或问此意：有人问这有什么意图。⑮简：简省，省去。应对之烦：应酬对答的麻烦。⑯周仆射：即周𫖮。⑰王公：王导。⑱隐：依靠。⑲啸咏：噘口让气流

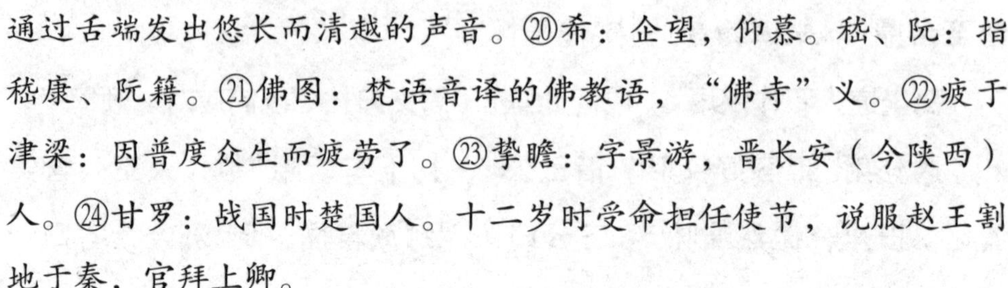

通过舌端发出悠长而清越的声音。⑳希：企望，仰慕。嵇、阮：指嵇康、阮籍。㉑佛图：梵语音译的佛教语，“佛寺”义。㉒疲于津梁：因普度众生而疲劳了。㉓挚瞻：字景游，晋长安（今陕西）人。㉔甘罗：战国时楚国人。十二岁时受命担任使节，说服赵王割地于秦，官拜上卿。

【译文】

王敦的哥哥王含，担任光禄勋。王敦谋叛以后，军队驻扎在南州，王含弃职逃离到姑孰。王敦谋反，丞相王导上朝谢罪。司徒、丞相、扬州府中的官员前来探听消息，匆忙之间不晓得该怎样措辞。司空顾和当时任扬州别驾，拿起笔来写道：“王光禄远远避开了流言，明公天天在路上诣阙谢罪，我们下属心里都很不安，不晓得您日常的饮食起居还安好吗？”

太尉郗鉴就担任司空时，对在座的人说：“我平生愿望不高，遭遇世事纷乱，才提到三公的地位。念到朱博徒有虚名而获得高位，实在是内心有愧。”

高坐和尚不说汉语。有人问他有什么意图，简文帝说：“他是以此来省去往来酬答的麻烦。”

尚书仆射周𫖮举止大方，温文尔雅，相貌堂堂。他去拜访王导，一下车，就有好几个人搀扶着，王导含笑望着他。坐下之后，周旁若无人地啸咏起来。王导说道：“你想学习嵇康、阮籍吗？”周答复说：“怎么敢舍去眼前的明公，去效仿前代的嵇康、阮籍呢！”

庾亮曾经进入佛寺，看到一尊卧佛，说道：“此人因普度众生

而疲劳。”当时被传为名言。

挚瞻过去出任四郡的太守和大将军幕府里的户曹参军，之后又出任内史，岁数才二十九岁。他曾经向王敦道别，王敦对他说："你年纪未满三十，已然是拥有万石的官员，也太早了。”挚瞻说："与将军相比，略微太早了；不过与战国时封为上卿的甘罗比较，我已经太老了。”

【原文】

梁国杨氏子九岁，甚聪惠[1]。孔君平[2]诣其父，父不在，乃呼儿出。为设果[3]，果有杨梅。孔指以示儿曰："此是君家果。”儿应声答曰："未闻孔雀是夫子家禽[4]。”

孔廷尉[5]以裘与从弟沈[6]，沈辞不受。廷尉曰："晏平仲之俭，祠其先人[7]，豚肩不掩豆[8]，犹狐裘数十年[9]，卿复何辞此？”于是受而服之。

佛图澄与诸石[10]游，林公[11]曰："澄以石虎为海鸥鸟[12]。”

谢仁祖[13]年八岁，谢豫章[14]将送客，尔时语已神悟，自参上流。诸人咸共叹之曰："年少，一坐之颜回。”仁祖曰："坐无尼父，焉别颜回？”

陶公[15]疾笃，都无献替[16]之言，朝士以为恨[17]。仁祖闻之，曰："时无竖刁[18]，故不贻[19]陶公话言。”时贤以为德音[20]。

【注释】

①惠：同“慧”。②孔君平：孔坦，字君平，晋会稽山阴（今

浙江省绍兴市）人。③设果：摆设果品。④夫子家禽：您家的鸟。⑤孔廷尉：即孔坦。⑥从弟：堂弟。沈：字德度，会稽山阴人。⑦祠：祭祀。先人：祖先。⑧豚（tún）肩：猪腿。掩：遮盖。豆：古代食器。⑨犹狐裘数十年：尚且数十年穿狐皮衣。⑩佛图澄：西域和尚，晋代永嘉年间到洛阳。诸石：指石勒、石虎等人，羯族人。⑪林公：支遁，字道林，世人尊称为林公，是晋时有名的高僧。⑫"澄以"句：佛图澄清净无机巧之心，物我两忘。⑬谢仁祖：谢尚，字仁祖，谢鲲的儿子，晋陈郡阳夏（今河南太康）人。⑭谢豫章：谢鲲，字幼舆。⑮陶公：陶侃，字士行。一作士衡。⑯献替：对君主提出改进性、可行性建议。⑰朝士：朝廷的官吏。恨：遗憾，惋惜。⑱竖刁：春秋时齐桓公所宠信的宦官。⑲贻：留下，遗留。⑳德音：有见识的话。

【译文】

梁国杨家有个孩子才九岁，很聪明。孔坦去拜访他的父亲，他父亲不在，把孩子叫出来。杨家孩子摆出了果品，其中有杨梅。孔坦指着杨梅对杨家孩子说："这是你家的点心。"杨家孩子回答说："不曾听说孔雀是你的家禽。"

廷尉孔君平把一件皮衣交给堂弟孔沈，孔沈推辞不肯接受。孔君平说："晏平仲如此俭省，祭祀祖先的时候，所用的猪腿小到张开两个猪肘也盖不满一个豆，还穿了几十年狐皮袍子，你又为何拒绝它呢？"孔沈这才接受并穿上了。

佛图澄同石氏这些人有交往，林支遁说："他把石虎看成海鸥鸟了。"

谢尚八岁时，谢鲲即将送别客人，那时谢尚话语已经机警善悟，处于名流之列。大家都一起感叹说："年龄这样小，真是这里的颜回。"谢尚说："在座的没有孔子，如何可以辨别颜回？"

陶侃病重，不过没有留下一句有关兴利除弊、诤言劝谏的话，朝中人士都觉得这是令人遗憾的事。谢仁祖（尚）听到后，说："如今没有像齐桓公时代竖刁那样爆发叛乱的人，故而陶公不需要留下遗嘱。"当时有才德的人觉得这是十分有道理的话。

【原文】

竺法深[①]在简文坐，刘尹问："道人何以游朱门[②]？"答曰："君自见其朱门，贫道如游蓬户[③]。"或云卞令[④]。

孙盛[⑤]为庾公记室参军[⑥]，从猎，将[⑦]其二儿俱行。庾公不知，忽于猎场见齐庄[⑧]，时年七八岁，庾谓曰："君亦复[⑨]来邪？"应声答曰："所谓'无小无大，从公于迈[⑩]'。"

孙齐由[⑪]、齐庄二人，小时诣庾公。公问："齐由何字？"答曰："字齐由。"公曰："欲何齐[⑫]邪？"曰："齐许由。""齐庄何字？"答曰："字齐庄。"公曰："欲何齐？"曰："齐庄周。"公曰："何不慕仲尼而慕庄周？"对曰："圣人生知，故难企慕。"庾公大喜小儿对。

【注释】

①竺法深（286—374）：名潜，字法深。晋时高僧。②朱门：指富贵人家。③蓬户：指穷苦人家。④卞令：卞壸，字望之，官至

尚书令。⑤孙盛：字安国，晋太原中都（今山西省平遥）人。⑥记室参军：官职名，负责文书档案的属官。⑦将：携带。⑧齐庄：孙盛次子孙放，字齐庄。⑨亦复：偏义复词，犹言“亦”。⑩无小无大，从公于迈：出自《诗经·鲁颂·泮水》，官员不会尊卑大小，都跟随君主出行。迈：出行。⑪孙齐由：孙盛的儿子孙潜。⑫齐：和……看齐，对等。

【译文】

竺法深在简文帝那儿坐谈，刘惔询问他说：“道人为什么游往于富贵人家？”竺法深说道：“你自己看到的是富贵人家，我就像游于穷苦人家一样。”有的人说是卞壶当时在座。

孙盛出任庾亮的记室参军，随着庾亮去打猎时，带上了他的两个儿子一同去。庾亮不晓得，突然间在猎场上见到了孙盛的次子齐庄，当时齐庄只有七八岁，庾亮询问他说：“你如何也来了？”齐庄应声答道：“这正是《诗经·泮水》所写的‘无小无大，从公于迈（不论老少，随公而行）’。”

孙齐由、孙齐庄兄弟二人，少年的时候去拜访庾亮。庾亮问：“齐由的字叫什么？”答复道：“字齐由。”庾亮道：“想向哪位看齐？”回答道：“向许由看齐。”庾亮再问：“齐庄的字是什么？”齐庄答复道：“字齐庄。”庾亮道：“想和哪位看齐？”回答道：“向庄周看齐。”庾亮说道：“为什么不仰慕孔子而仰慕庄周？”答复道：“孔子圣人生来就晓得一切，所以很难仰慕。”庾亮十分喜欢这小孩儿的回答。

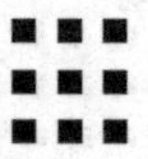

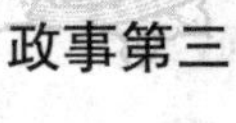

政事第三

【原文】

陈仲弓为太丘[1]长，时吏有诈称母病求假。事觉，收之，令吏杀焉。主簿请付狱，考众奸[2]，仲弓曰："欺君不忠，病母不孝，不忠不孝，其罪莫大。考求众奸，岂复过此？"

陈仲弓为太丘长，有劫贼杀财主[3]，主者捕之。未至发所，道闻民有在草[4]不起子者，回车往治之。主簿曰："贼大，宜先按讨。"仲弓曰："盗杀财主，何如骨肉相残？"

陈元方[5]年十一时，候袁公。袁公问曰："贤家君在太丘，远近称之，何所履行？"元方曰："老父在太丘，强者绥[6]之以德，弱者抚之以仁，恣其所安[7]，久而益敬。"袁公曰："孤往者尝为邺令，正行此事。不知卿家君法孤？孤法卿父？"元方曰："周公、孔子，异世而出，周旋动静[8]，万里如一。周公不师[9]孔子，孔子亦不师周公。"

【注释】

①太丘：地名，即现河南省永城市太丘镇所在地区，位于永城市西北部。②奸：罪状。③财主：财货的主人（不是现代所说的富家）。④发所：出事地点。在草：生孩子。草，产蓐。晋时分娩多

用草垫着。⑤陈元方：陈纪，陈寔长子。⑥绥：安抚。⑦恣：听任。安：安适；安心。⑧动静：行动举止。⑨师：学。

【译文】

陈寔出任太丘县令，当时有个官吏假称母亲有病提出请假。事情被人发觉了，陈寔抓捕了那个人，并命令狱吏处死。主簿请求把他交给狱吏，拷问他的罪行，陈寔说：“欺骗长官即是不忠，诈称母亲生病即是不孝，不忠不孝，这罪行太大了。拷问他的其他罪状，哪有超过这样的？”

陈仲弓出任太丘县县令时，有强盗劫财害命，主管官吏逮捕了强盗。陈仲弓前去处理，还没到出事地点，途中听说有家老百姓生下孩子不愿养育，便掉头去办理这件事。主簿说道：“杀人事大，应该先查办。”仲弓说：“强盗杀物主，如何比得上骨肉相残这件事严重？”

陈纪十一岁时，去访问袁公。袁公询问他：“令尊在太丘县为官时，远近的人都称赞他，他都做了些什么事啊？”陈纪说道：“家父在太丘时，对强者用德行去安慰，对弱者用仁慈去关怀，让他们安居乐业，时间长了，他们就越加尊敬他了。”袁公说道：“我先前曾任邺县县令，也是这样做的。不晓得是令尊效法我，还是我效法令尊？”陈纪说道：“周公、孔子，出现在不同时期，但他们的谋划措施和行动举止，即使相隔很远也都是一样的。周公并未学孔子，孔子也未学周公。”

【原文】

贺太傅作吴郡[1]，初不出门。吴中诸强族轻之，乃题府门云：

“会稽鸡，不能啼。”贺闻，故出行，至门反顾，索笔足[2]之曰：“不可啼，杀吴儿。”于是至诸屯邸[3]，检校诸顾、陆役使官兵及藏逋亡[4]，悉以事言上，罪者甚众。陆抗时为江陵都督，故下请孙皓，然后得释。

【注释】

①贺太傅：贺邵，字兴伯，三国时吴国会稽山阴（今浙江绍兴）人。②足：补足。③屯邸：三国吴大规模屯田。④藏逋亡：藏匿逃亡的农民。

【译文】

贺太傅（名邵）担任吴郡太守时，起初闭门不出。吴郡一些豪门大族藐视他，在他府第门上写着：“会稽鸡（贺邵为会稽人），不能啼。”贺邵知道了，就走出门去，走到门外回头观察，要人拿笔来在后面补写着：“不可啼，杀吴儿。”便到这些豪强家中，检查顾、陆等大姓役使官兵及藏匿逃亡百姓等违法之事，把这些都向皇帝上报，很多家由此获罪。陆抗当时做江陵都督，也由于此而到建业来见吴主孙皓，然后家属才能够赦免。

【原文】

山公以器重朝望[1]，年逾七十，犹知管时任[2]。贵胜[3]年少若和、裴、王之徒，并共言咏[4]。有署阁[5]柱曰：“阁东有大牛，和峤鞅[6]，裴楷鞦[7]，王济剔嬲[8]不得休。”或云潘尼[9]作之。

贾充初定律令[10]，与羊祜共咨太傅郑冲[11]，冲曰：“皋陶[12]严明

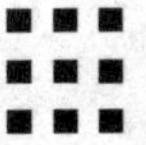

之旨，非仆闇懦所探[13]。”羊曰：“上意欲令小加弘润[14]。”冲乃粗下意[15]。

山司徒前后选[16]，殆周遍百官，举无失才。凡所题目[17]，皆如其言。唯用陆亮，是诏所用，与公意异，争之，不从。亮亦寻为贿败。

嵇康被诛后，山公举康子绍为秘书丞[18]。绍咨公出处[19]，公曰：“为君思之久矣。天地四时，犹有消息[20]，而况人乎！”

【注释】

①山公：山涛。器：才能，才干。朝望：在朝廷中有声望。②知管：主管，主持。时任：当时的重任。③贵胜：权贵，显贵。④言咏：尊崇赞美。⑤阁：台阁，这里指尚书省。⑥鞅：驾车时套在牛马脖子上的皮套。⑦鞦：驾车时拴在牛马屁股后的皮带。⑧刓㓢：搅扰，纠缠。⑨潘尼：字正叔，潘岳之侄，少有文才，官至太常卿。⑩贾充（217—282）：字公闾，西晋平阳襄陵（今山西襄汾东北）人。魏晋之臣，贾逵之子。定律令：制定法律和条令。⑪羊祜：即羊叔子。太傅：官名。郑冲（？—274）：字文和，西晋荥阳开封（今属河南）人。⑫皋陶（yáo）：虞舜之臣，制律立狱。此借以恭维制定律令之贾充等。⑬仆：郑冲自谦之称。闇（àn）懦：愚昧无能。探：测知。⑭弘润：扩充润色。⑮下意：提出意见。⑯山司徒：山涛。前后领选：前后都担任负责选拔任免官吏的官员。⑰题目：品评，评选。⑱秘书丞：秘书省的次官，负责文书处理等事务。⑲出处：出仕或隐居。⑳“天地”二句：天地四季，

犹有轮回转换。消：灭。息：生。

【译文】

山涛因为有才干而在朝廷中享有很高的威望，已过七十，还主持管理着时政。一帮权贵家子弟，如和峤、裴楷、王济等人，全都尊敬称颂他。这样有人在尚书省的柱子上写道："阁道东边有大牛，和峤是套牛的鞅，裴楷便是套牛的鞦，王济在一旁打搅纠缠不得休。"有人说这是潘尼写的。

贾充最初制定法令，和羊祜一起去向太傅郑冲请教，郑冲就说："像皋陶那样制律立狱的严明的用意，不是我这样愚昧无能的人能够测度而知的。"羊祜就说："上面的意思是要请您稍微加以扩充润色。"郑冲就草草提了些意见。

山司徒（山涛）前前后后推举的人才，差不多遍于百官，没有推举过不当的人选。凡他所评点的人，事实证明都和他说的一样。只有任用陆亮，是由于皇帝下诏要用，与他的意见不一致，他进行争辩，皇帝不听。陆亮不久也由于受贿被罢免。

嵇康被诛杀后，山涛推荐嵇康的儿子嵇绍出任秘书丞。嵇绍就出不出任去向山涛征询意见，山涛就说："我为您思考很久了。天地四季，也有消长盈虚，何况是人呢！"

【原文】

王安期为东海郡，小吏盗池中鱼，纲纪推之。王曰："文王之囿，与众共之。池鱼复何足惜！"

王安期作东海郡，吏录一犯夜[①]人来。王问："何处来？"

云："从师家受书还，不觉日晚。"王曰："鞭挞宁越以立威名，恐非致理[2]之本。"使吏送令归家。

成帝[3]在石头，任让[4]在帝前戮侍中钟雅、右卫将军刘超。帝泣曰："还我侍中。"让不奉诏，遂斩超、雅。事平之后，陶公与让有旧，欲宥之。许柳儿思妣[5]者至佳，诸公欲全之。若全思妣，则不得不为陶全让，于是欲并宥之。事奏，帝曰："让是杀我侍中者，不可宥！"诸公以少主[6]不可违，并斩二人。

王丞相拜扬州，宾客数百人并加沾接[7]，人人有悦色。唯有临海一客姓任及数胡人为未洽[8]。公因便还到过任边，云："君出，临海便无复人。"任大喜悦。因过胡人前，弹指[9]云："兰阇[10]，兰阇。"群胡同笑，四坐并欢。

【注释】

①录：逮捕。犯夜：触犯夜行禁令。②宁越：人名，这里指读书人。致理：致治，招致太平；获得政绩。③成帝：指晋成帝司马衍。④任让：曾任苏峻参军。⑤许柳：字季祖。思妣：许永，字思妣，许柳的儿子。⑥少主：指晋成帝司马衍。⑦沾接：款待，招待。⑧胡人：此指胡僧，即少数民族和尚。洽：和谐，指沾光，受到款待。⑨弹指：搓手指出声。⑩阇：可能是梵语的音译，表示愉快、喜悦。

【译文】

王安期做东海郡太守时，有小吏偷了水池里的鱼，主簿查究此事。王安期说："古代文王的苑囿与百姓共同享用，小小的池鱼又有什么值得吝惜的！"

王安期出任东海郡内史时，有一次，差役抓了一个犯宵禁的人来。王安期审问他："你是从哪里来的？"那个人答复说："从老师家学完功课归来，没想到时间太晚了。"王安期知道后说："处分一个读书人来建立威名，恐怕不是获得治绩的根本办法。"便派差役送他出去，让他回家。

晋成帝被迁往石头城，叛军任让在成帝面前要杀害侍中钟雅、右卫将军刘超。成帝哭着说道："把侍中还给我。"任让不听命令，终于斩杀了刘超、钟雅。到了叛乱平定以后，陶侃由于和任让有旧交，就想宽恕他。另外叛军许柳有个儿子叫思妣，十分有才德，大臣们也想保全他。不过要想保全思妣，就不得不替陶侃保住任让，于是就想两个人一同宽恕。事情启奏后，成帝就说："任让是杀我侍中的人，不能宽恕！"大臣们觉得不能违抗成帝命令，就把两人全杀了。

丞相王导担任扬州刺史，几百名贺客都受到了他的款待，人人脸上都有欣喜的神色。只有临海郡一名姓任的客人和几位胡僧还没有受到接待，故而不太高兴。王导转身走到任姓客人身边，就说："您出来后，临海郡就不再有人才了。"任氏听了，十分高兴。于是又走到胡僧面前，捻弹手指道："兰阇！兰阇！"几位胡僧一起笑了起来。满座客人皆大欢喜。

【原文】

陆太尉[①]诣王丞相咨事[②]，过后辄翻异，王公怪其如此。后以问

陆，陆曰：“公长民短[3]，临时不知所言，既后觉其不可耳。”

丞相尝夏月至石头看庾公，庾公正料事。丞相云：“暑，可小简[4]之。”庾公曰：“公之遗事，天下亦未以为允。”

丞相末年，略不复省事[5]，正封箓[6]诺之。自叹曰：“人言我愦愦[7]，后人当思此愦愦！”

陶公性检厉[8]，勤于事。作荆州时，敕船官悉录[9]锯木屑，不限多少。咸不解此意。后正会[10]，值积雪始晴，听事前除[11]雪后犹湿，于是悉用木屑覆之，都无所妨。官用竹，皆令录厚头[12]，积之如山。后桓宣武伐蜀，装船，悉以作钉。又云，尝发所在竹篙，有一官长连根取之，仍[13]当足。乃超两阶用之。

【注释】

①陆太尉：陆玩，字士瑶，吴郡（今江苏省苏州市）人。②咨事：咨询商量事情。③公长民短：长、短有尊、卑的意思。公：指王导。民：陆玩自称。④小简：稍微简化。⑤略：完全，丝毫。表示程度，多与“不”“无”连用。省（xǐng）事：视事，犹办公。⑥正：仅，只。箓：簿籍。特指文书。⑦愦愦（kuì）：昏聩，糊涂。⑧检厉：细密严格。⑨录：收藏。⑩正（zhēng）会：正月初一，皇帝朝会群臣，或者封疆大吏和僚属聚会。⑪听事：官署中处理政事的厅堂。除：台阶。⑫厚头：靠近根部的竹头。⑬仍：因而；于是。

【译文】

陆太尉（陆玩）到王丞相（王导）那里去请示，商量好的事

情，过后经常不照王导说过的去做，王导奇怪他怎么这样。后来询问陆玩原因，陆玩答复说：“您位尊而我官卑，当初我不知说什么好，过后觉得不能够那样干。”

丞相王导过去在一个夏天到石头城探望庾亮，庾亮正在办理公务。王导就说：“天气炎热，能够稍微简略一点。”庾亮道：“您把事务都拖着，天下的人也并非都认为恰当。”

王导丞相晚年，几乎不再办理政务，只是在文书上签字同意。他自己叹息说道：“人家说我糊涂，后代的人将会想着我这糊涂！”

陶侃秉性严肃认真，工作勤奋。出任荆州刺史的时候，下令负责造船的官员把锯木剩下的碎屑全都收藏起来，多少不限。大家都不明白他的用意。之后正月初一朝贺时，赶上雪后初晴，厅堂前台阶铺雪后全都湿漉漉的，于是都用锯末儿盖上，一点儿也没有阻止行走。官府所用竹子，他让把锯掉的根部都收藏起来，堆积如山。之后桓宣武（桓温）讨伐后蜀，造船时，都用来做了钉。又据说，他曾征发所辖地区的竹篙，有一位官员连竹根也挖出来，于是用根部替代铁脚。陶侃就把他提升两级任用。

文学第四

【原文】

郑玄在马融[1]门下，三年不得相见，高足弟子传授而已。尝算浑天[2]不合，诸弟子莫能解。或言玄能者，融召令算，一转便决，众咸骇服。及玄业成辞归，既而融有“礼乐皆东”[3]之叹，恐玄擅名[4]而心忌焉。玄亦疑有追，乃坐桥下，在水上据屐。融果转式[5]逐之，告左右曰：“玄在土下水上而据木，此必死矣。”遂罢追，玄竟以得免。

郑玄欲注《春秋传》，尚未成。时行[6]与服子慎遇，宿客舍。先未相识，服在外车上与人说己注《传》意。玄听之良久，多与己同。玄就车与语曰：“吾久欲注，尚未了。听君向言，多与吾同，今当尽以所注与君。”遂为服氏注。

郑玄家奴婢皆读书。尝使一婢，不称旨，将挞之。方自陈说，玄怒，使人曳著泥中。须臾，复有一婢来，问曰：“胡为乎泥中？”答曰：“薄言往愬，逢彼之怒[7]。”

服虔既善《春秋》[8]，将为注，欲参考同异。闻崔烈[9]集门生讲传，遂匿姓名，为烈门人赁[10]作食。每当至讲时，辄窃听户壁间。既知不能逾己，稍共诸生叙其短长。烈闻，不测何人，然素闻虔

名，意疑之。明早往，及未寤，便呼：“子慎！子慎！”虔不觉惊应，遂相与友善。

【注释】

①郑玄：字康成，东汉末高密（今属山东高密）人。马融：字季长，东汉著名经学家。②浑天：浑天仪。③礼乐皆东：礼和乐是儒家的重要课程。④擅名：独享名望。⑤转式：旋转栻盘进行推演卜算，是一种占卜的方法。式：通“栻”，用来占卜的器具，上圆下方，象征天地。⑥行：出行。⑦“薄言”二句：引自《诗经·邶风·柏舟》，意为：我去诉说，反而惹得他发火。薄言：助词，无义。⑧服虔：字子慎，河南荥阳（今属河南）人。《春秋》：指《左传》。⑨崔烈：字威考，东汉涿郡（今属河北）人。⑩赁：佣工。

【译文】

郑玄在马融门下求学，过了三年都没有看到马融，不过由马融的高才弟子教授学问而已。马融曾用浑天仪测算天体位置，计算得不精准，弟子们也没有谁能精准测算。有人说郑玄能够解决这个难题，马融就找来郑玄，让他测算，郑玄一推算就得出了结果，大家都惊叹佩服。之后郑玄学业完成告辞回家，马融马上慨叹礼和乐的中心都将要转移到东方去了，马融害怕郑玄独享名望，心里很嫉妒。郑玄也怀疑他们会前来追杀，就坐在桥下，脚上穿上木屐踏在水面。马融真的转动栻盘占卜他的行踪，他对身旁的人说：“郑玄现在土下水上并且脚踩木头，可见得他必定是死了。”便停止追赶。郑玄居然因此脱身。

郑玄打算注解《春秋传》，还没有完成。他办事外出的时候，与服子慎（名虔）不期而遇，他们住在同一家旅店。最初两人并不认得对方，服虔在旅店外边同他人讲自己注《左传》的想法。郑玄听了很长时间，他觉得服虔的见解很多都与自己的相同。便走到车前对服虔说道："我一直都想注《春秋传》，如今却还没有完成。刚才听您的话，许多都与我的想法相同，现在我应该将已经作的注全都送给您。"终于成了服氏注。

郑玄家里的奴婢都学习。一次曾使唤一个婢女，事情做得不称心，郑玄要打她。她想要分辩，郑玄生气了，叫人把她拉到泥里。过了一会儿，又有一个婢女过来，问她："为什么会在泥水中？"她答复说："我去诉说，反而惹得他发火。"

服虔擅长《左传》之学，准备替它作注释，想要参照比较各种观点。据说崔烈聚集门生讲解《左传》，便隐姓埋名，作为崔烈门生的佣工替他们做饭。每次到了崔烈讲授时，他就在门外墙壁后偷听。在知道了崔烈不能超过自己后，就逐渐同门生们讨论崔烈之说的得失。崔烈知道后，猜测不出是什么人，但他一向听说过服虔的名声，疑心就是他。第二天一早崔烈就去服虔处，趁着他没有睡醒，就喊着："子慎！子慎！"服虔惊醒过来不自觉地应声了，两人由此成了好朋友。

【原文】

钟会[1]撰《四本论》始毕，甚欲使嵇公一见。置怀中，既定，畏其难，怀不敢出，于户外遥掷，便回[2]急走。

何晏[3]为吏部尚书，有位望，时谈客[4]盈坐。王弼未弱冠[5]，往见之。晏闻弼名，因条向者胜理[6]语弼曰："此理仆以为极，可得复难不[7]？"弼便作难，一坐人便以为屈[8]。于是弼自为客主数番[9]，皆一坐所不及。

何平叔注《老子》[10]始成，诣王辅嗣，见王注精奇，乃神伏[11]，曰："若斯人，可与论天人之际矣。"因以所注为《道》《德》二论。

王辅嗣弱冠诣裴徽[12]，徽问曰："夫无[13]者，诚万物之所资[14]，圣人莫肯致言，而老子申之无已，何邪？"弼曰："圣人体[15]无，无又不可以训，故言必及有；老、庄未免于有，恒训其所不足。"

【注释】

①钟会：钟繇之子，有才学。②回：回转身。③何晏：字平叔，三国魏人。④时：一时。谈客：玄谈之人。⑤王弼：字辅嗣，魏晋山阳高平（今山东省邹城境内）人。未弱冠：还不到二十岁。⑥向者：一向，一直以来。胜理：精微的玄理。⑦难：诘难，辩驳。不：同"否"。⑧屈：屈服。⑨自为客主：自问自答。数番：数轮，一问一答为一轮。⑩《老子》：相传为春秋时老聃所著，分《道经》和《德经》两篇，后世又称为《道德经》。⑪神伏：神服，倾心佩服。⑫裴徽：字文季，善谈玄理，官至冀州刺史。⑬无："无"和"有"，是道家的两个哲学范畴。⑭资：凭借。⑮体：本体，这里用作动词，即以之为本体。

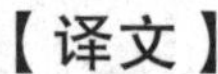

【译文】

钟会撰写《四本论》刚刚结束，很想让嵇康审读一下。他将文章放到怀中，到了嵇康家门口，害怕嵇康责难，在怀里不敢取出，在门外把文章远远地扔了，便回转身急急忙忙离去了。

何晏出任吏部尚书，很有地位名望，当时清谈客人常常满座。王弼不到二十岁时，去拜访他。何晏听说过王弼的名声，便列出以前那些精妙的玄理告诉王弼说道：“这些道理是我认为谈得最透彻的了，你看能否再进行辩驳？”王弼就提出反驳，满座的人都觉得何晏理屈。接着王弼就自问自答数次，都是同座者难以企及的高论。

何平叔（晏）译注《老子》刚刚结束，去拜访王辅嗣（弼），看到王辅嗣所注的《老子》精深独特，便非常佩服，说道：“像这样的人，我能够和他讨论自然与人事的问题。”就把自己的《老子》改写成《道论》《德论》两篇。

王弼年轻时去拜访裴徽，裴徽问他：“无，确实是万物的本源，可是圣人不肯对它发表看法，而老子谈论起来却没完没了，这是为什么呢？”王弼说：“圣人以无为本体，不过又不能解释清楚，故而言谈间必定涉及有；老子、庄子不能够超脱世间之有，故而要经常去解释那个还掌握得不充分的无。”

【原文】

傅嘏善言虚胜，荀粲谈尚玄远[①]，每至共语，有争而不相喻。裴冀州[②]释二家之义，通彼我之怀，常使两情皆得，彼此俱畅。

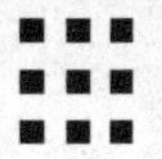

何晏注《老子》未毕，见王弼自说注《老子》旨。何意多所短，不复得作声，但应诺诺。遂不复注，因作《道德论》。

中朝[3]时有怀道之流[4]，有诣王夷甫咨疑者，值王昨已语多，小极[5]，不复相酬答，乃谓客曰："身今少恶[6]，裴逸民[7]亦近在此，君可往问。"

裴成公作《崇有论》，时人攻难之，莫能折[8]。唯王夷甫来，如小屈[9]。时人即以王理难裴，理还复申[10]。

诸葛厷[11]年少不肯学问，始与王夷甫谈，便已超诣。王叹曰："卿天才卓出，若复小加研寻，一无所愧。"厷后看《庄》《老》，更与王语，便足相抗衡。

卫玠总角[12]时，问乐令梦，乐云："是想。"卫曰："形神所不接而梦，岂是想邪？"乐云："因也。未尝梦乘车入鼠穴，捣齑啖铁杵，皆无想无因故也。"卫思"因"经日不得，遂成病。乐闻，故命驾为剖析之，卫即小差。乐叹曰："此儿胸中当必无膏肓之疾。"

【注释】

①虚胜、玄远：虚胜指虚无的精微境界。虚，即虚无，道家用来指道的本体。玄远，指道的玄妙幽远。②裴冀州：裴徽，字文季。③中朝：东晋对西晋的称呼。④怀道之流：向道之人、对道术感兴趣的人。⑤小：稍微。极：疲困。⑥身：第一人称代词。恶：不适。⑦裴逸民：裴頠，字逸民，河东闻喜（今山西省闻喜）人。死

后的谥号是成，所以称裴成公。⑧折，折服。⑨如小屈：好像受到一点挫折。⑩申：阐述。⑪诸葛厷：一作诸葛宏，字茂远。⑫总角：古时儿童束发为两结，向上分开，形状如角，故称总角，后用以借指童年。

【译文】

傅嘏善于长谈论虚无的精微境界，荀粲清谈崇尚道的玄妙幽远。每当两人到一块儿谈论的时候，发生争辩却又互不理解。冀州刺史裴徽可以解释清楚两家的道理，沟通彼此的心意，常使两边都感满意，彼此都能通晓。

何晏注释《老子》还没有完成，遇到王弼说起自己注释《老子》的要点。何晏的见解多有不足，不能再开口说话，只是"诺诺"不已罢了。于是他不再注释，就写了《道德论》。

西晋时有一群信奉道家学说的人，其中有登门向王夷甫（衍）求教疑难的，碰到王夷甫前一天已经谈论过多，稍微有点疲倦，不想再和他回答，便对客人说道："我今日有点不适，裴逸民也在这附近，您能够去请教他。"

裴作《崇有论》，当时的人反驳他，但没有谁可以使他折服。仅有王夷甫来和他论辩，他像是受到了一点挫折。那时的人就用王夷甫的理论来反驳他，但这时他的道理又可以重新阐述来。

诸葛厷年轻时不愿学习，与王夷甫（王衍）刚一交谈，便显出见识卓越。王衍感叹说："你天赋超群，要是再稍加学习钻研，学问当不在任何人之下。"诸葛厷之后读《老子》《庄子》，再和王衍谈论时，便足以和他抗衡了。

卫玠在童年时，问乐广“梦”是怎么回事，乐广回答：“是心有所想。”卫玠说：“形体并没接触、神思也从没想过的东西却梦见了，难道这是心有所思吗？”乐广回答：“那就是要有原因根据啊。你总没有梦见过将车子驶进老鼠的洞中，将捣菜的铁棍吃进肚子里吧，这都是由于你醒着的时候没有想过，这样也就没有形成梦的原因。”卫玠就去思考形成梦的“因由”，但总也想不出来，并因此生病。乐广知道后，专门派人备好车马去为他分析解说，卫玠的病情顿时大有好转。乐广感慨道：“这个孩子心中应该没有不能治愈的病。”

【原文】

庾子嵩[1]读《庄子》，开卷一尺许便放去，曰：“了[2]不异人意。”

客问乐令“旨不至”[3]者，乐亦不复剖析文句，直以麈尾柄确几[4]曰：“至不？”客曰：“至。”乐因又举麈尾曰：“若至者，那得去？”于是客乃悟服。乐辞约[5]而旨达，皆此类。

初，注《庄子》者数十家，莫能究其旨要[6]。向秀于旧注外为解义，妙析奇致[7]，大畅玄风，唯[8]《秋水》《至乐》二篇未竟，而秀卒。秀子幼，义遂零落[9]，然犹有别本。郭象[10]者，为人薄行，有俊才，见秀义不传于世，遂窃以为己注。乃自注《秋水》《至乐》二篇，又易《马蹄》一篇，其余众篇，或定点[11]文句而已。后秀义别本出，故今有向、郭二《庄》，其义[12]一也。

阮宣子[13]有令闻。太尉王夷甫见而问曰："老庄与圣教[14]同异？"对曰："将无[15]同。"太尉善其言，辟之为掾[16]。世谓"三语掾"。卫玠嘲之曰："一言可辟，何假于三！"宣子曰："苟是天下人望，亦可无言而辟，复何假一！"遂相与为友。

【注释】

①庾子嵩：名敳（ái），字子嵩，颍川人。②了：完全，基本上。③旨不至：这句话出自《庄子·天下篇》，原文为"指不至，至不绝"，旨同"指"。对这句话，各有不同的理解，姑且解为：指向一个物体并不能达到它的实质，就算达到了也不能穷尽它。④确几（jī）：敲着小桌子。⑤约：简约；简要。⑥旨要：要领；主要用意。⑦妙析：精妙的解析。奇致：奇玄的境界。⑧唯：句首助词，无实义。⑨"秀子"二句：意思是向秀儿子尚年幼，未识保管其父遗稿，使得学说散失在外。⑩郭象：字子玄，河南人。⑪或：有些。定点：《晋书·郭象传》作"点定"。⑫义：大义要旨。⑬阮宣子：阮修，字宣子。⑭圣教：圣人的教化；儒学。⑮将无：表示推测而意思偏向于肯定，相当于"大概""或许"。⑯掾（yuàn）：属官的通称。

【译文】

庾敳读《庄子》，刚刚展开一尺来长就又放下了，说道："基本上与我的想法完全相同。"

有位客人请教尚书令乐广"旨不至"这句话是什么含义，乐广也不再分析这句话的词句，径直用拂尘柄敲着小桌子说道："达到

了没有？”客人答复说：“达到了。”乐广便又举起拂尘说：“要是达到了，怎么能离开呢？”这时客人才醒悟过来，表达信服。乐广解释问题时言辞简明扼要，不过意思很透彻，都是像刚才这个例子一样。

当初，为《庄子》作注释的有几十家，没有人可以探索到书中的意旨和要领。向秀在旧注之外，重新解说它的义理，精妙的解析新奇并且富有情趣，极大地弘扬了谈论玄理的风尚，不过《秋水》《至乐》两篇的注释没有写完就去世了。向秀的儿子还非常小，未识保管其父遗稿，不过还有副本存在。郭象这个人，人品不好，不过有卓越的才智，他看到向秀的释义没有在社会上流传，就剽窃它作为自己的。便自己注了《秋水》《至乐》两篇，另外改注了《马蹄》一篇，其他很多篇，有些涂抹修改一下文句而已。后来向秀的副本流传开来，故而现在的《庄子注》有向秀、郭象两种本子，它们大意却是一样的。

阮宣子（名修）有好名声。太尉王夷甫（名衍）看到了他问道：“老庄学说与儒教一样吗？”答复道：“大概是。”太尉很称赞他的回答，征召他做了官府中的佐吏掾。世人叫他为“三语掾”。卫玠讥笑他说：“一个字就能够做上官，哪里用得上三个字！”宣子答道：“要是天下所仰望的人，不说话也能够出来做官，哪儿又用得着一个字！”于是这样二人成了朋友。

【原文】

裴散骑①娶王太尉女。婚后三日，诸婿大会，当时名士，王、

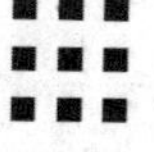

裴子弟悉集。郭子玄[2]在坐，挑[3]与裴谈。子玄才甚丰赡[4]，始数交，未快。郭陈张甚盛，裴徐理前语，理致甚微，四坐咨嗟称快。王亦以为奇，谓诸人曰："君辈勿为尔，将受困寡人女婿。"

卫玠始度江，见王大将军[5]。因夜坐，大将军命谢幼舆[6]。玠见谢，甚说之，都不复顾王，遂达旦微言[7]，王永夕不得豫[8]。玠体素羸，恒为母所禁，尔夕忽极[9]，于此病笃，遂不起[10]。

旧云，王丞相过江左，止道声无哀乐、养生、言尽意[11]三理而已，然宛转关生，无所不入。

【注释】

①裴散骑：裴遐，字叔道。②郭子玄：即郭象。③挑：挑头，领头。④丰赡：富足，这里指才识渊博。⑤王大将军：王敦。⑥命：召唤。谢幼舆：谢鲲。⑦达旦：直到次日清晨。微言：精深微妙的言辞。⑧永夕：通宵。豫：参与。⑨尔夕：那夜。极：疲劳。⑩不起：犹言死去。⑪声无哀乐：略谓音声无常，随人的感情而分哀乐，其本身并不具有哀乐的表情意义。养生：论养生之道，要求修身养性，顺应自然，自足于怀，不逆天性。言尽意：认为语言能表达人们对客观事物及其规律的认识，能交流思想感情。

【译文】

散骑郎裴遐迎娶太尉王夷甫的女儿为妻。结婚后三天，王家宴请各个女婿聚会，当时的名士，王、裴两家子弟全都来了。郭子玄也在其中，他挑头和裴遐谈名理。子玄知识渊博，刚交锋几个来

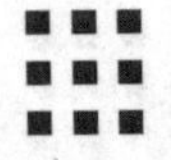

回，还觉得不痛快。郭子玄把玄理铺陈展开探讨充实雄辩，裴遐却慢条斯理地梳理之前的议论，义理趣味都很精微，满座赞叹称快。王夷甫也认为新奇，于是对大家说："各位不必再谈了，否则就要被我女婿困住了。"

卫玠刚刚渡江南下，拜访大将军王敦。因为夜间交谈，王敦召请谢鲲来作陪。卫玠一看到谢鲲，十分喜欢他，简直就不管不睬王敦，和谢鲲通宵达旦做玄谈，王敦在一边，整夜没有参与辩论的机会。卫玠身体一向瘦弱，常被他母亲阻止过于劳累，那一夜忽然疲劳，由此而病重，于是死去。

以前有种说法，说丞相王导到江南之后，也只是谈论声无哀乐、养生、言尽意这三方面的道理罢了，不过这已间接关系到人的一生，是能渗透到每一项内容的。

【原文】

殷中军[①]为庾公长史，下都[②]，王丞相为之集，桓公、王长史、王蓝田、谢镇西并在。丞相自起解帐带麈尾，语殷曰："身今日当与君共谈析理。"既共清言，遂达三更。丞相与殷共相往反[③]，其余诸贤略无所关。既彼我相尽，丞相乃叹曰："向来语乃竟未知理源所归。至于辞喻不相负，正始之音[④]，正当尔耳。"明旦，桓宣武语人曰：昨夜听殷、王清言，甚佳，仁祖亦不寂寞，我亦时复造心[⑤]，顾看两王掾[⑥]，辄翣如生母狗馨[⑦]。"

殷中军见佛经，云："理亦应阿堵上[⑧]。"

谢安年少时，请阮光禄道《白马论》[⑨]，为论以示谢。于时谢

不即解阮语，重相咨尽[10]。阮乃叹曰："非但能言人不可得，正索解人亦不可得！"

褚季野语孙安国[11]云："北人学问渊综广博[12]。"孙答曰："南人学问清通简要。"支道林[13]闻之，曰："圣贤固所忘言，自中人以还[14]，北人看书如显处视月；南人学问如牖中窥日。"

【注释】

①殷中军：殷浩。②下都：从长江上游往下游来到京都建康。③往反：反复辩难。④正始之音：指魏正始年间（240—249）崇尚玄学清谈的风尚言论。⑤造心：心中有所领悟。⑥两王掾：指王濛、王述，当时都是属官。⑦翣：通"涩"，羞涩。馨（xīn）：词尾，表示"……样子"。⑧"理亦"句：东晋以后，玄学和佛学融合渗透，佛玄义理有相通之处。阿堵：这；这个。⑨《白马论》：战同时公孙龙著《白马论》，提出了白马非马这一著名命题，认为"马"这一概念是指形体，"白"这一概念是指颜色，所以白马非马。⑩咨尽：询问而求尽晓其义。⑪褚季野：褚裒，字季野，晋河南阳翟（今河南省禹州市）人。孙安国：孙盛，晋太原中都（今山西省平遥西南）人，博学强识，历著作郎、浏阳令。⑫北人：北方人，指长江以北的中原人。渊综广博：深厚博大。⑬支道林：支遁，河内林虑人（一说陈留人）。⑭中人：中等人，普通人。以还：以下。

【译文】

中军将军殷浩出任庾亮的长史时，有一次到达京都，丞相王导

为他举行聚会，桓温、左长史王濛、蓝田侯王述、镇西将军谢尚都在其中。王导起立亲自解下挂在帐带上的麈尾，对殷浩说："我今日要和您一道谈论辩析玄理。"谈论结束后，已经到了三更。王导和殷浩反复辩论，其他各位名流全都没有牵涉进去。双方辩论完后，王导便感慨地说："刚才谈论玄理，居然还不知道玄理的本源在哪里。对于言辞的意旨和所用的譬喻不能相互违背，正始年间的风气，正是这样的啊。"第二天早晨，宣武侯桓温对别人说："昨晚听殷、王两人清谈，非常精妙，仁祖也不觉得寂寞，我也时常心中有所领悟，转头看看两位王属官，一直像是见不得生人的母狗那样害羞发愣的样子。"

殷中军（名浩）读到佛经，说："名理应该在这里面。"

谢安年轻时，请阮光禄（名裕）讲解《白马论》，阮裕写成文字给谢安看。那时谢安不能马上看明白阮裕的话，又向他询问追究。阮裕便叹息道："不只是能讲解的人不好找，就是一心求解的人也是难找！"

褚季野（名裒）对孙安国（名盛）说道："北方人做学问广博精神而能融会贯通。"孙安国回答："南方人做学问清新通畅而能简明扼要。"支道林听到后说道："圣贤就不用说了，从普通读书人的角度来看，北方人读书，似乎在显豁处看月亮，眼界虽广，但难以周详；南方人做学问，就像从窗户里望太阳，眼界虽窄，不过精密专一。"

【原文】

刘真长与殷渊源[①]谈，刘理如小屈，殷曰："恶！卿不欲作将

善云梯[2]仰攻？”

殷中军云：“康伯未得我牙后慧[3]。”

谢镇西少时，闻殷浩能清言，故往造之。殷未过有所通，为谢标榜诸义，作数百语。既有佳致，兼辞条丰蔚[4]，甚足以动心骇听。谢注神倾意，不觉流汗交面。殷徐语左右：“取手巾与谢郎拭面。”

宣武集诸名胜[5]讲《易》，日说一卦。简文欲听，闻此便还，曰：“义自当有难易，其[6]以一卦为限邪？”

有北来道人好才理，与林公相遇于瓦官寺，讲《小品》[7]。于时竺法深、孙兴公悉共听。此道人语，屡设疑难，林公辩答清析，辞气俱爽。此道人每辄摧屈。孙问深公：“上人当是逆风家，向来何以都不言？”深公笑而不答。林公曰：“白旃檀非不馥，焉能逆风？”深公得此义，夷然不屑。

孙安国往殷中军许[8]共论，往反精苦[9]，客主无间。左右进食，冷而复暖者数四[10]。彼我奋掷麈尾，悉脱落满餐饭中，宾主遂至莫忘食。殷乃语孙曰：“卿莫[11]作强口马，我当穿卿鼻。”孙曰：“卿不见决鼻牛，人当穿卿颊！”

【注释】

①刘真长：刘惔。殷渊源：殷浩。②卿：对谈话对方的尊称。作将：建造；制作。将，用在动词后起搭配作用，意义虚化。善：修缮。云梯：古代攻城工具。③牙后慧：指言外的义理情趣，殷浩

善清谈，这里是说康伯还不善谈玄。④辞条丰蔚：指言辞通达，文采华美。⑤名胜：名流。⑥其：表诘问，难道。⑦《小品》：指佛教经典《般若波罗蜜经》。这是略本，称小品。另有详本，是大品。⑧许：住处。⑨精苦：竭尽心力。⑩数四：反复多次，再三再四。⑪莫：即暮，晚上。

【译文】

刘惔和殷浩谈玄，刘惔的道理略处劣势，殷浩说："讨厌！您不想制作修理云梯来仰攻吗？"

殷浩说道："韩康伯还没有获得我齿牙谈论之外的精微理趣。"

谢尚年轻时，知道殷浩善于清谈，便特地去拜会他。殷浩没有过多地阐发，不过为谢尚揭示各种义理，说了几百言。既有美妙的情趣，同时兼具文采，很能够激动人心，震骇听闻。谢尚全神贯注地听着，不知不觉汗流满面。殷浩从容地对身旁侍从说："取手巾来给谢郎擦脸。"

宣武（桓温）聚集诸名流讲《易》，每天讲一卦。简文帝（司马昱）很想去听讲，知道是这样便折回去了，说道："《易》的内容本来有难有易，难道能以每天一卦为限制吗？"

有个北方来的和尚喜欢谈论玄理，和支道林在瓦官寺相遇，讲解《小品》。当时竺潜、孙绰都去听讲。这位和尚的话中，常设下疑难问题，支道林辩论对答清晰，言辞语气都很爽利。这个和尚每次总是受挫屈服。孙绰问竺潜："上人应当是逆风而进的人，刚才为什么一言不发？"竺潜笑而不答。支道林说："白檀木并非不香，但是逆风怎能闻到它的香气呢？"竺潜听到这样的话，泰然自

若，毫不在意。

孙安国（名盛）到殷浩的住所一起谈论玄理，反复辩难，十分艰苦，主客双方都没有遗漏的地方。随从送来食物，冷了又热，热了又冷，反复多次。双方奋力挥动麈尾，以致麈毛全部落到饭食中，宾主两人居然到傍晚都忘掉吃饭。殷洁这才对孙安国说道：“你不必做倔强的马，我一定穿透你的鼻子。”孙安国回复：“你没有看见过挣裂鼻子的牛，别人就要穿破你的面颊！”

【原文】

《庄子·逍遥篇》[①]，旧是难处，诸名贤所可钻味，而不能拔[②]理于郭、向[③]之外。支道林在白马寺[④]中，将冯太常[⑤]共语，因及《逍遥》。支卓然标新理于二家之表，立异义于众贤之外，皆是诸名贤寻味之所不得。后遂用支理。

殷中军尝至刘尹所，清言良久，殷理小屈，游辞[⑥]不已。刘亦不复答。殷去后，乃云：“田舍儿[⑦]强学人作尔馨语[⑧]。”

殷中军虽思虑通长[⑨]，然于才性偏精。忽言及《四本》[⑩]，便若汤池铁城[⑪]，无可攻之势。

支道林造《即色论》[⑫]，论成，示王中郎，中郎都无言。支曰：“默而识之[⑬]乎？”王曰：“既无文殊[⑭]，谁能见赏？”

【注释】

①《庄子·逍遥篇》：《庄子》中的首篇，论述以无己无待、任性自然而达到闲适自得、逍遥自乐的境界。②拔：突出；超出。

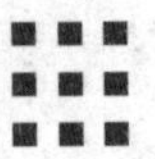

③郭、向：郭象、向秀。二人都曾给《庄子》作注。④白马寺：东汉明帝永平十一年（公元68年）在洛阳建白马寺，是佛教传入中国后最早的寺院。⑤将：与；同。冯太常：冯怀，字祖思。⑥游辞：虚浮不实的言辞，不入正题的言辞。⑦田舍儿：轻诋语，犹言“乡巴佬”。⑧尔馨：如此，魏晋时口语。语：指清谈语。⑨通长：完全，长远。⑩《四本》：即《四本论》，论述才性的异同离合。⑪汤池铁城：流着沸水的护城河、铁造的城墙，比喻非常坚固。⑫《即色论》：佛学著作，阐述“色即是空”的道理。⑬默而识之：把它默记在心，语出《论语·述而》。识，记住。⑭文殊：文殊菩萨。

【译文】

《庄子·逍遥游》一篇，一直是难点，也是值得名流们钻研探寻的地方，不过对它义理的解说却不能超越郭象、向秀。支道林在白马寺中和太常冯怀一起谈论，便谈到《逍遥游》。支道林在郭、向两家的解说之外，绝妙地揭示出新颖的道理，在各位名流之外提出不一样的见解，这都是名流们探求道理时没能得到的。后来大家就采用了支道林阐述的义理。

殷浩有次到丹阳尹刘惔的住所清谈，谈了很长时间，殷浩的道理稍嫌不足，便不断地讲些不着边际的话来应对。刘惔也就不再回答。殷浩走了之后，刘惔才说道：“乡巴佬，硬要学着人家乱发议论。”

殷中军（殷浩）即便才思博通深远，不过对于才性同异的理论更有专长。要是谈起“四本”来，就像是金城汤池，牢不可破。

和尚支道林写了《即色论》，论文写成，交给北中郎将王坦之看。王坦之读完一句话也没说。支道林问道："你是默记在心吧？"王坦之答复："既然没有文殊菩萨在这里，哪个能识破我的黯然无言呢！"

【原文】

王逸少作会稽[①]，初至，支道林在焉。孙兴公谓王曰："支道林拔新领异[②]，胸怀所及，乃自佳，卿欲见不？"王本自有一往隽气[③]，殊自轻之。后孙与支共载往王许，王都领域，不与交言。须臾支退。后正值王当行，车已在门，支语王曰："君未可去，贫道与君小语。"因论《庄子·逍遥游》。支作数千言，才藻新奇，花烂映发。王遂披襟解带[④]，留连不能已。

"三乘"[⑤]佛家滞义，支道林分判[⑥]，使三乘炳然[⑦]。诸人在下坐听，皆云可通。支下坐[⑧]，自共说，正当得两，入三便乱。今义弟子虽传，犹不尽得[⑨]。

许掾[⑩]年少时，人以比王苟子[⑪]，许大不平。时诸人士及支法师并在会稽西寺讲，王亦在焉。许意甚忿，便往西寺与王论理，共决优劣，苦相折挫，王遂大屈。许复执王理，王执许理，更相覆疏[⑫]，王复屈。许谓支法师[⑬]曰："弟子向语何似？"支从容曰："君语佳则佳矣，何至相苦邪？岂是求理中之谈哉？"

【注释】

①王逸少：王羲之。作会稽：做会稽郡内史（太守）。②拔新

领异：谓独出新意，见识高超。③一往：一腔；满腹。隽气：俊逸豪迈之气。隽，同“俊”。④披襟解带：打开衣襟，解开衣带。比喻敞开胸襟，直陈己见。⑤三乘：佛教语，一般指小乘（声闻乘）、中乘（缘觉乘）和大乘（菩萨乘），三者均为浅深不同的解脱之道。亦泛指佛法。⑥分判：剖析。⑦炳然：明显的样子，明白的样子。⑧下坐：退下讲席，意思是停止讲授。坐：同“座”。⑨“今义”二句：意思是现在虽然还有支道林的弟子在传授三乘教义，但总不能深透。⑩许掾：许询，曾任司徒掾。⑪王苟子：王修，字敬仁，小字苟子，王濛的儿子。⑫覆疏：反复陈述分辩。⑬支法师：指支道林。法师，对和尚的尊称。

【译文】

王羲之出任会稽内史，刚到任时，支道林正在那儿。孙绰对王羲之说：“支道林标新立异，他胸中研讨思考所及的义理，本来佳妙，您要不要见见他？”王羲之本来就有一腔豪迈之气，很藐视支道林。后来孙绰与支道林共乘一辆车到王处，王一直设定界限，不与支道林交谈。一会儿支道林退走。后来正当王羲之要离开，车子已备好在门口，支对王说：“您请不要离开，贫道要与您稍微说几句。”就说起《庄子·逍遥游》。支道林说了几千字，才思辞藻新奇可喜，就像繁花竞放，争相辉映。王羲之终于敞开怀抱，直陈己见，恋恋不舍。

三乘是佛教中很难讲解的义理，支道林登台宣讲详细剖析，使三乘的内容清楚晓畅。大家在下面坐着听讲，都说可以理解和阐发其中的道理，使之清楚通畅。支道林离开座位后，大家在一块儿互

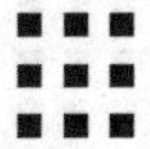

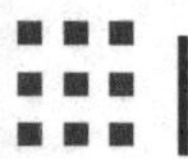

相说解，却只可以懂得其中两乘，进入第三乘便混乱了。如今三乘的教义，弟子们虽然可以传习，却仍然不能完全领悟。

司徒掾许询年少时，人们将他和王苟子相提并论，许询很不舒服。当时各位名士和支道林法师都在会稽的西寺探讨，王苟子也在这儿。许询心中很气愤，便到西寺去和王苟子辩论玄理，要决出优劣，两人都竭力辩倒对方，王苟子最终大受挫折。之后许询又反过来用王苟子的道理，王苟子用许询的道理，再次互相反复陈述分辩，王苟子又被打败。许询问交道林说："我刚才的辩论怎么样？"支道林不经意地答复说："您的谈论好是好，不过哪至于要困辱对方呢？这难道是寻求真理的谈法吗？"

【原文】

林道人诣谢公，东阳[1]时始总角，新病起，体未堪劳。与林公讲论，遂至相苦。母王夫人在壁后听之，再遣信[2]令还，而太傅[3]留之。王夫人因自出，云："新妇少遭家难[4]，一生所寄，唯在此儿。"因流涕抱儿以归。谢公语同坐曰："家嫂辞情忼慨，致可传述，恨不使朝士见！"

支道林、许掾诸人共在会稽王斋头[5]，支为法师，许为都讲[6]。支通一义，四坐莫不厌心[7]；许送一难，众人莫不抃舞[8]。但共嗟咏二家之美，不辩其理之所在。

谢车骑在安西[9]艰中，林道人往就语，将夕乃退。有人道上见者，问云："公何处来？"答云："今日与谢孝剧谈一出[10]来。"

支道林初从东[11]出，住东安寺中。王长史宿构精理，并撰[12]其才

藻，往与支语，不大当对[13]。王叙致[14]作数百语，自谓是名理奇藻。支徐徐谓曰："身与君别多年，君义言了不长进。"王大惭而退。

殷中军读《小品》，下二百签[15]，皆是精微，世之幽滞[16]。尝欲与支道林辩之，竟不得。今《小品》犹存。

佛经以为祛练神明[17]，则圣人[18]可致。简文云："不知便可登峰造极不？然陶练之功，尚不可诬。"

【注释】

①东阳：谢朗。②信：送信的人，这里指传话的人。③太傅：指谢安。④家难：指其丈夫谢据早亡。⑤会稽王：指晋简文帝司马昱。斋头：书房。⑥都讲：指主持讲学的人。⑦厌心：满足，满意。⑧抃（biàn）舞：鼓掌跳跃，比喻非常高兴。⑨谢车骑：即谢玄。安西：指谢奕，谢玄的父亲。⑩谢孝：谢玄在服丧期间的代称，等于称谢孝子。剧谈：畅谈。一出：一番，一次。⑪东：支道林原来居住会稽，在京都建康的东面。⑫撰（zhuàn）：通"选"，选择。⑬当对：相当；相匹敌。⑭叙致：陈说事理。⑮签：签注。读书有疑难处，夹上字条做标记。⑯世：当时，普遍。幽滞：幽微疑难。⑰祛练：佛教用语，指摆脱烦恼、修炼身心。神明：精神。⑱圣人：指佛。

【译文】

支遁去拜访谢安，谢朗当时还在童年，病刚刚好，身体还经不起劳苦。他与支遁辩论玄理，以至于相互辩驳毫不相让。他母亲王夫人在壁后听到他们的辩论，两次派人传话让他回家，不过谢安却

留住他不放。王夫人便亲自出来，说："我年轻时家门就遭到不幸，一辈子希望都寄托在这个孩儿身上了。"于是流着泪把儿子抱了回去。谢安对同座的人说："家嫂言辞情感都很感人，最值得传扬称道，遗憾的是没有让朝中人士见到！"

支道林、司徒掾和许询等人一块儿在会稽王司马昱的书房里讲说佛经，支道林为主讲法师，许询是主持讲学的人。支道林每讲解一处经义，满座的人没有不满意的；许询每唱诵出一段经文，大家也无不快乐得鼓掌跳跃。大家只是一块儿赞扬两家辞采的精妙，并不去分清他们所讲的义理是什么了。

谢车骑（谢玄）为他父亲安西将军谢奕守丧时，林道人（支道林）去他那儿交谈，快到晚上才回家。有人在半路碰到，问他："您从哪里来？"他回答："今日和谢孝子激烈辩难了一番。"

支道林初从东方来建业时，住在东安寿中。王长史（王濛）事先想好一些精妙玄理，并选好了华丽的辞藻，去找支道林辩论，却不大是支道林的对手。王濛陈说事理几百句，自认为都是高明的玄理和不凡的言语。支道林慢慢地说："我和先生一别多年，您的义理言语竟一点儿没有长进。"王濛满脸羞惭而退。

殷浩读佛经《小品》，在书里放了两百个签条，全是精深细微，世间最深奥难懂的地方。殷浩曾经打算去和支道林阐明这些问题，最终没有成功。他看过的那本《小品》至今还保留着。

佛经觉得摆脱烦恼、修炼身心，就能够成佛。简文帝说："不知是否能够达到登峰造极的地步？不过道家陶冶修炼的功效，还是不能够抹杀的。"

【原文】

于法开[①]始与支公争名，后情渐归支，意甚不忿[②]，遂遁迹剡下[③]。遣弟子出[④]都，语使过会稽。于时支公正讲《小品》。开戒弟子："道林讲，比[⑤]汝至，当在某品中。"因示语攻难数十番，云："旧此中不可复通。"弟子如言诣支公。正值讲，因谨述开意，往反[⑥]多时，林公遂屈。厉声曰："君何足[⑦]复受人寄载[⑧]来！"

殷中军问："自然无心于禀受[⑨]，何以正善人少，恶人多？"诸人莫有言者。刘尹答曰："譬如写[⑩]水著地，正自纵横流漫[⑪]，略无正方圆者。"一时绝叹，以为名通。

康僧渊初过江[⑫]，未有知者，恒周旋市肆，乞索以自营。忽往殷渊源许[⑬]，值盛有宾客。殷使坐，粗与寒温，遂及义理。语言辞旨[⑭]，曾无愧色，领略粗举，一往参诣[⑮]。由是知之。

【注释】

①于法开：东晋高僧，精佛法，擅医术。②不忿：不服气。③剡（shàn）下：剡县（今浙江嵊县）一带。④弟子：名法威。出：赴；往。⑤比（bì）：及；等到。⑥往反：反复辩难。⑦何足：何必。⑧寄载：指传言、授意。⑨自然：天然，即道家认为生成万物的大自然。禀受：指人从大自然那里接受的品性资质。⑩写：同"泻"，倾泻，流淌。⑪流漫：遍布；弥漫。⑫康僧渊：晋高僧，西域人，生于长安，其余不详。初过江：晋成帝时与康法畅等渡江南下。⑬忽：忽然。许：处。⑭语言辞旨：指谈吐风范和

义理内容。⑮“领略”二句：所略述的内容，都是自己过去深刻领悟的。粗举，略举。参诣，参悟；领悟。

【译文】

于法开开始和支道林争名望，后来人心渐渐倾向于支道林，于法开很不服气，于是就隐居到剡县一带。他派出弟子到京都去，叮嘱弟子要经过会稽。那时支道林正在会稽讲《小品》经。于法开告诫弟子讲：“支道林讲经，等你到来，应该是讲到某品中。”就向他演示辩论诘难的问题有几十个回合，还说：“向来在这些地方是讲不通的。”弟子依照他的话去拜访支道林。正碰到支道林在讲经，于是小心地转述了于法开教给的意见，与支道林反复辩难了多时，支道林理屈。厉声说：“你又何必经人授意呢！”

中军将军殷浩询问：“大自然并没有存心赋予人类不同的品性天质，为什么世上刚好是好人少，坏人多？”众人没有谁能回答。丹阳尹刘惔回答说：“这就像把水倾泻在地上，不过四处流淌漫延，全没有流成那纯然是方形或圆形的。”一时间大家都极为赞叹，觉得是名言。

康僧渊刚去江南的时候，没有人认识他，经常在集市中，靠乞讨来谋生。一天忽然来到殷渊源（名浩）的住处，正碰有很多宾客在座。殷渊源让他坐下，稍稍和他应酬几句，就说到了经义名理之学。康僧渊的言谈意旨一点不比殷渊源劣，不管是深刻领会，还是粗略提出的义理，全是他一直钻研，而且造诣很高的成果。因为这次谈论人们才懂得了他。

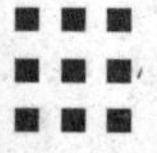

方正第五

【原文】

陈太丘与友期[①]行，期日中[②]，过中不至，太丘舍去，去后乃至。元方时年七岁，门外戏。客问元方："尊君在不？"答曰："待君久不至，已去。"友人便怒曰："非人哉！与人期行，相委而去。"元方曰："君与家君期日中。日中不至，则是无信；对子骂父，则是无礼。"友人惭，下车引[③]之。元方入门不顾。

南阳宗世林[④]，魏武[⑤]同时，而甚薄其为人，不与之交。及魏武作司空，总朝政，从容问宗曰："可以交未？"答曰："松柏之志犹存。"世林既以忤旨见疏，位不配德。文帝兄弟[⑥]每造[⑦]其门，皆独拜床下，其见礼如此。

魏文帝受禅[⑧]，陈群[⑨]有戚容。帝问曰："朕应天受命，卿何以不乐？"群曰："臣与华歆服膺[⑩]先朝，今虽欣圣化[⑪]，犹义形于色。"

【注释】

①期：约定时间。②日中：日到中天，即中午。③引：招引；拉。④南阳：郡名，治所在宛县（今河南南阳）。宗世林：即宗

承，字世林，南洋安众人。⑤魏武：即曹操。⑥文帝兄弟：指曹丕、曹植等。⑦造：前往；到。⑧魏文帝：指曹丕，曹操长子。禅：禅让，古代帝王让位给别人，本句指汉献帝禅让帝位于曹丕。⑨陈群：字长文，颍川许（今河南省许昌市）人。⑩华歆：字子鱼，曹丕时代任司徒。服膺：牢牢记在心里，衷心信服。⑪欣：欣悦，对……感到高兴。圣化：圣人的教化，此处指魏文帝即位。

【译文】

太丘长陈寔和朋友相约出去，商定的时间是正午，过了正午，朋友还没有来，陈寔就自己走了，走了之后，那位朋友才到。那时陈寔的儿子元方才七岁，正在门外玩乐。来客问元方："令尊在家吗？"元方答复说："家父等了您很久，见您不来，提前走了。"那个朋友便生起气来，说道："真不是人呀！和别人说好了一起走，却丢下别人自己走了！"元方说："你是跟家父商定正午，可你到正午还没来，这是不讲信用；对着人家的儿子骂人家的父亲，这是不懂礼貌。"那个朋友很惭愧。下车来拉他。元方却头也不回地走到了门里。

南阳宗世林和魏武帝曹操是同时期的人，宗世林很鄙弃曹操的为人，不愿和他交往。等曹操做了司空，总揽朝中大权的时候，他不经意地对宗世林说："如今我们可以结交为朋友了吗？"宗世林答复："我仍然坚贞不移。"宗世林由于违背曹操的旨意遭疏远，职位与其威望不相应。但曹丕兄弟每次前往他这里访问时，都还是行弟子礼，在座下跪拜，他是受到这样的礼遇。

魏文帝曹丕接受禅让称帝，陈群脸上显露出愁苦悲哀的样子。

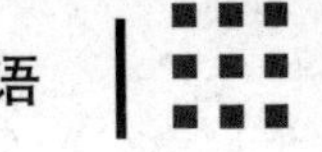

文帝问他："我顺着天命接受帝位，你有什么不快乐的？"陈群答道："我与华歆都曾忠心耿耿地效忠汉朝，如今即使欣逢陛下圣明的教化，可是不忘前朝的忠义之情还是不免会显露于外。"

【原文】

郭淮作关中都督，甚得民情，亦屡有战庸①。淮妻，太尉王凌之妹，坐凌事②，当并诛，使者征摄甚急。淮使戒装，克日③当发。州府文武及百姓劝淮举兵，淮不许。至期遣妻，百姓号泣追呼者数万人。行数十里，淮乃命左右追夫人还。于是文武奔驰，如徇身首④之急。既至，淮与宣帝书曰："五子哀恋，思念其母。其母既亡，则无五子；五子若殒，亦复无淮。"宣帝乃表特原淮妻。

诸葛亮之次⑤渭滨，关中震动。魏明帝深惧晋宣王⑥战，乃遣辛毗⑦为军司马。宣王既与亮对渭而陈⑧，亮设诱谲⑨万方，宣王果大忿，将欲应之以重兵。亮遣间谍觇⑩之，还曰："有一老夫，毅然仗黄钺⑪，当军门立，军不得出。"亮曰："此必辛佐治也。"

夏侯玄⑫既被桎梏⑬，时钟毓为廷尉，钟会先不与玄相知，因便狎⑭之。玄曰："虽复刑余之人，未敢闻命！"考掠，初无一言，临刑东市，颜色不异。

【注释】

①郭淮：字伯济。都督：官名，地方军政长官，战庸：战功。庸即功劳。②坐凌事：因王凌事获罪。③征摄：收捕。戒装：准备行装。克日：定期。④徇：谋求。身首：这里指性命。

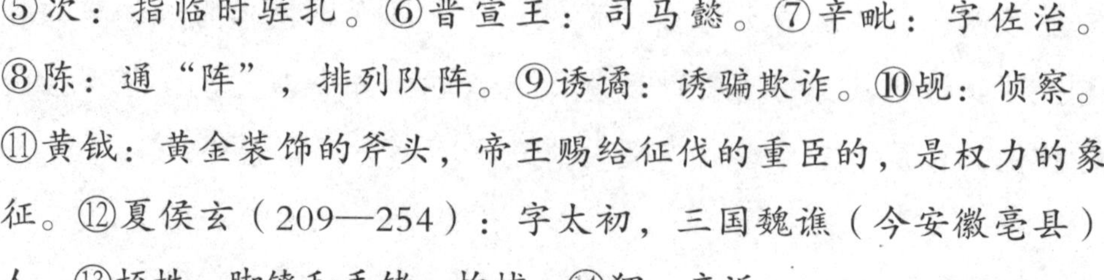
⑤次：指临时驻扎。⑥晋宣王：司马懿。⑦辛毗：字佐治。⑧陈：通“阵”，排列队阵。⑨诱谲：诱骗欺诈。⑩觇：侦察。⑪黄钺：黄金装饰的斧头，帝王赐给征伐的重臣的，是权力的象征。⑫夏侯玄（209—254）：字太初，三国魏谯（今安徽亳县）人。⑬桎梏：脚镣和手铐；拘捕。⑭狎：亲近。

【译文】

郭淮担任关中都督期间，很得民心，也多次获得过战功。郭淮的妻子，是太尉王凌的妹妹，由于王凌犯罪事受株连，应该一起处死，派来逮捕她的官吏要人要得很急。郭淮让妻子准备好行囊，确定日子就要上路。州府的文武官员和百姓都劝说郭淮发兵反抗，郭淮不答应。到期打发妻子上路，人们号啕痛哭、一路跟随呼唤不舍的有几万人。走了几十里路后，郭淮究竟还是叫手下的人去把夫人追了回来。那些文武官员飞跑传命，就像救自家性命那么急。夫人追回来之后，郭淮写了封信给宣帝司马懿说：“五个孩子悲痛欲绝，恋恋不舍，想念他们的母亲。要是他们的母亲死了，我就会失去五个孩子；五个孩子要是死了，也就不再有我郭淮了。”司马懿便上表魏帝，特准豁免了郭淮的妻子。

诸葛亮临时驻扎渭水边的时候，关中人心震动。魏明帝担心司马懿出战，便派辛毗去出任行军司马。司马懿和诸葛亮隔着渭水排列阵队以后，诸葛亮千方百计想诱骗他出战，他真的大怒，打算派重兵来抵抗诸葛亮。诸葛亮派间谍暗中侦察，报告说：“有一个老人拿着金斧，坚定地站在军营门口，军队都出不来。”诸葛亮就说：“这必定是辛佐治（名毗）呀。”

夏侯玄被抓捕以后，那时钟毓担任廷尉，钟会先前和夏侯玄不相了解，趁机和夏侯玄接近。夏侯玄说："即使我是触犯了刑法的人，也不敢听从你的命令！"通过拷打讯问，夏侯玄一句话都不说，快到东市服刑的时候，他依然面不改色，从容就义。

【原文】

夏侯泰初与广陵陈本[1]善，本与玄在本母前宴饮，本弟骞行还，径入至堂户。泰初因起曰："可得同，不可得而杂[2]。"

高贵乡公[3]薨，内外喧哗。司马文王[4]问侍从陈泰曰："何以静之？"泰云："唯杀贾充以谢天下。"文王曰：'可复下此不？"对曰："但见其上，未见其下。"

和峤为武帝所亲重[5]，语峤曰："东宫[6]顷似更成进，卿试往看。"还，问："何如？"答云："皇太子圣质[7]如初。"

诸葛靓后入晋，除大司马[8]，召不起。以与晋室有仇，常背洛水而坐。与武帝有旧，帝欲见之而无由，乃请诸葛妃[9]呼靓。既来，帝就太妃间相见。礼毕，酒酣，帝曰："卿故复忆竹马之好[10]不？"靓曰："臣不能吞炭漆身[11]，今日复睹圣颜。"因涕泗百行。帝于是惭悔而出。

【注释】

①夏侯泰初：即夏侯太初、夏侯玄。陈本：字休元。②"可得"二句：夏侯玄因为和陈本友好去拜见其母，当时陈骞的年龄、德位都不如夏侯玄，他想和夏侯玄交往，就应该先登门拜访。陈骞

回家和夏侯玄相见，不合乎礼，所以夏侯玄说："可得同，不可得而杂。"结果陈骞退出来了。③高贵乡公：曹髦，曹丕的孙子。④司马文王：司马昭，司马懿之子。⑤"和峤"句：和峤是晋武帝所亲近、器重的人，任侍中，迁中书令。⑥东宫：太子居住的宫室，这里用来称太子。⑦圣质：资质。"圣"字是敬辞。⑧除：拜官授职。大司马：官名。八公之一。⑨诸葛妃：司马懿的儿子琅邪王司马伷（zhòu）的王妃是诸葛靓的姐姐，晋武帝司马炎的叔母。后文之"太妃"亦指诸葛妃。⑩竹马之好：比喻儿童时代的交情。竹马，儿童用来当马骑的竹竿。⑪吞炭漆身：喻指矢志复仇。

【译文】

夏侯泰初和广陵郡人陈本来是好朋友。当陈本和夏侯玄在陈本母亲面前喝酒时，陈本的弟弟陈骞从外面归来，一直进到堂屋门口。于是泰初站起来说："相同的事能够一齐办，不同的事不可以混杂在一起办。"

曹髦被杀后，朝廷里外议论纷纷。司马昭问侍中陈泰道："如何才能使这种局面安静下来呢？"答道："除非把贾充杀了来向天下人谢罪。"司马昭说："可以不可以再考虑一个比这轻一些的处理办法呢？"陈泰说："我只知道有比这更重的，不知比这更轻的。"

和峤得到晋武帝的信任和器重，晋武帝对和峤说："东宫太子近来似乎很有长进，爱卿可去考查一下。"和峤归来后，武帝问道："怎么样？"答复说："皇太子资质仍像以前一样。"

诸葛靓后入晋朝，官拜为大司马，他却不肯答应。由于他与晋

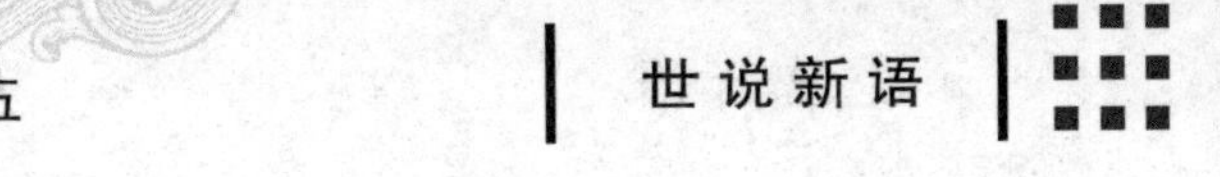

朝王室有杀父之仇，故而常常背对洛水而坐。他与晋武帝有交往，武帝想见他又找不到什么借口，就请诸葛妃把诸葛靓叫过来。诸葛靓来后，武帝就来太妃这里来和他见面。见过礼后，大家痛快地饮酒，武帝说："你还记得我们儿童时代的交情吗？"诸葛靓说："我不能学豫让那样矢志复仇，故而今日得以再见到圣上的容颜。"涕泪满面。武帝于是惭愧悔恨地走了。

【原文】

武帝语和峤曰："我欲先痛骂王武子，然后爵[1]之。"峤曰："武子俊爽[2]，恐不可屈。"帝遂召武子，苦责之，因曰："知愧不？"武子曰："尺布斗粟之谣[3]，常为陛下耻之。它人能令疏亲，臣不能使亲疏，以此愧陛下。"

杜预[4]之荆州，顿七里桥[5]，朝士悉祖[6]。预少贱，好豪侠，不为物[7]所许。杨济[8]既名氏雄俊，不堪，不坐而去。须臾，和长舆[9]来，问："杨右卫何在？"客曰："向来[10]不坐而去。"长舆曰："必大夏门下盘马[11]。"往大夏门，果大阅骑，长舆抱内[12]车，共载归，坐如初。

杜预拜[13]镇南将军，朝士悉至，皆在连榻坐，时亦有裴叔则[14]。羊稚舒[15]后至，曰："杜元凯乃复[16]连榻坐客。"不坐便去。杜请裴追之，羊去数里住马，既而俱还杜许。

晋武帝时，荀勖[17]为中书监，和峤为令。故事[18]：监、令由来共车。峤性雅正，常疾勖谄谀，后公车来，峤便登，正向前坐，不复

容勖。勖方更觅车，然后得去。监、令各给车，自此始。

【注释】

①爵：封爵。②俊爽：才智出众，性情直爽。③尺布斗粟之谣：汉代民谣，比喻兄弟失和。④杜预：字元凯。⑤七里桥：在西晋都城洛阳东郊，京都士人常在这里迎送宾客。⑥祖：古人出行时祭祀路神的一种仪式，引申指饯行。⑦物：人；人们。⑧杨济：字文通，晋武帝杨皇后的叔父。⑨和长舆：和峤，字长舆。⑩向来：刚才。⑪大夏门：洛阳城北面的一座城门。盘马：骑马盘旋奔跑。⑫内：同“纳”，放入。⑬拜：授给官职。⑭裴叔则：即裴楷。⑮羊稚舒：羊琇，字稚舒，泰山（今山东省泰安）人。⑯乃复：竟然。⑰荀勖（xù）：字公曾，颍川颍阴（今属河南）人。⑱故事：惯例。

【译文】

晋武帝对和峤说：“我想先痛骂王武子一顿，之后才封他爵位。”和峤说：“武子才智出众，性情直爽，害怕不会让他屈服。”武帝于是召见武子，狠狠地骂了一顿，之后问：“你晓得羞愧了吗？”王武子说：“一想起尺布斗粟的民谣，就替陛下感到惭愧。别人能让关系疏远的人亲近起来，臣却不能使亲近的变得疏远。就因为这对陛下有愧。”

杜预到荆州去赴任，在七里桥暂且停下，朝中人士全都来为他送行。杜预年轻时家中贫困，却好行侠义，没有得到人们的赞许。杨济既是名门中的俊杰，不能忍受这种场景，没有落座就离开了。

过了不久，和长舆来了，询问：“杨右卫在什么地方？”有客人说：“刚才没坐一下就离开了。”长舆说：“必定是在大夏门下驰马游乐。”于是前往大夏门，杨济真的在检阅骑兵操练，长舆把他抱放到车里，一起乘车回到七里桥，像是刚刚那样坐下来。

杜预被朝廷封为镇南将军，朝廷百官都来恭贺，来客都坐在连接的坐榻上，裴叔则（裴楷）那时也在座。羊稚舒（羊琇）后来来到，说：“杜元凯又设连榻让大家坐。”不落座便离开。杜预请裴楷追赶羊琇回来，羊琇走出几里外才停下来，一会儿两人一同回到杜预居处。

晋武帝的时期，荀勖任中书监，和峤任中书令。按惯例，中书监、中书令应当同坐一辆车。和峤性格典雅正直，经常看不惯荀勖的谄媚奉承，之后官府的车来了，和峤便先上车，在前边的正中间落座，再也容不下荀勖了。荀勖只好另找车，才能够去。以后给中书监和中书令各派一辆公车，就是从这时开始实行的。

【原文】

山公大儿着短帢[①]，车中倚。武帝欲见之，山公不敢辞，问儿，儿不肯行。时论乃云胜山公[②]。

向雄[③]为河内主簿，有公事不及[④]雄，而太守刘淮[⑤]横怒，遂与杖[⑥]遣之。雄后为黄门郎[⑦]，刘为侍中，初不交言。武帝闻之，敕雄复君臣之好。雄不得已，诣[⑧]刘，再拜曰：“向受诏而来，而君臣之义绝，何如？”于是即去。武帝闻尚不和，乃怒问雄曰：“我令卿复君臣之好，何以犹绝？”雄曰：“古之君子，进[⑨]人以礼，退[⑩]

人以礼；今之君子，进人若将加诸膝[11]，退人若将坠诸渊。臣于刘河内，不为戎首[12]，亦已幸甚，安复为君臣之好？”武帝从之。

齐王冏[13]为大司马辅政，嵇绍为侍中，诣冏咨事。冏设宰会[14]，召葛旟、董艾[15]等共论时宜。旟等白冏：“嵇侍中善于丝竹，公可令操之。”遂送乐器。绍推却不受，冏曰：“今日共为欢，卿何却邪？”绍曰：“公协辅皇室，令作事可法。绍虽官卑，职备常伯[16]，操丝比竹盖乐官之事，不可以先王法服[17]为伶人之业。今逼高命，不敢苟辞，当释冠冕，袭[18]私服。此绍之心也。”旟等不自得而退。

【注释】

①短帢（qià）：一种轻便小帽。②“时论”句：山公大儿戴的是便帽，所以不肯去见皇帝，而山涛却不敢替他辞谢。时论便以为胜山涛。③向雄：字茂伯，晋河内山阳（在今河南省内）人。河内：河内郡，在今河南省以北地区。④及：牵连。⑤刘准：字君平，沛国杼秋（在今江苏境内）人。⑥杖：动词，鞭打。⑦黄门郎：亦即黄门侍郎，皇帝宫廷中给事官。⑧诣：到……去。⑨进：举荐。⑩退：罢免。⑪加诸膝：放在膝上，表示亲热。诸，“之于”的合音。⑫戎首：主谋挑起战争的人，此处意谓挑起事端者。⑬齐王冏（jiǒng）：字景治，齐王司马攸之子。⑭设宰会：设宴邀请僚属聚会。宰，指朝中官员。⑮葛旟（yú）：字虚，司马冏的属官。董艾：字叔智，亦为司马冏属官。⑯备：充当，充任。常伯：指皇帝近臣。⑰法服：古代礼法规定的官服。⑱袭：穿。

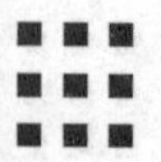

【译文】

山涛的大儿子戴着一顶便帽，倚在车上。晋武帝想看看他，山涛不敢替他拒绝，就出来问儿子的意见，他儿子不愿去。当时的舆论就说这个儿子超过山涛。

向雄出任河内郡的主簿，有件公事本来和他没关系，不过郡太守刘淮为这事大为震怒，于是便对他动了杖刑，并且打发他走了。向雄之后调任黄门郎，刘淮任侍中，两人即使在同一衙门，却从来不交谈。晋武帝知道这件事，便命令向雄要复原两人原有的上下级和睦关系。向雄没办法，就到刘淮那里，行再拜礼后说："刚刚奉皇上的命令而来，不过我们之间的上下级恩义已经没有了，怎么办？"说完马上就走了。武帝后来知道两人关系还是不和，就生气地问向雄："我让你恢复旧时的和睦关系，为何还要断交？"向雄说："古代的君子，依照礼法举荐官员，也依照礼法罢免官员；如今的君子，举荐人家时就像要抱到膝上那么亲，罢免人家时就像要推到深渊那样狠。臣下对刘河内要是不去挑起争端，那也就幸运得很了，如何还能修复旧有的上下级关系呢？"晋武帝听完，就不再勉强他了。

齐王冏出任大司马辅政，嵇绍出任侍中，去齐王冏那里请示公事。司马冏正在举行官吏集会，召葛旟、董艾等人来共商当前政务。葛旟等人报告司马冏说："嵇绍擅长乐器，能够让他弹奏一曲。"于是命人将乐器送上。嵇绍推辞而不肯演奏，司马冏说："今日大家在一起欢聚，你为何要推辞呢？"嵇绍回答："您辅助皇室，要求僚属办事要符合法度。我即使官位低，也充当侍中，演

奏乐器是乐官的事情，我不能穿着先王制定的官服去做伶工才做的事情。今日因为是您的命令，我不能随便推辞，不过那也得脱去官服，穿便服，再遵命演奏。这就是我个人的想法。”葛旟等人自觉无趣，就退了下去。

【原文】

卢志于众坐问陆士衡[①]：“陆逊、陆抗[②]是君何物？”答曰：“如卿于卢毓、卢珽[③]。”士龙[④]失色。既出户，谓兄曰：“何至如此？彼容[⑤]不相知也。”士衡正色曰：“我父、祖名播海内，宁有不知？鬼子敢尔！”议者疑二陆优劣，谢公以此定之。

羊忱[⑥]性甚贞烈，赵王伦[⑦]为相国，忱为太傅长史，乃版[⑧]以参相国军事。使者卒至，忱深惧豫祸[⑨]，不暇被马，于是帖骑[⑩]而避。使者追之，忱善射，矢左右发，使者不敢进，遂得免。

王太尉不与庾子嵩交，庾卿之不置。王曰：“君不得为尔。”庾曰：“卿自君我，我自卿卿；我自用我法，卿自用卿法。”

阮宣子伐社树[⑪]，有人止之。宣子曰：“社而[⑫]为树，伐树则社亡；树而为社，伐树则社移矣。”

【注释】

①卢志：字子道。陆士衡：陆机，字士衡。②陆逊：字伯言，三国时吴国人。陆抗：字幼节。这里卢志对陆机的祖父和父亲直呼其名，触犯了陆的家讳。因而陆也直呼卢志祖父和父亲之名作为报复，下文陆云惊慌失色的道理也在于此。③卢毓：字子家，三国时

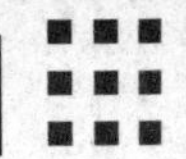

魏国人。卢珽（tǐng）：字子笏。④士龙：陆云，字士龙。⑤容：容或；或许。⑥羊忱：字长和，泰山平阳人。⑦赵王伦：即司马伦。⑧版：因王封官用版，称为“版官”，此为授官之意。⑨豫祸：遭受祸患。⑩帖骑：贴身骑在马上。⑪阮宣子：阮修，字宣子。社树：社庙周围的树。⑫而：如果。

【译文】

卢志在大庭广众之下询问陆士衡：“陆逊、陆抗是您的什么人？”士衡答复说：“就跟你和卢毓、卢珽的关系相同。”士龙听完惊慌得变了脸色。出来之后，士龙对哥哥说：“哪里至于要如此做呢？他或许不了解我们的家世啊。”士衡神情庄重地说：“我们父亲、祖父名扬天下，难道有不晓得的？鬼孙子居然敢这样！”当时评议的人难分陆氏兄弟的优劣，谢安就根据这件事来判断他们的高下。

羊忱性格非常刚烈忠直，赵王司马伦还在做相国时，羊忱出任太傅长史，之后司马伦封羊忱做参相国军事。使者突然赶到，羊忱担忧因接受司马伦的封官而受到牵连，遭受祸患，所以他来不及套上马鞍，就急忙贴身骑马而逃。使者追着他，他因其擅长骑射，左右开弓射向使者，使者所以不敢再追，羊忱才能够免任司马伦所授官职。

王太尉（王衍）不与庾子嵩（庾敳，字子嵩）交往，庾子嵩不顾，仍然亲昵地称王衍“卿”。王衍说：“您不可以这样做。”庾子嵩说道：“卿尽管称我‘您’，我尽管称‘卿’；我只要用我的称呼法，卿只要用卿的称呼法。”

阮宣子砍掉社庙周围的树，有人阻止他。宣子说：“要是社庙就是树的话，那么砍树之后社庙就不存在了；要是树就是社庙的话，那么砍树之后社庙也就迁走了。”

【原文】

阮宣子论鬼神有无者。或以人死有鬼，宣子独以为无，曰：“今见鬼者云，著生时衣服，若人死有鬼，衣服复有鬼邪[①]？”

【注释】

①“今见”四句：见王充《论衡·论死篇》：“世谓人死为鬼，有知，能害人。试以物类验之，人死不为鬼，无知，不能害人……夫为鬼者，人谓死人之精神。如审鬼者死人之精神，则人见之，宜徒见裸袒之形，无为见衣带被服也。何则？衣服无精神，人死与形体俱朽，何以得贯穿之乎？”今：现在。

【译文】

阮宣子谈说鬼神有无问题。有人觉得人死后有鬼，唯独宣子认为没有，他说：“现有自称看到过鬼的人说，鬼是穿着活着时候的衣服，要是人死了有鬼，那么衣服也有鬼吗？”

【原文】

元皇帝既登阼[①]，以郑后[②]之宠，欲舍明帝而立简文[③]。时议者咸谓舍长立少，既于理非伦，且明帝以聪亮英断，益宜为储副[④]。周、王诸公[⑤]并苦争恳切，唯刁玄亮独欲奉少主以阿[⑥]帝旨。元帝

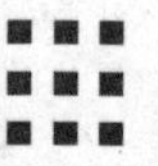

便欲施行，虑诸公不奉诏，于是先唤周侯、丞相入，然后欲出诏付刁。周、王既入，始至阶头，帝逆[7]遣传诏遏，使就东厢。周侯未悟，即却略[8]下阶；丞相披拨[9]传诏，径至御床前，曰："不审陛下何以见臣？"帝默然无言，乃探怀中黄纸诏裂掷之。由此皇储始定。周侯方慨然愧叹曰："我常自言胜茂弘[10]，今始知不如也！"

王丞相初在江左，欲结援吴人[11]，请婚陆太尉[12]，对曰："培塿无松柏[13]，薰莸[14]不同器。玩虽不才，义不为乱伦[15]之始。"

【注释】

①元皇帝：东晋元帝司马睿。登阼：登帝位。②郑后：郑阿春，晋荥阳（今属河南）人。③明帝：东晋明帝司马绍（299—325）。④储副：储君，太子。⑤周、王诸公：周𫖮、王导等人。⑥刁玄亮：刁协（？—322），字玄亮，东晋勃海饶安（今河北盐山南）人。阿（ē）：曲从；迎合。⑦逆：预先。⑧却略：倒退着走。⑨披拨：用手拨开。⑩茂弘：王导字。⑪结援：结交。吴人：指生活在吴地的名门大族。⑫陆大尉：即陆玩。⑬培塿无松柏：小土丘上长不出松柏。培塿（pǒu lǒu），小土丘。⑭薰：香草。莸（yóu）：臭草。⑮义：按道义。乱伦：扰乱人伦关系，此处指门第不相当而结成姻亲关系。

【译文】

晋元帝登上帝位后，由于宠爱郑后，故而想废掉长子司马绍改立司马昱。那时议论者都认为舍弃长子改立幼子，既在道理上不合

伦常，而且司马绍聪明果断，更适合立为太子。周颉、王导等诸位大臣都竭力真诚地争辩，只有刁协一人想拥戴幼主来迎合元帝的心意。元帝就想实施这个行动，又担心诸位大臣不肯接受诏令，事先叫周颉、王导入朝，然后准备拿出诏书交与刁协。周颉、王导进去后，刚走到台阶前，元帝预先派遣传诏者阻挡他们上殿，让他们先到东厢房去。周颉还没醒悟过来，就倒退着下了台阶；王导就用手拨开传诏者，直接走到皇帝坐榻前，说："不晓得陛下为什么召见臣下？"元帝默然无言，就从怀中拿出黄色诏书来撕碎扔掉它。之后太子人选才确定下来。周颉这才又感慨又惭愧地叹息说："我常自认为超过王导，如今才知道不如他啊！"

丞相王导刚来江南时，想结交生活在吴地的名门大族，就向太尉陆玩要求通婚，陆玩答复说："小土丘上长不出松柏，香草和臭草也不可以同置一器。我即使没有才能，但是按理不能带头做这毁坏伦理的事情。"

【原文】

王大将军既反，至石头，周伯仁往见之。谓周曰："卿何以相负[1]？"对曰："公戎车犯正[2]，下官忝率六军[3]，而王师不振，以此负公。"

苏峻既至石头，百僚[4]奔散，唯侍中钟雅独在帝侧。或谓钟曰："见可而进，知难而退，古之道也。君性亮直，必不容于寇仇，何不用随时之宜，而坐待其弊邪？"钟曰："国乱不能匡[5]，君危不能济，而各逊遁[6]以求免，吾惧董狐将执简而进矣。"

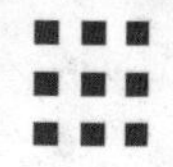

庾公临去[7]，顾语钟后事[8]，深以相委。钟曰："栋折榱崩[9]，谁之责邪？"庾曰："今日之事，不容复言，卿当期克复之效[10]耳。"钟曰："想足下不愧荀林父耳！"

苏峻时，孔群在横塘为匡术[11]所逼。王丞相保存术。因众坐戏语，令术劝群酒，以释横塘之憾。群答曰："德非孔子，厄同匡人[12]。虽阳和布[13]气，鹰化为鸠，至于识者，犹憎其眼。"

【注释】

①相负：辜负我。②戎车犯正：指起兵谋反。戎车，兵车。正，正统，指晋王室。③忝（tiǎn）：谦词，表示有愧。六军：天子的军队。④百僚：百官。⑤匡：匡正。⑥逊遁：逃避。⑦"庾公"句：苏峻反，百僚奔散。⑧后事：走后的事。⑨栋折榱崩：房子塌了，比喻国家危亡。⑩克复之效：指收复京城。⑪孔群：字敬林。横塘：地名，在今江苏南京市西南。匡术：阜陵县令。⑫厄同匡人：意思是遭遇的厄运和孔子遇到匡人一样。⑬阳和：春天的温和之气。布：传播；散布。

【译文】

大将军王敦叛变之后，进军到了石头城，周伯仁（周顗）前去见他。王敦对周顗说："您如何能辜负我？"周顗答复说："王公您起兵谋反，下官我领着六军抵抗，可怜王师战败，我没能成为您的对手，这便是我辜负您的地方。"

苏峻的叛军抵达石头城，朝中官员纷纷落荒而逃，只有侍中钟雅一个人守护成帝。有人对钟雅说："看到可行的情况就前进，知

道有困难就后退，这是自古以来的道理。你如此忠诚坦率的性格，必定不被仇敌宽容，为何不见机行事，反倒在这里等着祸患的来临呢？”钟雅说道：“国家混乱而不去匡救，皇上危险而不去保护，反倒各自逃避以求免祸，我恐怕古代的良史董狐将要拿着竹简来了。”

庾亮快要出逃，回头向钟雅嘱托自己走后的事，把朝廷重任完全托付给了他。钟雅说：“国家危在旦夕，是谁的义务呢？”庾亮说道：“当前的事，不允许再谈论了，你将会看到收复京城，迎帝换京的胜利时刻的。”钟雅就说：“想来您不会有愧于荀林父的！”

苏峻之乱时，孔群在横塘被匡术胁迫过。之后丞相王导保全了匡术。有一次王导趁着大家在席间说话时，要匡术向孔群敬酒，来消释对横塘一事的不满。孔群答复说：“我的德行不能和孔子相比，不过厄运却和孔子遇上匡人一样。即使春气和暖，鹰变得和鸠一样温顺，至于知道它的鸟，还是讨厌它的眼睛。”

世说新语

雅量第六

【原文】

豫章太守顾劭[1]，是雍[2]之子。劭在郡卒。雍盛集僚属，自围棋。外启信至，而无儿书。虽神气不变，而心了其故，以爪掐掌，血流沾褥。宾客既散，方叹曰：“已无延陵之高，岂可有丧明之责[3]？”于是豁情[4]散哀，颜色自若。

嵇中散临刑东市[5]，神气不变，索琴弹之，奏《广陵散》。曲终，曰：“袁孝尼尝请学此散，吾靳固[6]不与，《广陵散》于今绝矣！”太学生三千人上书，请以为师，不许。文王亦寻悔焉。

夏侯太初[7]尝倚柱作书，时大雨，霹雳[8]破所倚柱，衣服焦然[9]，神色无变，书亦如故。宾客左右皆跌荡不得住。

王戎七岁，尝与诸小儿游，看道边李树，多子折枝，诸儿竞走取之，唯戎不动。人问之，答曰：“树在道边而多子，此必苦李。”取之信然。

魏明帝于宣武场[10]上断虎爪牙，纵百姓观之。王戎七岁，亦往看。虎承间攀栏而吼，其声震地，观者无不辟易颠仆[11]，戎湛然[12]不动，了[13]无恐色。

【注释】

①顾劭：字孝则，三国时吴郡吴（今江苏苏州）人。②雍：顾雍，字元叹，三国时吴郡吴（今江苏苏州）人。③丧明之责：春秋时孔子弟子子夏的儿子去世后，子夏哭得双目失明。④豁情：敞开胸怀；心情开朗。⑤东市：汉代长安行刑之场所，后即专指刑场。⑥靳（jìn）固：吝惜固执。⑦夏侯太初：即夏侯玄。⑧霹雳：响声很大的雷。⑨焦然：烧焦的样子。⑩宣武场：魏讲武场所。⑪辟易：躲避。颠仆：跌倒。⑫湛然：安然。⑬了：根本。

【译文】

豫章太守顾劭，是顾雍的儿子。顾劭死在郡守的任内，当时顾雍正宴请同僚部属聚会，自己在下围棋。外面报告信使来了，却没有儿子的信。顾雍即使神色不变，但心里已清楚其中的缘由了，他用指甲掐自己的手掌，掐得血流到了坐毯上。等到宾客都散去后，他才感叹道："我已经没有季札那样的高尚旷达了，难道能够再受子夏失明那样的谴责吗？"于是排除悲痛和哀伤的心理，神色变得坦荡自如。

中散大夫嵇康押到东市被杀头时，神色不改，向人要琴弹，奏《广陵散》。演奏完，说："袁孝尼过去想跟我学弹此曲，我舍不得教给他，如今《广陵散》将要成为绝唱了！"当时有三千多太学生上书朝廷，希望拜嵇康为师，没有批准。嵇康死后不久，晋文王司马昭也后悔杀死了嵇康。

夏侯玄曾经靠着柱子写字，那时正值大雨倾盆，雷电将他倚着的柱子给劈开了，并且烧焦了他的衣服，但是他面不改色，依旧写

字。宾客随从都害怕得东倒西歪站都站不稳了。

王戎七岁的年纪，有一次和一些小孩儿出去玩耍，看见路边的李树挂了很多果，压弯了树枝，小孩儿们争先恐后前去摘李子，只有王戎站着不动。别人问他，他答复说："树长在路边，还有如此多的李子，这一定是苦的李子。"拿李子来一尝，真的是苦的。

魏明帝在宣武场把老虎用栅栏围起来，任凭百姓观赏。王戎七岁，也前去观赏。老虎乘隙攀住栅栏大吼，吼声震动大地，观看的人莫不惊退跌倒，只有王戎安然不动，根本没有恐惧的神色。

【原文】

王戎为侍中，南郡太守刘肇遗筒中笺布五端[①]，戎虽不受，厚报其书。

裴叔则被收，神气无变，举止自若。求纸笔作书，书成，救者多，乃得免[②]。后位仪同三司[③]。

王夷甫尝属族人事，经时未行。遇于一处饮燕，因语之曰："近属尊事，那得不行？"族人大怒，便举樏[④]掷其面。夷甫都无言，盥洗毕，牵王丞相臂，与共载去。在车中照镜，语丞相曰："汝看我眼光，乃出牛背上[⑤]。"

裴遐在周馥[⑥]所，馥设主人。遐与人围棋，馥司马行酒。遐正戏，不时[⑦]为饮。司马恚，因曳遐坠地。遐还坐，举止如常，颜色不变，复戏如故。王夷甫问遐："当时何得颜色不异？"答曰："直是暗当[⑧]故耳。"

刘庆孙在太傅府，于时人士多为所构[9]。唯庾子嵩纵心事外，无迹可间。后以其性俭家富，说太傅令换千万，冀其有吝，于此可乘。太傅于众坐中问庾，庾时颓然已醉，帻堕几上，以头就穿取，徐答云："下官家故可有两娑千万，随公所取。"于是乃服。后有人向庾道此，庾曰："可谓以小人之虑，度君子之心。"

王夷甫与裴景声[10]志好不同。景声恶欲取之，卒不能回[11]。乃故诣王，肆言极骂，要[12]王答己，欲以分谤。王不为动色，徐曰："白眼儿遂作。"

王夷甫长裴成公[13]四岁，不与相知。时共集一处，皆当时名士，谓王曰："裴令[14]令望何足计！"王便卿裴[15]，裴曰："自可全君雅志。"

【注释】

①筒中笺布：卷成筒的细布。端：古代计量单位，二丈为一端。②免：赦免,释放。③仪同三司：散官名，位非三公而待遇和三公相同。④樏：食盒。⑤"汝看"二句：意谓目光向上。⑥裴遐：字叔道，晋河东闻喜（今山西）人。周馥：字祖宣，西晋汝南安成（今河南正阳）人。⑦不时：不及时。⑧暗当：暗暗承担。⑨构：挑拨离间，陷害。⑩裴景声：裴邈，字景声。⑪回：改变，挽回。⑫要：要挟，逼迫。⑬裴成公：裴颀。⑭裴令：裴楷，裴颀的叔父。⑮卿裴：用"卿"来称呼裴颀，这是不合礼法的称呼。

【译文】

王戎出任侍中时，南郡太守刘肇送与他五端长的筒中细布，王戎即使没有接受，但仍然深情地回了一封信。

裴叔则（裴楷，字叔则）遭受拘捕，神气一点也没变，行为像平时一样。要求给他纸和笔写封书信，信件写好后，很多人都希望释放他，终于得以释放。后来他做到仪同三司的高官。

王夷甫一度嘱托族人办事，过了一段时间还没有办。之后两人遇在一起吃喝，王夷甫便问那位族人："之前嘱托你办的事，为何还没办呢？"族人非常气愤，就举起食盒摔到了他脸上。王夷甫一句话也没讲，洗干净后，扶着丞相王导的胳膊，和他同乘一车而去。在车里对着镜子，对王导说："你看我的目光，居然在牛背之上。"

裴遐在周馥家中，周馥以主人身份请客招待。裴遐和人下围棋，周馥手下的司马过去给他敬酒。裴遐正下着棋，没有及时饮酒。司马很生气，把裴遐拉倒在地。裴遐站起来后又回到座位上，行为和平时一样，脸色也没变，仍究下棋。事后王夷甫问裴遐："当时你如何能做到面不改色的地步呢？"裴遐答复："不过暗暗承担罢了！"

刘舆在太傅司马越那里任职时，有很多人被他设计陷害。只有庾子嵩一人置身在世事之外，所以没有什么空子可以利用。后来庾因生性节俭而家里很富有，刘舆就劝说太傅向庾子嵩借钱一千万，希望他吝啬不借，从而找到可乘之机。太傅在大庭广众之下问庾子嵩，庾子嵩当时已经喝得酩酊大醉，头巾掉在几案上，便用头凑上

去戴起来，慢慢回答说：“我家里原有个两三千万，随便公等需要去拿就是。”这时刘舆才真的服了。后来有人向庾子嵩说起这件事，庾子嵩说：“这就是所谓以小人之心，度君子之腹。”

王夷甫和裴景声志趣爱好不一样。景声不愿意王夷甫想任命自己，但是最后也无法改变。于是就有意到王夷甫那里，去肆意指斥，极力痛骂，要挟王夷甫回应自己，想以此来让王夷甫承受些别人的非议。王夷甫居然不动声色，不过慢悠悠地说：“白眼儿最终发作了。”

王夷甫比裴成公（裴颜）年纪大四岁，没和裴颜成为朋友。一次，两人参加聚会相遇，在座的都是当时的名士，有人就对王夷甫说道：“裴令的美名远扬，不应该计较年龄的大小！”王夷甫便拿亲密朋友间的称呼叫裴为“卿”，裴颜说：“自然可以成全您的高雅志向。”

【原文】

有往来者[①]云：“庾公有东下意[②]。”或谓王公：“可潜稍严[③]，以备不虞[④]。”王公曰：“我与元规[⑤]虽俱王臣，本怀布衣之好。若其欲来，吾角巾径还乌衣[⑥]，何所[⑦]稍严！”

王丞相主簿欲检校帐下[⑧]，公语主簿：“欲与主簿周旋，无为知人几案间事[⑨]。”

祖士少[⑩]好财，阮遥集好屐，并恒自经营。同是一累[⑪]，而未判其得失[⑫]。人有诣祖，见料视财物，客至，屏当[⑬]未尽，余两小簏，著背后，倾身障之，意未能平。或有诣阮，见自吹火蜡屐[⑭]，因叹

曰："未知一生当著几量屐？"神色闲畅。于是胜负始分。

许侍中[15]、顾司空俱作丞相从事，尔时已被遇[16]，游宴集聚，略无不同。尝夜至丞相许戏，二人欢极。丞相便命使入己帐眠。顾至晓回转[17]，不得快孰；许上床便咍台[18]大鼾。丞相顾诸客曰："此中亦难得眠处。"

【注释】

①往来者：往来于京城和武昌间的人。②有东下意：有意沿江东下入京。③潜：暗地里。严：严防，戒备。④不虞：不测。虞，意料。⑤元规：庾亮的字。⑥角巾：方巾，有棱角的头巾，为古代隐士冠饰。本句的意思是解官隐退。⑦何所：意思是何必。⑧帐下：幕府中，这里指幕僚。⑨几案间事：指案，即官府文牍案卷之事。⑩祖士少：祖约，字士少。⑪累：毛病。⑫得失：高下，优劣。⑬屏当：同"摒当"，料理，收拾。⑭蜡屐：用蜡涂在屐上，使它滑润。⑮许侍中：许璪（zào），字思文，义兴阳羡（今江苏宜兴南）人。⑯遇：知遇，赏识。⑰回转：辗转反侧。⑱咍（hāi）台：打鼾声。

【译文】

有往来京城的人说："庾公有起兵东下的打算。"有人对王导说："应该暗地里略做准备，以防备不测事件。"王导说："我和元规即使都是国家大臣，不过本来就怀有布衣之交的情谊。要是他想来朝廷，我就径直解官隐退，何必略做准备！"

丞相王导的主簿想去核查部下，王导对他说："我想和你探讨

一下，不要去核查人家文牍案卷上的事。”

祖士少贪财，阮遥集爱好木屐，都是常常自己统筹管理。同样是一种毛病，不过还不能由此分出两人的高下。有人到祖士少家里去，看到他正在清点查看财物，客人来了，还没有收拾整理结束，剩下两只小箱，便放在背后，侧着身体遮着，心神无法宁静。又有到阮遥集家去的，看到他亲自用口吹火给木屐涂蜡，所以叹息道：“不知这一辈子会穿几双木屐！”神态安然自在。这样两人的高下才分出来。

侍中许璪、司空顾一块儿在丞相王导手下担任从事，那时两人都已经获得赏识，凡是游乐、宴饮、聚会，两人都参与，没有丝毫不同。有一次两人晚上到王导家游玩，玩得快乐极了。王导便叫他们到自己的床上睡觉。顾和辗转反侧直到天亮，不能很快熟悉；许璪一上床就鼾声如雷。王导转头对客人们说：“这里也是难得睡觉的地方。”

【原文】

庾太尉[①]风仪伟长，不轻举止，时人皆以为假。亮有大儿数岁，雅重之质，便自如此，人知是天性。温太真尝隐幔怛之[②]，此儿神色恬然，乃徐跪曰：“君侯[③]何以为此？”论者谓不减亮。苏峻时遇害。或云：“见阿恭[④]，知元规非假。”

褚公于章安令迁太尉[⑤]记室参军，名字已显而位微，人未多识。公东出，乘估客[⑥]船，送故吏数人，投钱唐亭[⑦]住。尔时，吴兴沈充为县令，当送客过浙江[⑧]，客出，亭吏驱公移牛屋下。潮水

至，沈令起彷徨，问："牛屋下是何物？"吏云："昨有一伧父[⑨]来寄亭中，有尊贵客，权移之。"令有酒色，因遥问："伧父欲食饼不？姓何等？可共语。"褚因举手答曰："河南褚季野。"远近久承公名，令于是大遽[⑩]，不敢移公，便于牛屋下修刺[⑪]诣公，更宰杀为馔具[⑫]，于公前鞭挞亭吏，欲以谢惭。公与之酌宴，言色无异，状如不觉。令送公至界。

【注释】

①庾太尉：庾亮，字元规。②幔：帷帐。怛之：吓唬他，使他害怕。③君侯：对列侯和地方高级官吏的尊称。④阿恭：庾亮儿子的小名。⑤章安：县名。太尉：指郗鉴。⑥估客：贩货买卖的商人。⑦钱唐亭：钱唐县的驿亭，是官方设于路边供旅客食宿的客舍。⑧浙江：水名，到钱塘县境内又称为钱塘江。⑨伧父（cāng fù）：六朝时南方人对北方人的蔑称，意为粗俗鄙贱的人。⑩遽（jù）：惶恐。⑪修刺：备办名帖。刺，名帖。⑫馔具：酒食。

【译文】

庾亮风度容貌端庄伟岸，不轻易妄动，当时人都认为是假的。庾亮有个大儿子才几岁，文雅庄重的秉质，便是自然这样，人们知道这是天性。温峤一度隐藏在幔帐后面吓唬他，这个孩子神态恬静，从容地跪下来说："君侯你为何要这样做？"说话的人说这个孩子气度不减庾亮。这个孩子在苏峻作乱时受害。有人说："看见这个孩子，就晓得庾亮不是装出来的。"

褚公由章安令升迁为太尉记室参军，即使名声很大，不过官位

却很卑微，赏识他的人并不多。他乘商船到东边去，与为他送别的几位属吏投宿钱塘亭。这时，吴兴沈充担任县令，正要送客过浙江，客人来了，亭吏便将褚公赶去牛棚里住。潮水涌来时，沈充到庭院间散步，问："牛棚里是什么人？"亭吏就说："昨天有一个北方佬来钱塘亭投宿，因为贵客到来，暂时把他移到了那里。"沈充有些醉意，就远远地询问："北方佬，你想吃饼吗？姓什么，能够一起聊聊。"褚公举手回答："河南褚季野。"远近的人早就晓得褚季野的大名，沈充听后惊慌非常，又不敢移动他，就在牛棚下恭恭敬敬地将自己的帖子递上来拜见他，并杀鸡宰羊，设宴款待，还在褚季野面前鞭打亭吏，以赔礼谢罪。褚季野与沈充一块儿喝酒聊天，言语神态一如既往，似乎什么事情都没有发生过。沈充一直把他送到县界。

【原文】

郗太傅①在京口，遣门生与王丞相书，求女婿。丞相语郗信："君往东厢，任意选之。"门生归，白郗曰："王家诸郎亦皆可嘉，闻来觅婿，咸自矜持，唯有一郎在东床上坦腹②卧，如不闻。"郗公云："正此好！"访之，乃是逸少，因嫁女与焉。

过江初，拜官舆饰供馔③。羊曼拜丹阳尹，客来蚤者，并得佳设④，日晏渐罄⑤，不复及精。随客早晚，不问贵贱。羊固拜临海，竟日皆美供，虽晚至，亦获盛馔。时论以固之丰华，不如曼之真率⑥。

周仲智⑦饮酒醉，瞋目还面，谓伯仁曰："君才不如弟，而横⑧

得重名！”须臾，举蜡烛火掷伯仁。伯仁笑曰：“阿奴火攻，固出下策耳！”

顾和始为扬州从事，月旦当朝⑨，未入顷，停车州门外。周侯诣丞相，历和车边，和觅虱，夷然⑩不动。周既过，反还，指顾心曰：“此中何所有？”顾搏虱如故，徐应曰：“此中最是难测地。”周侯既入，语丞相曰：“卿州吏中有一令仆才⑪。”

【注释】

①郗太傅：郗鉴。②坦腹：敞开上衣，露出腹部。③舆饰：都整治。舆，都、皆。供馔：酒宴。④佳设：盛宴，美味佳肴。⑤晏：晚。渐罄：渐空。⑥真率：自然坦率。⑦周仲智：周嵩，字仲智。⑧横：无缘由地；意外地。⑨月旦：农历每月初一。朝：这里指下属进见长官。⑩夷然：安然自若的样子。⑪令仆才：指做尚书令和仆射之才。

【译文】

太傅郗鉴在京口，他派门客给丞相王导送信，想在王家寻个女婿。王导对郗鉴派来送信的人说道：“你到东厢房去，任意选吧。”门客回去，禀报郗鉴道：“王家的几位男子都很好，知道您选女婿，个个庄重得有些拘束，只有一个在东床上袒腹而卧，似乎不知道这回事一样。”郗鉴说：“正是这个好！”一去探听，原来是王羲之，于是就将女儿嫁给了他。

朝廷南渡初期，官员接受授命，都要办酒宴招待客人。羊曼出

任丹阳尹时，客人来得早的，都能吃上很好的酒食。天色晚之后东西渐渐吃完，就不能再谈得上精美了，不过随客人到的早晚而不同，无论职位高低。羊固担任临海太守时，整日都有精美的酒宴，就算晚到，也能吃上丰盛的酒食。那时的评论觉得，羊固酒宴的丰盛精美，比不上羊曼的自然坦率。

周仲智（周嵩，字仲智）喝醉了酒，侧过脸瞪着眼对周伯仁（周顗，字伯仁）说："您的能力不如弟弟，却意外地得到那样大的好名声！"过了一会儿，又举起蜡烛火去掷伯仁。伯仁就笑着说道："阿奴（周仲智，小名阿奴）用火攻，真是最糟糕的方法！"

顾和刚出任扬州州府从事的时候，初一这天朝会，他还没有进府，暂且停车在州府门外。刚好武城侯周顗到丞相王导那儿去，从顾和的车子旁边经过，顾和正在抓虱子，安闲自然，没有动弹。周顗已经过去了，又折回来，对着顾和的胸口问道："这里面有什么？"顾和仍然抓虱子，慢吞吞地答复说："这里面是最难猜测的地方。"周顗进府后，对王导说："你的州吏里有一个能够做尚书令或仆射的人才。"

【原文】

庾太尉与苏峻战，败，率左右十余人乘小船西奔。乱兵相剥掠，射，误中舵工，应弦而倒，举船上咸失色分散。亮不动容，徐曰："此手那可使著贼[①]！"众乃安。

庾小[②]征西尝出未还。妇母阮，是刘万安妻，与女上安陵城楼上。俄顷[③]，翼归，策良马，盛舆卫[④]。阮语女："闻庾郎能骑，我

何由得见？”妇告翼，翼便为于道开卤簿[5]盘马，始两转，坠马堕地，意色自若。

宣武与简文、太宰[6]共载，密令人在舆前后鸣鼓大叫，卤簿中惊扰。太宰惶怖，求下舆；顾看简文，穆然清恬[7]。宣武语人曰：“朝廷间故复有此贤。”

王劭、王荟[8]共诣宣武，正值收庾希[9]家。荟不自安，逡巡欲去；劭坚坐不动，待收信[10]还，得不定[11]，乃出。论者以劭为优。

桓宣武与郗超议芟夷[12]朝臣，条牒[13]既定，其夜同宿。明晨起，呼谢安、王坦之入，掷疏[14]示之，郗犹在帐内。谢都无言，王直掷还，云：“多。”宣武取笔欲除，郗不觉窃从帐中与宣武言。谢含笑曰：“郗生可谓入幕宾[15]也。”

【注释】

①“此手”句：意思是叛军不值得去射杀，以免弄脏了手。这是庾亮特意为误射舵工的人解嘲，使气氛轻松下来。著：射中。②庾小：庾翼，是庾亮的弟弟。③俄顷：一会儿。④盛：人数多，场面热烈，气势宏大。舆卫：随队坐的车子和卫士。⑤卤簿：仪仗，队列。⑥太宰：指司马晞，字道升。⑦穆然：沉静安详的样子。清恬：清静安适。⑧王劭（shào）：字敬伦。王荟（huì）：字敬文。⑨收：逮捕。庾希：字始彦，鄢陵（今河南省鄢陵西北）人。⑩收信：收捕庾家的使者。⑪得不定：语意不明。⑫芟（shān）夷：原义除草，引申为削除。⑬条牒：条款文书。此指削除朝臣的方案。⑭疏：臣下向君主分条陈事之文书。⑮生：先生的

省称。入幕宾：军队出征，施用帐幕，因称将军府为幕府。

【译文】

太尉庾亮和苏峻打仗，打了败仗，带领随从十多人乘坐小船向西逃走。这时乱兵正在抢东西，庾亮用箭来射，却错把舵工射中，舵工应声倒下了，满船的人都害怕得变了脸色，打算逃走。庾亮不动声色，不慌不忙地说道："这手岂能让他射中贼人！"大家才安静下来。

征西将军庾翼一度外出未回。他的岳母阮氏，是刘万安的妻子，和女儿一块上安陵城城楼上迎望。不一会儿，庾翼归来了，骑着骏马，率领着浩大的卫队。阮氏对女儿说："据说庾郎善于骑马，我如何才能见到呢？"庾翼妻子对庾翼说，庾翼就为她在大道上摆开仪仗队，骑着马打转奔跑，刚转了两圈，就从马上掉到地上，不过仍然神态自若。

宣武侯桓温和简文帝司马昱、太宰司马晞同坐一辆车，桓温暗中指派人在车前车后擂鼓并大声叫喊，仪仗队便受到了惊扰。司马晞惊惶恐惧，提出下车；转头看看司马昱，他却镇定安详。桓温之后告诉别人说："朝廷里还是有如此的贤人。"

王劭、王荟一块儿去拜见宣武将军（桓温），正碰到下令去收捕庾希家。王荟就坐不住，想告辞离开；王劭却安坐不动，等到报告抓捕情况的信使回来，晓得没有抓捕才告辞。那时的人评论说，王劭比王荟强。

桓温和郗超商议去掉一些朝廷大臣，条款文书都已写好，这

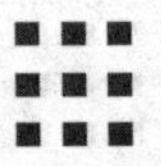

一夜，他们两人就睡在一起。第二天早上，桓温起床，叫丞相谢安、王坦之进来，把准备好的奏章丢给他们看，而郗超还在帐幕之内。谢安根本不说什么，王坦之不过把奏疏丢还给桓温，说：“多了。”桓温拿过笔来，想从打算去除的朝臣名单中减掉几个，郗超不知不觉悄悄地从帐幕中跟桓温说话。谢安含笑地说：“郗先生真能够称得上入幕之宾了。

识鉴第七

【原文】

曹公少时见乔玄[1]，玄谓曰："天下方乱，群雄虎争，拨而理之，非君乎！然君实是乱世之英雄，治世[2]之奸贼。恨吾老矣，不见君富贵，当以子孙相累[3]。"

曹公问裴潜曰："卿昔与刘备共在荆州[4]，卿以备才如何？"潜曰："使居中国，能乱人，不能为治；若乘边[5]守险，足为一方之主。"

何晏、邓飏、夏侯玄并求傅嘏[6]交，而嘏终不许。诸人乃因荀粲说合之，谓嘏曰："夏侯太初一时之杰士，虚心于子，而卿意怀不可交。合则好成，不合则致隙。二贤若穆[7]，则国之休[8]，此蔺相如所以下廉颇也。"傅曰："夏侯太初志大心劳[9]，能合虚誉，诚所谓利口覆国[10]之人。何晏、邓飏有为而躁，博而寡要[11]，外好利而内无关籥[12]，贵同恶异，多言而妒前[13]。多言多衅，妒前无亲。以吾观之，此三贤者皆败德之人尔，远之犹恐罹祸，况可亲之邪？"后皆如其言。

【注释】

①曹公：曹操。乔玄：字公祖，官至尚书令。②治世：太平盛

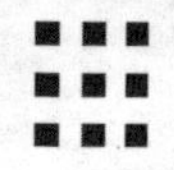

世。③累：牵累。这里指把子孙托付给他照顾。④裴潜：字文行，三国魏河东闻喜人。共在荆州：指裴潜和刘备同在刘表处共事。⑤乘边：乘驭边疆。⑥邓飏：字玄茂，南阳宛（今属河南）人。明帝时官颍川太守、侍中、尚书。傅嘏（gǔ）：字兰硕，北地泥阳（今属陕西）人。⑦穆：和睦。⑧休：美善，福禄。⑨心劳：指思虑过多，费尽心思。⑩利口覆国：指巧言令色会导致国家败亡。⑪寡要：不得要领。⑫关籥：关门之锁，引申为检点、约束。⑬妒前：忌妒胜过自己的人。

【译文】

曹操年少时去见乔玄，乔玄对他说："天下正处于动荡之中，各路豪强如虎相斗，能拨乱反正的，非你莫属啊！但是你实在是乱世中的英雄，盛世中的奸贼。可惜的是我老了，看不到你富贵的那一天，我要把子孙交托给你了。"

曹操询问裴潜说："你曾与刘备都在荆州共事，你认为刘备的才能如何？"裴潜说："要是让他据守中原，他就只会扰乱民心，却治理不好民众；若让他把守边疆，则他能够成为一方霸主。"

何晏、邓飏、夏侯玄都想要和傅嘏结交，但是傅嘏始终没有答应。他们便托荀粲去撮合，荀粲对傅嘏说："夏侯太初是一世的俊杰，对您很虚心，而您心里却觉得不行。要是能交好，就有了情谊；如果不行，就会产生裂痕。两位贤人要是能和睦相处，国家就吉祥，这便是蔺相如对廉颇退让的缘由。"傅嘏说："夏侯太初，理想很大，用尽心思去达到目的，很能逢迎虚名的需要，真的是所说的耍嘴皮子亡国的人。何晏、邓飏有作为却很急切，知识广博却

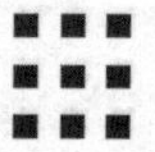

不得要领，对外喜欢得到益处，对自己却不加检点约束，重视和自己看法相同的人，讨厌看法不同的人，好发表意见，却忌妒超越自己的人。发表看法多，破绽也就多，忌妒别人胜过自己，就会不讲情感。依我看来，这三个贤人，都不过是道德败坏的人罢了，离他们远远的还怕遇祸，何况是去亲近他们呢？”后来的情况都像他所说的样子。

【原文】

晋武帝讲武于宣武场，帝欲偃武修文，亲自临幸[①]，悉召群臣。山公谓不宜尔，因与诸尚书言孙、吴[②]用兵本意，遂究论，举坐无不咨嗟，皆曰：“山少傅乃天下名言。”后诸王骄汰，轻遘祸难[③]。于是寇盗处处蚁合，郡国多以无备不能制服，遂渐炽盛。皆如公言。时人以谓山涛不学孙、吴，而闇与之理会[④]。王夷甫亦叹云：“公闇与道合。”

王夷甫父乂，为平北将军，有公事，使行人论[⑤]，不得。时夷甫在京师，命驾[⑥]见仆射羊祜、尚书山涛。夷甫时总角，姿才秀异，叙致[⑦]既快[⑧]，事加有理[⑨]，涛甚奇之。既退，看之不辍，乃叹曰：“生儿不当如王夷甫邪？”羊祜曰：“乱天下者，必此子也。”

潘阳仲见王敦小时，谓曰：“君蜂目已露，但豺声未振耳[⑩]。必能食人，亦当为人所食。”

石勒[⑪]不知书，使人读《汉书》。闻郦食其[⑫]劝立六国后，刻印

将授之，大惊曰："此法当失，云何得遂有天下？"至留侯[13]谏，乃曰："赖有此耳！"

【注释】

①讲武：讲授并练习武艺。偃（yǎn）武修文：停止武备，提倡教化。临幸：到场。皇帝到某处叫"幸"。②孙、吴：孙武、吴起。孙武是春秋时代齐国人，著名军事家，著有《孙子兵法》。吴起，是战国时代魏国人，著名将领。③诸王：帝王给同族人的封爵，最高一级称王。骄汰：放纵、奢侈。轻遘祸难：指八王之乱。④以谓：认为。理会：理合；事理上相同。⑤行人：使者。论：申诉，申论。⑥命驾：命人驾车马，谓立即动身。⑦叙致：陈述表达。⑧快：快捷。⑨事加有理：辩说事情很有道理。⑩"君蜂"二句：古人认为蜂目而豺声的人是残忍的人。蜂目：指像胡蜂样的眼睛。振：扬起。⑪石勒（274—333）：十六国时期后赵开创者，字世龙，上党武乡（今山西榆社）人。⑫郦食其：刘邦的谋士。⑬留侯：张良。

【译文】

晋武帝在宣武场上谈论武事，他想停息武备，振兴文教，故亲自光临，把群臣全都会集起来。山涛觉得不适宜这么做，便与各位尚书谈论孙武、吴起用兵的意思，于是加以推究讲论，满座的人听后没有不赞叹的，都说："山涛所谈是天下的至理名言。"之后分封到各地的诸侯过于骄纵，轻易地酿成祸乱灾难。故而盗贼四处蜂起，各地郡县封国多数由于没有武备，不能加以制服，叛乱势力于

是慢慢强大起来。一切都像山涛所说的那样。当时人觉得山涛虽然不学孙子、吴起的兵法，但他的看法却与孙、吴兵法相一致。王衍也感叹道："山公的意见与大道暗合。"

王夷甫的父亲王乂，在出任平北将军时，有件公事，让人去上报，却找不到适合的人来。那时王夷甫在京都，就命人驾车马去谒见尚书左仆射羊祜、尚书山涛。王夷甫那时还是少年，风姿才华超常，陈述意见痛快淋漓，理由也非常充分，故而山涛认为他很不寻常。他离开后，山涛还是目不转睛地看着他，终于感叹说："生儿子难道不应该像王夷甫那样吗？"羊祜却说："搅乱天下的，必定是这个人。"

潘阳仲看到王敦少年时的模样，对他说："你已经显露出毒蜂一般的目光，不过说话尚未像豺声那样尖利罢了。你必定能够吃人，也将会被人吃掉。"

石勒不认识字，叫人给他读《汉书》听。当听到刘邦谋臣郦食其劝刘邦封立六国的后人，刻好了印章，将要发给他们时，大为惊讶说："这种方法是错误的，这如何会得到天下？"听到张良劝谏刘邦不能这样时，于是说："幸好有这个人啊！"

【原文】

卫玠年五岁，神衿[①]可爱。祖太保[②]曰："此儿有异，顾[③]吾老，不见其大耳！"

刘越石云："华彦夏[④]识能[⑤]不足，强果[⑥]有余。"

张季鹰辟齐王东曹[⑦]掾，在洛，见秋风起，因思吴中菰菜[⑧]羹，

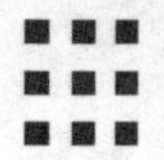

鲈鱼脍，曰："人生贵得适意尔，何能羁宦数千里以要名爵[9]？"遂命驾便归。俄而齐王败，时人皆谓为见机[10]。

诸葛道明[11]初过江左，自名道明，名亚王、庾之下。先为临沂令，丞相谓曰："明府当为黑头公[12]。"

王平子素不知眉子[13]，曰："志大其量，终当死坞壁[14]间。"

王大将军始下[15]，杨朗苦谏不从，遂为王致力。乘中鸣云露车[16]径前，曰："听下官鼓音，一进而捷。"王先把其手曰："事克，当相用为荆州。"既而忘之，以为南郡。王败后，明帝收朗，欲杀之。帝寻崩，得免。后兼三公，署[17]数十人为官属。此诸人当时并无名，后皆被知遇[18]，于时称其知人。

【注释】

①神衿：仪容风采。②祖太保：卫瓘（guàn），字伯玉，西晋初河东安邑（今山西运城东北）人。③顾：但。④华彦夏：华轶，字彦夏，平原（今山东省平原）人。⑤识能：见识才能。⑥强果：刚强果敢。⑦张季鹰：张翰，字季鹰，吴郡吴人。齐王：司马冏，封为齐王。东曹：官名。⑧菰菜：俗名茭白。⑨羁宦：在外地做官。名爵：功名，地位。⑩见机：洞察事物的苗头。⑪诸葛道明：诸葛恢，字道明。⑫明府：本用来尊称郡太守，晋以后也可以尊称县令。黑头公：指年轻时头发尚未变白而官位已至三公的人。⑬不知：不相知，不赏识。眉子：王玄，字眉子。王澄的侄儿。⑭"志大"二句：志大其量，就很难有成就，终将在争夺天下的战乱中死于一隅。坞壁，构筑在村落外围的小型城堡，防寇盗用的建筑物。

⑮“王大”句：指晋明帝时王敦起兵反，东下京都一事。⑯中鸣云露车：即云车，又名楼车，车上有望楼可以观察敌情，车中置鼓锣以指挥军队进退。⑰署：任用，委任。⑱知遇：赏识，厚待。

【译文】

卫玠年五岁时，仪容丰采都很可爱。他的爷爷太保卫瓘说：“这孩子一表人才，很不一般，不过我老了，看不见他长大了！”

刘越石（刘琨，字越石）说道：“华彦夏（华轶，字彦夏）见识才能不足，但刚强果断有余。”

张季鹰被委派为齐王司马冏的东曹属官，住在京城洛阳，见到秋风起了，就想到家乡吴中的菰菜羹、鲈鱼脍，便说：“人生可宝贵的是可以顺适心情罢了，哪能离乡到数千里外做官来求取名声爵位？”于是让人驾好车马回到家乡。不久之后齐王败死，当时的人都觉得他能看出事情的苗头。

诸葛道明刚到江南时，自己取名道明，名望仅次于王导、庾亮。先前为临沂县令时，王导曾经对他说：“明府将会成黑头公。”

王平子一向不赏识王眉子，他谈论王眉子说：“志向大过他的才量，最终会死在小城堡里。”

大将军王敦刚要进军京城的时候，杨朗极力阻止他，他不听，于是杨朗终于为他尽力。在攻打时，杨朗坐着中鸣云露车一直到王敦前面，说：“听我的鼓音，一旦攻击就能获胜。”王敦握住他的手事先告诉他说：“战事胜利了，要用你来管理荆州。”过后忘了这话，把他派到南郡担任太守。王敦战败后，晋明帝下令抓捕了杨

朗，想杀掉他。不久明帝死了，才得到赦免。之后兼任三公尚书，安插了几十人做属官。这些人在当时都没有什么名气，之后又都受到他的赏识重用。那时人们称赞他能识别人才。

【原文】

周伯仁[①]母冬至举酒赐三子曰："吾本谓度江托足无所，尔家有相[②]，尔等并罗列吾前，复何忧？"周嵩起，长跪而泣曰："不如阿母言。伯仁为人志大而才短，名重而识暗，好乘人之弊，此非自全之道。嵩性狼抗，亦不容于世。唯阿奴碌碌，当在阿母目下耳。"

王大将军既亡，王应欲投世儒[③]，世儒为江州。王含欲投王舒[④]，舒为荆州。含语应曰："大将军平素与江州云何，而汝欲归之？"应曰："此乃所以宜往也。江州当人强盛时，能抗[⑤]同异，此非常人所行。及睹衰厄，必兴愍恻[⑥]。荆州守文，岂能作意表行事？"含不从，遂共投舒。舒果沈含父子于江。彬闻应当来，密具船以待之。竟不得来，深以为恨。

武昌孟嘉[⑦]作庾太尉州从事，已知名。褚太傅有知人[⑧]鉴，罢豫章，还过武昌，问庾曰："闻孟从事佳，今在此不？"庾云："试自求之。"褚眄睐[⑨]良久，指嘉曰："此君小异，得无[⑩]是乎？"庾大笑曰："然。"于时既叹褚之默识[⑪]，又欣嘉之见赏。

【注释】

①周伯仁：下文的周嵩、阿奴指他的两个弟弟。②度：通

"渡"。有相：有吉相；有福相。③王应：王敦兄王含之子。世儒：王彬，王敦的堂弟。④王含：字处弘，王敦之兄。王舒：字处明，王敦堂弟。⑤抗：抗论，直言不阿。⑥愍恻：哀怜，恻隐。⑦孟嘉：字万年。⑧褚太傅：褚裒。知人：识别人才。⑨眄睐：顾盼。⑩得无：该不会。⑪默识：暗中鉴识（能力）。

【译文】

周伯仁的母亲在冬至那天的家宴上赐酒给三个儿子对他们说："我本来以为避难过江以后没有个立脚的地方，好在你们家有福相，你们几个都在我眼前，我还担心什么呢？"这时周嵩离座，恭敬地跪在母亲面前流着泪说："并不像母亲说的那样。伯仁的为人志向很大而才能不足，名气很大而见识肤浅，喜欢利用别人的毛病来达到自己的目的，这不是保全自己的做法。我本性乖戾，也不会受到世人的宽容。只有小弟弟平平常常，将会在母亲的眼前罢了。"

大将军王敦病死后，王应想投奔王彬，王彬当时任江州刺史。王含想投奔王舒，王舒当时任荆州刺史。王含对王应说："大将军向来与王彬关系如何，而你却想归附于他？"王应说："这正是我要去的原因。王彬正当人家强盛的时候，能直言不讳地提出不同意见，这不是普通人所能做到的。等到看见人家衰败困厄时，必定生出恻隐之心。王舒遵守成法，怎么能做出意料之外的事情呢？"王含不听他的话，于是就一起投奔王舒。王舒果然把王含父子沉于长江。王彬听说王应要来，就秘密地准备船只等待他们。王应父子最终没能来，他为此深感遗憾。

武昌郡孟嘉任太尉庾亮手下的州从事时，已经很有名气了。褚裒有鉴别人物的洞察力，他从豫章太守任上免官回家，途经武昌，问庾亮："听说孟从事人极好，今天在这里吗？"庾亮说："请尝试自己去找他。"褚裒四处察看了很久，指着孟嘉说："这位先生与众不同，难道就是这位吗？"庾亮大笑道："是的。"当时人既赞叹诸裒有观察识别的能力，又为孟嘉受到赏识而高兴。

赏誉第八

【原文】

陈仲举尝[1]叹曰："若周子居者，真治国之器。譬诸宝剑，则世之干将[2]。"

世目李元礼："谡谡[3]如劲松下风。"

谢子微见许子将兄弟[4]，曰："平舆[5]之渊，有二龙焉。"见许子政弱冠之时，叹曰："若许子政者，有干国[6]之器。正色忠謇[7]，则陈仲举之匹[8]；伐恶退不肖，范孟博[9]之风。"

公孙度目邴原[10]："所谓云中白鹤，非燕雀之网所能罗也。"

钟士季[11]目王安丰："阿戎了了解[12]人意。"谓"裴公之谈，经日不竭"。吏部郎阙[13]，文帝问其人于钟会，会曰："裴楷清通，王戎简要，皆其选[14]也。"于是用裴。

王濬冲、裴叔则二人总角诣钟士季。须臾去，后客问钟曰："向二童何如？"钟曰："裴楷清通，王戎简要[15]。后二十年，此二贤当为吏部尚书，冀尔时天下无滞才[16]。"

谚曰："后来领袖有裴秀[17]。"

裴令公目夏侯太初："肃肃如入廊庙[18]中，不修敬而人自敬。"一曰："如入宗庙，琅琅[19]但见礼乐器。""见钟士季，如

观武库，但睹矛戟。见傅兰硕⑳，汪廧廱所不有。见山巨源，如登山临下，幽然深远。”

【注释】

①尝：曾经。②干将：宝剑名。传说吴王阖闾叫吴人干将铸剑，后来铸成两剑。雄剑叫干将，雌剑叫莫邪。③谡谡：形容风声疾速强劲。④许子将兄弟：东汉末汝南郡平舆县人。哥哥许虔，字子政；弟弟许劭。字子将。⑤平舆：县名。是河南省驻马店市下辖县，历史悠久。平舆一名始于西周，乃是西周奠基者姬昌之母太任的家乡。⑥干国：治国。⑦忠謇：忠诚、正直。⑧匹：成对；相当。⑨范孟博：范滂，字孟博，汝南郡细阳县人。⑩郗原：三国时魏人。⑪钟士季：钟会，字士季。⑫解：晓悟；明白。⑬阙：空缺。⑭选：人选。⑮简要：简单扼要。⑯尔时：那时。滞才：遗漏的人才。⑰后来：后辈。裴秀：字季彦。⑱肃肃：严整的样子。廊庙：本指殿下屋和太庙，是君臣议论政事的地方，这里指朝廷。⑲琅琅：形容玉石的光彩。⑳傅兰硕：傅嘏，字兰硕，三国时魏国人。

【译文】

陈仲举曾赞赏地说：“像周子居这样的人，真的是治国的人才。如果用宝剑来打比方，就是当代的干将。”

世人谈论李元礼说：“像坚挺的松树下呼啸而过的疾风。”

谢子微看到许子将兄弟俩，便说：“平舆县的潭中，有两条龙呢。”他看见年轻时的许子政，赞赏说：“像许子政这个人，有治

国的才能。严肃忠诚，这一点可与陈仲举相当；打击坏人，斥退不肖之徒，这又有范孟博的风范。”

公孙度谈论邴原说：“他是人们所说的云中白鹤，并非用捕捉燕雀的罗网所能捉到的。”

钟会（字士季）评论安丰侯王戎说：“阿戎聪慧，善解人意。”还赞叹过后来任中书令的裴楷，说他论起老易之理谈一天也谈不完。吏部郎的官职缺人，魏文帝向钟会打听适合的人，钟会说：“裴楷清明通达，王戎朴素省约，都是合适的人选。”于是就委任了裴楷。

王戎、裴楷两人童年时去拜访钟会。他们离去后，后走的客人问钟会说：“刚才两位童子怎么样？”钟会说：“裴楷清晰通达，王戎简明扼要。二十年后，这两位贤人应当做吏部尚书，希望到那时天下再没有遗漏的人才。”

谚语说：“后辈领导有裴秀。”

中书令裴令公评价夏侯太初：“看到他那严整的样子，就像进入朝廷一样，并未特地叫人尊崇，不过人们自然会生崇敬之情。”还曾说过：“同夏侯太初见面谈论，感到好像进入宗庙，琳琅满目，只看到到处是礼乐之器。看到钟士季（钟会），就像到国家的武库中参观，只看见到处都是矛戟等武器。看到傅兰硕（傅嘏），只觉汪洋恣肆，什么都有。看到山巨源（山涛），就像登上高山往下看，只感到幽深难测。”

【原文】

羊公还洛，郭奕为野王令[①]，羊至界[②]，遣人要[③]之，郭便自

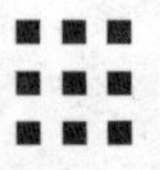

往。既见，叹曰："羊叔子何必减郭太业④！"复往羊许，小悉⑤还，又叹曰："羊叔子去⑥人远矣！"羊既去⑦，郭送之弥日⑧，一举数百里⑨，遂以出境免官。复叹曰："羊叔子何必减颜子⑩！"

王戎目山巨源："如璞玉浑金⑪，人皆钦⑫其宝，莫知名其器⑬。"

羊长和父繇与太傅祜同堂⑭相善，仕至车骑掾⑮，蚤卒。长和兄弟五人，幼孤。祜来哭，见长和哀容举止，宛⑯若成人，乃叹曰："从兄不亡矣！"

山公举阮咸为吏部郎，目曰："清真寡欲，万物不能移也。"

王戎目阮文业⑰："清伦有鉴识⑱，汉元⑲以来未有此人。"

武元夏目裴、王曰："戎尚约，楷清通。"

庾子嵩目和峤："森森如千丈松，虽磊砢有节目⑳，施之大厦，有栋梁之用。"

王戎云："太尉神姿高彻，如瑶林琼树，自然是风尘㉑外物。"

【注释】

①郭奕：字泰业，晋太原阳曲（今属山西）人。野王令：官名。野王，县名，今河南沁阳市。②界：指野王县之境。③要（yāo）：拦阻，阻截。④何必：未必。减：不如，比不上。郭太业：即郭奕。⑤小悉：少顷，一会儿。⑥去：距离，此指超出。⑦去：离开。⑧弥日：多日。弥，久。⑨一举数百里：此指一送就

送了几百里。举，动。⑩颜子：指颜回，春秋鲁国人。⑪璞玉浑金：未经雕琢的玉和未经冶炼的金。比喻人质朴。⑫钦：看重。⑬名：称呼。⑭同堂：同祖父的堂亲。⑮车骑掾：官名，车骑将车的属官。⑯宛：仿佛。⑰阮文业：即阮武，字文业，三国魏陈留尉氏（今属河南）人。⑱清伦：高雅超群。鉴识：审察辨识的能力，多指识别人才。⑲元：开始。⑳节目：树木分出枝杈的地方。㉑太尉：指王衍，字夷甫。神姿：风姿。高彻：高雅清澈。瑶林琼树：瑶、琼都是美玉，泛指精美的东西。风尘：尘世；世俗。

【译文】

羊祜回洛阳去，途经野王县，那时郭奕任野王县县令，羊祜到了县界，派人去请郭奕来见一见，郭奕便去了。见面后，郭奕赞赏说："羊叔子何必要比不上我郭太业呢！"之后再前往羊祜住所，不多久便回去，又赞赏道："羊叔子远远超于一般人啊！"羊祜走了，郭奕整天都送他，一送就送了几百里，由于出了县境被免官。他仍旧赞赏道："羊叔子何必一定比颜子差呢！"

王戎评论山涛："山涛就像未经琢磨的玉和未经冶炼的金那样，人们往往都欣赏玉和金光彩夺目的表面，而对没经琢磨的玉和未经冶炼的金，却不晓得它们内在的高贵质地。"

羊长和的父亲羊繇与太傅羊祜是堂兄弟，感情很好，羊繇官至车骑将军府的属官，很早就去世了。长和兄弟五人，很小就成了孤儿。羊祜来吊丧，看到长和悲哀的神情举止，像个成年人，便感叹："堂兄没有死，后继有人了！"

山涛推荐阮咸出任吏部郎，评论阮咸说："纯洁真挚没有多少

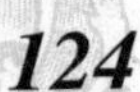

私欲，任何事物也改变不了他的志向。”

王戎评价阮文业说：“清高，通伦理，有知人论世之明，从汉初以来还没这样的人。”

武陔评论裴楷、王戎说：“王戎崇尚简约，裴楷清晰通达。”

庾子嵩评论和峤：“有如茂盛的千丈松柏，即使有节疤枝杈，但用来建造高楼，却有做栋梁的用处。”

王戎说：“太尉的仪表风姿高迈豪爽，有如宝玉般的宝树，自然是尘世以外的仙物。”

【原文】

王汝南既除所生服[①]，遂停[②]墓所。兄子济每来拜墓[③]，略不过[④]叔，叔亦不候[⑤]。济脱时[⑥]过，止寒温而已。后聊[⑦]试问近事，答对甚有音辞[⑧]，出济意外，济极惋愕[⑨]；仍与语，转造[⑩]精微。济先略无子侄之敬，既闻其言，不觉懔然[⑪]，心形俱肃[⑫]。遂留共语，弥日累[⑬]夜。济虽俊爽，自视缺然[⑭]，乃喟然叹曰：“家有名士，三十年而不知！”济去，叔送至门。济从骑有一马，绝难乘，少能骑者。济聊问叔：“好骑乘不？”曰：“亦好尔。”济又使骑难乘马，叔姿形既妙，回策如萦[⑮]，名骑无以过[⑯]之。济益叹其难测，非复[⑰]一事。既还，浑[⑱]问济：“何以暂行[⑲]累日？”济曰：“始得[⑳]一叔。”浑问其故，济具[㉑]叹述如此。浑曰：“何如[㉒]我？”济曰：“济以上人。”武帝每见济，辄以湛调[㉓]之，曰：“卿家痴叔死未？”济常无以答。既而得叔后，武帝又问如前，济曰：“臣叔不痴。”称其实美。帝曰：“谁比？”济曰：“山涛以下，魏舒[㉔]以

上。”于是显名，年二十八始宦。

【注释】

①王汝南：王湛，字处冲。除所生服：脱去为亡母服丧所穿的丧服。②遂：于是。停：留居。③兄子济：即王济，字武子。王浑的儿子。拜墓：祭扫坟墓。④略不：几乎完全不。过：拜访。⑤候：迎候。⑥脱时：偶然。脱，或许，偶然。⑦聊：姑且，暂且。⑧音辞：文辞。⑨惋愕：惊愕，惊讶。⑩转：逐渐。造：达到。⑪懔然：敬畏的样子。⑫心形俱肃：内心、仪表都变得恭敬起来。⑬累：连续。⑭自视缺然：自认为不足。⑮回策：挥动马鞭。策，马鞭。萦：萦绕，环绕。⑯无以：无法。过：胜过。⑰非复：不只是。⑱浑：王浑，字玄冲。⑲暂行：短时间的行程。⑳得：获得，此指真正了解。㉑具：具体。㉒何如：与……相比怎么样。㉓辄：总是。调：戏弄。㉔魏舒：字阳元，晋任城樊县（今山东兖州西南）人。

【译文】

后任汝南内史的王湛为父亲服丧期满脱下孝服之后，于是在墓边结庐而居。他哥哥的儿子王济每次来墓地祭奠，平常不过访叔叔，叔叔也不理他。王济偶尔过访，也只是谈谈天气、嘘寒问暖就算了。之后姑且试着询问他对近来发生的事情的见解，答复的文辞很好，声音也协和，出乎王济的意料之外，王济十分赞叹惊愕；故而同他谈论起来，话题逐渐达到了精细微妙的易理。王济之前对叔叔根本没有子侄辈应有的尊崇态度，听他谈论之后，不觉大

吃一惊，内心和外表都变得尊崇起来。于是留下来交流，连日连夜。王济虽然英俊清朗，但是仍然自觉差得远，于是喟然长叹说："家中有个名士，快三十年了，却不晓得！"王济临走时，叔叔送到门口。王济下人骑士的坐骑中有一匹马，最难骑，很少人能骑得了它。王济随口问叔叔："喜不喜欢骑马？"回答："也喜欢。"王济又让他骑那匹难以骑乘的马，叔叔骑马姿势美妙，并且甩起马鞭子来环绕回旋，就算著名的骑手也无法超过他。王济更加惊叹王湛难以估测，出乎意料的不只是一件事。王济回家之后，父亲王浑问他："为什么暂时外出竟去了好多天？"王济回答："刚找到一位叔叔。"王浑问是什么原因，王济原原本本地边赞赏边叙述了这些情况。王浑说："与我比怎么样？"王济说："是在我之上的人。"之前晋武帝司马炎每次看到王济，总是用王湛来嘲笑他，问道："你家的傻叔叔去世没有？"王济经常无话可答。随后发现了这个叔叔，有一次晋武帝又像之前那样问他，王济回答："我叔叔不傻。"称赞叔叔真的优秀。武帝问："是哪一类的人物？"王济回答："在山涛之下，魏舒之上。"这样王湛的声名传扬开来，年纪二十八岁才当了官。

【原文】

裴仆射[1]，时人谓为"言谈之林薮[2]"。

张华见褚陶，语陆平原[3]曰："君兄弟龙跃云津，顾彦先凤鸣朝阳。谓东南之宝[4]已尽，不意复见褚生。"陆曰："公未睹不鸣不跃者耳！"

有问秀才[5]："吴旧姓[6]何如？"答曰："吴府君[7]，圣王之老成[8]，明时之俊乂[9]；朱永长，理物[10]之至德，清选[11]之高望；严仲弼，九皋[12]之鸣鹤，空谷之白驹[13]；顾彦先，八音[14]之琴瑟，五色之龙章[15]；张威伯，岁寒之茂松，幽夜之逸光[16]；陆士衡、士龙，鸿鹄之裴回，悬鼓之待槌。凡此诸君，以洪笔为钼耒[17]，以纸札为良田。以玄默为稼穑[18]，以义理为丰年，以谈论为英华[19]，以忠恕[20]为珍宝，著文章为锦绣，蕴五经为缯帛，坐谦虚为席荐[21]，张义让为帷幕，行仁义为室宇，修道德为广宅。"

人问王夷甫："山巨源义理何如？是谁辈？"王曰："此人初不肯以谈自居，然不读《老》《庄》，时闻其咏，往往与其旨合。"

【注释】

①裴仆射：指裴楷。②林薮：草木从聚之处，比喻事物汇集之地。③陆平原：陆机，字士衡，吴郡人。④云津：指银河。东南之宝：指东南的人才，即吴地的人才。⑤秀才：指蔡洪。⑥旧姓：原来的几户大姓。⑦吴府君：吴展，字士季。⑧老成：年高有德。⑨俊乂：才德出众的人。⑩理物：治理政事。⑪清选：公开选拔的官员。⑫九皋：深潭。这里借指名声传得很高很远。⑬白驹：白马。这里比喻隐居的贤人。⑭八音：乐器的统称，指金、石、土、革、丝、木、匏、竹八类乐器。其中丝指琴瑟。⑮五色：青、黄、赤、白、黑五种颜色，这里泛指各种色彩。龙章：龙形图纹。⑯逸光：四射的光芒。⑰钼耒（chú lěi）：两种农具，锄头和木

义。⑱玄默：清静无为。稼穑：播种和收割，这里泛指农业劳动。⑲英华：花，这里指名誉。⑳忠恕：两种道德，尽心和宽恕。㉑席荐：草席、草垫。

【译文】

左仆射裴楷，那时的人觉得他是清谈论辩的汇集之地。

张华看到褚陶后，对陆机说："你兄弟两人如同飞龙跃上银河，顾彦先就像凤凰向着朝阳鸣叫。我觉得东南的人才已没有了，没有料到又看见褚陶一样的人。"陆机说："那你还没有看见不鸣叫不飞跃的人哩。"

有人询问秀才蔡洪道："吴地从前的名门望族的后人现在怎么样？"蔡洪回答道："吴展是英明国君的老成之才，明了时务的品行特别出众的人；朱永长是管理百姓的有很高德行的人，在清议推举中有很高的威望；严仲弼，就像九皋之中鸣叫的鹤，空荡深谷中奔驰的白马；顾彦先，是八种乐器中的琴瑟，五种颜色中的龙形文采；张威伯，是岁月严寒时茂盛的松柏，幽深夜晚中飘逸的光明；陆机、陆云是天空中游荡而飞的鸿鹄，悬挂的鼓上等待敲击的重棰。总共这几个人，用笔来作锄头，用纸札来作良田。用玄奥来作耕作收获，用义理来作丰年，以谈话议论来作英华，用忠厚宽恕来作珍宝，把文章写得就像锦绣，蕴含五经的道理如丝织品，把谦虚来作坐垫，张扬道义谦让来作帷幕，施行仁义来作屋宇，修炼道德来作广阔的住宅。"

有人询问王夷甫："山巨源谈义理谈得如何？是和谁相当的？"王夷甫说："这个人向来不肯以清谈家自居，不过他虽然

不读《老子》《庄子》，而听见他的谈论，却处处和老庄思想合拍。”

【原文】

洛中雅雅[①]有三嘏：刘粹[②]字纯嘏，宏[③]字终嘏，漠[④]字冲嘏，是亲兄弟，王安丰甥，并是王安丰女婿。宏，真长祖也。洛中铮铮[⑤]冯惠卿，名荪，是播[⑥]子。荪与邢乔俱司徒李胤[⑦]外孙，及胤子顺并知名。时称："冯才清，李才明，纯粹[⑧]邢。"

卫伯玉为尚书令，见乐广与中朝名士谈议，奇之，曰："自昔诸人没已来[⑨]，常恐微言将绝，今乃复闻斯言于君矣！"命子弟造之，曰："此人，人之水镜[⑩]也，见之若披云雾睹青天。"

王太尉曰："见裴令公精明朗然[⑪]，笼盖[⑫]人上，非凡识也。若死而可作[⑬]，当与之同归[⑭]。"或云王戎语。

王夷甫自叹："我与乐令谈，未尝不觉我言为烦。"

郭子玄有俊才，能言《老》《庄》，庾敳尝称之，每[⑮]曰："郭子玄何必减庾子嵩！"

王平子目太尉："阿兄形似道[⑯]，而神锋太俊[⑰]。"太尉答曰："诚不如卿落落穆穆[⑱]。"

【注释】

①雅雅：温文尔雅的人。②刘粹：沛国（今安徽濉溪县西北）人。③宏：刘宏。④漠：刘漠，与王衍交好。⑤铮铮：金属撞击声，形容人名声响亮。冯惠卿：冯荪。⑥播：冯播，字友声，冯

苏的父亲。⑦邢乔：字曾伯，河间（今属河北）人。李胤：字宣伯，辽东（今辽宁辽阳市老城区）人。⑧及：与，和。顺：李顺。纯粹：淳朴。⑨诸人：指何晏、邓飏等清谈家。已来：以来。⑩水镜：指镜子，比喻能明察秋毫。这里指对道理能了解得很清楚。⑪裴令公：裴楷。精明：精细明察。朗然：开朗的样子。⑫笼盖：高出；超越。⑬作：起来。⑭同归：同一归向。⑮每：常常。⑯道：有道；有德行。⑰神锋：精神气概。俊：突出。⑱落落穆穆：潇洒自然、豁然大度。

【译文】

洛阳许多温文尔雅的人中有三嘏：刘粹字纯嘏，刘宏字终嘏，刘漠字冲嘏，三者是亲兄弟，是安丰侯王戎的外甥，又全是王戎的女婿。刘宏，是刘真长的祖父。洛阳名声赫赫的人中有冯惠卿，名荪，他是冯播的儿子。冯荪和邢乔全是司徒李胤的外孙，两人和李胤的儿子李顺都十分有名。当时的人赞叹说："冯氏才学清纯，李氏才识明畅，纯正完美的是邢氏。"

卫伯玉出任尚书令时，看到乐广和西晋的名士们谈论，认为他很有奇才，对他说："自从当年那些名人离世以来，我经常担心精妙的言论将要断绝，如今却又从您这里听到了这些话！"便命令自己的子侄们去拜访乐广，而且说："这个人，是人们照影的静水和明镜，看到他如同拨开云雾见到了青天。"

太尉王衍说："我看到裴令公精明开朗，超越众人之上，不是普通见识的人呀。要是人死了还能够再活过来，我要和他为同一归向努力。"有人认为这是王戎说的话。

王夷甫叹息道："我和乐令谈论时，未尝不感到我的话太烦琐。"

郭子玄有超常的才智，善于讲论老子、庄子，庾敳曾经称赞他，常常说："郭子玄为什么必定不如我庾子嵩呢！"

王澄评论太尉王衍："哥哥的外表像是很有德行，而且精神气概突出。"太尉回答说："我真的不如你潇洒坦然、豁然大度。"

【原文】

太傅[1]府有三才：刘庆孙长才[2]，潘阳仲大才[3]，裴景声清才[4]。

林下诸贤[5]，各有俊才子：籍子浑，器量弘旷；康子绍，清远雅正；涛子简，疏通高素[6]；咸子瞻，虚夷[7]有远志；瞻弟孚，爽朗多所遗[8]；秀子纯、悌，并令淑有清流[9]；戎子万子，有大成之风，苗而不秀；唯伶子无闻。凡此诸子，唯瞻为冠，绍、简亦见重当世。

庾子躬有废疾[10]，甚知名，家在城西，号曰"城西公府[11]"。

王夷甫语乐令："名士无多人，故当容平子知[12]。"

王太尉云："郭子玄语议如悬河写水[13]，注而不竭。"

司马太傅府多名士，一时俊异[14]。庾文康[15]云："见子嵩[16]在其中，常自神王[17]。"

太傅东海王镇许昌[18]，以王安期为记室参军，雅相知重[19]。敕世子毗曰："夫学之所益[20]者浅，体[21]之所安者深。闲习[22]礼度，不如式瞻[23]仪形；讽味[24]遗言，不如亲承音旨[25]。王参军人伦之表，汝其师之。"或曰："王、赵、邓三参军人伦之表，汝其师之。"谓安

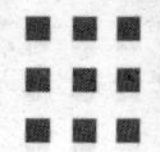

期，邓伯道、赵穆也。袁宏作《名士传》，直云王参军。或云赵家先犹有此本。

【注释】

①太傅：东海王司马越。②刘庆孙：刘舆。长才：高才；多才。③潘阳仲：潘滔。大才：超群出众之才。④清才：优秀的人才。⑤林下诸贤：魏时山涛、阮籍、嵇康、向秀、刘伶、阮咸、王戎七人，常常在竹林下聚会，饮酒放歌，吟诗抒怀，世称竹林七贤。⑥疏通高素：疏放通达，性情纯真。⑦虚夷：谦逊平易。⑧多所遗：指政务多所忽略。⑨令淑：善良文雅。清流：比喻德行高洁。⑩庾子躬：即庾琮（cóng），字子躬，晋颍川（今河南许昌）人。废疾：残疾。⑪公府：三公之府（晋代以太尉、司徒、司空为三公）。⑫"故当"句：王戎、王夷甫极为看重弟弟王平子，凡经过王平子品评的人物，他们就不再评论。⑬悬河写水：形容能言善辩，滔滔不绝。写：通"泻"。⑭一时：当时。俊异：才识卓越的人。⑮庾文康：即庾亮，字元规。⑯子嵩：即庾敳。⑰常自：常常。神王：精神旺盛。王：通"旺"。⑱"太傅"句：西晋末，怀帝即位，东海王司马越辅政，因怀帝亲理政事，司马越不能专权，便请求镇守许昌。⑲雅：素来。知重：敬重。⑳益：得益。㉑体：实践。㉒闲习：熟习。㉓式瞻：观察。㉔讽味：体味。㉕音旨：言辞。

【译文】

太傅东海王司马越幕府有三才：刘舆是多才，潘滔是超群出众

之才，裴邈是优秀的人才。

竹林下各位贤人，各有才智超常的儿子：阮籍的儿子阮浑，器量宽广豁达；嵇康的儿子嵇绍，清廉高远而正派；山涛的儿子山简，旷达通脱，疏放通达，性情纯真；阮咸的儿子阮瞻，谦逊平易而有远大志向；阮瞻之弟阮孚，直爽开朗，对于政务多所超脱；向秀的儿子向纯、向悌，都美丽善良而有高洁的品行；王戎的儿子王万子，很有集大成的风度，可惜英才未展而早逝；只有刘伶的儿子默默无闻。总说这些人的小儿，只有阮瞻居首位，嵇绍、山简也为那时的人所看重。

庾子躬（名琮）身有残疾，十分出名，家住洛阳城西，人称为“城西公”，名其住处为“城西公府”。

王夷甫（名衍）对乐令（名广，官尚书令）说道：“著名士人没多少，故而应该叫平子（王澄）品评。”

太尉王衍说道：“郭子玄的言谈讨论就好像瀑布倾泻下来，滔滔不绝。”

司马越的太傅府里名人很多，都是那时的俊秀出众之人。庾亮说：“我觉得子嵩在这些人之中，常常使人精神振奋。”

太傅东海王（司马越）出守许昌时，指派王安期（承）为记室参军，对他非常赏识。告诉自己的儿子司马毗说：“从书中学来的东西是表面的，亲身实践才比较深刻。”熟习掌握礼仪法度，不如亲自去观看礼仪形式；体味先人的遗言，不如亲自接受贤人的教诲。王参军是众人的表率，你得向他学习，你要以他为师。”或者说：“王、赵、邓三位参军是百姓的表率，你要以他们为师。”所

说的是王安期、邓伯道（攸）、赵穆。袁宏撰写《名士传》时，就只是提到了“王参军”。有人认为：“以前赵穆家里还保留着这个抄本。”

【原文】

庾太尉少为王眉子所知[1]。庾过江，叹王曰：“庇其宇下，使人忘寒暑[2]。”

谢幼舆曰：“友人王眉子清通简畅，嵇延祖弘雅劭长[3]，董仲道卓荦[4]有致度。”

王公目太尉：“岩岩清峙[5]，壁立千仞[6]。”

庾太尉在洛下，问讯中郎[7]，中郎留之云：“诸人当[8]来。”寻温元甫、刘王乔[9]、裴叔则俱至，酬酢终日[10]。庾公犹忆刘、裴之才俊，元甫之清中[11]。

蔡司徒[12]在洛，见陆机兄弟住参佐[13]廨中，三间瓦屋，士龙住东头，士衡住西头。士龙为人文弱可爱，士衡长七尺余，声作钟声，言多忼慨。

王长史是庾子躬外孙，丞相目子躬云：“入理泓然[14]，我已上人。”

庾太尉目庾中郎：“家从谈谈[15]之许。”

庾公目中郎：“神气融散，差如[16]得上。”

刘琨称祖车骑为朗诣[17]，曰：“少为王敦所叹。”

时人目庾中郎：“善于托大[18]，长于自藏。”

王平子迈世[⑲]有俊才，少所推服。每闻卫玠言，辄叹息绝倒。

【注释】

①知：赏识；看重。②“庇其”二句：意谓得到他的赏识，使人感到温暖。宇下，屋檐下。③嵇延祖：嵇绍，字延祖。弘雅：宽宏雅正，有器量。劭长：指品德美好。④卓荦：卓越，杰出。⑤岩岩：高峻貌。清峙：清静耸立。⑥仞：古代以七尺或八尺为一仞。⑦中郎：指庾敳。⑧当：将。⑨温元甫：温几，字元甫，晋太原（治所在今山西太原）人。刘王乔：刘畴，字王乔，晋彭城（今江苏徐州）人。⑩酬酢：主宾相互敬酒，指朋友间对饮、畅谈。酬，主人敬客人。酢，客人敬主人。终日：一整天。⑪清中：清新平和。⑫蔡司徒：蔡谟（281—356），东晋陈留考城（今河南）人。⑬参佐：属官。⑭入理：指深入玄理之中。泓然：形容深入。⑮家从：家叔。谈谈：深邃。或形容人物，或指言论。⑯差如：确实。⑰祖车骑：祖逖。朗诣：开朗通达。⑱托大：托身于玄默大道，这里指胸怀开阔，超脱世事。⑲迈世：超越世俗。

【译文】

太尉庾亮年少时得到王眉子的赏识。之后庾亮南渡过江，赞叹王眉子说：“在他的房檐下得到保护，能使人感到温暖。”

谢幼舆说：“我的朋友王眉子清廉畅达简约舒畅，嵇延祖宽容正直德行高尚，董仲道见解卓越气度不凡。”

王导评价太尉王衍：“肃然地站立在那儿，就像屹立着千丈石

壁一样。”

太尉庾亮在洛阳，有一回去探望中郎庾敳，庾敳挽留他并说：“众人将都会来。”不久温元甫、刘王乔、裴叔则都来了，大家相互饮酒应酬了一整天。庾亮后来还能记忆起当时刘、裴两人的才能，元甫的恬静平和。

蔡谟在洛阳，看见陆机兄弟俩住在下属的官衙中，三间瓦屋中陆士龙住在东边，陆机居住在西边。陆士龙做人文雅柔弱而可爱，陆机身长七尺多，声若洪钟，言语多慷慨。

王长史（濛）是庾子躬（名琮）的外孙，丞相王导评价子躬说：“研格物理深入玄理之中，是在我之上的人。”

庾亮评论庾敳道：“我家叔父深不可测。”

庾亮评论庾敳道：“神态气质融和疏散，真的有上进心。”

刘琨赞叹车骑将军祖逖开朗通达，说道：“他年轻时受到过王敦的赞叹。”

当时人士评价中郎庾敳说：“擅长托身高位，善于自我隐藏。”

王平子超脱世俗有超常的才华，很少有他所推重赞叹的人。但是每当听见卫玠的言论，就会为之赞赏、倾倒。

【原文】

王大将军与元皇表云：“舒风概简正[1]，允作雅人[2]，自多[3]于邃[4]，最是臣少所知拔。中间夷甫、澄见语：‘卿知处明、茂弘。茂弘已有令名，真副卿清论；处明亲疏无知之者。吾常以卿言为意，殊未有得，恐已悔之。’臣慨然曰：‘君以此试。’顷来始乃

有称之者。言常人正自患知之使过，不知使负实。”

周侯于荆州败绩还，未得用。王丞相与人书曰：“雅流弘器[⑤]，何可得遗！”

时人欲题目高坐[⑥]而未能，桓廷尉[⑦]以问周侯，周侯曰：“可谓卓朗。”桓公曰：“精神渊著[⑧]。”

王大将军称其儿云：“其神候似欲可[⑨]。”

卞令目叔向[⑩]：“朗朗[⑪]如百间屋。”

王敦为大将军，镇豫章。卫玠避乱，从洛投[⑫]敦，相见欣然，谈话弥日。于时谢鲲为长史，敦谓鲲曰：“不意永嘉之中，复闻正始之音[⑬]。阿平[⑭]若在，当复绝倒[⑮]。”

王平子与人书，称其儿：“风气日上，足散人怀。”

【注释】

①舒：王舒，字处明。风概：风采节操。简正：指处事简约刚直。②允：确实，的确。雅人：风雅之士，品德高尚的人。③多：超过，胜过。④邃：王邃，字处重，王舒的弟弟。⑤雅流：高雅人士。弘器：大器；有大才的人。⑥高坐：高坐道人。⑦桓廷尉：桓彝。⑧渊著：深沉明朗。⑨神候：神态，精神面貌。似欲：仿佛，好似。可：可心，含意。⑩叔向：似是指叔父卞向，但有无其人，无从考证。⑪朗朗：明朗豁亮，形容人胸怀坦荡。⑫洛：洛阳。投：投奔。⑬正始之音：三国魏正始年间，以何晏等为首，开创玄谈之风，于是后人称魏晋之际崇尚玄学清谈的风尚言论为正始

之音。正始：三国魏齐王曹芳的年号（240—249）。⑭阿平：即王澄，字平子。⑮当：将，会。绝倒：倾倒，形容极其佩服。

【译文】

大将军王敦给晋元帝上奏表说："王舒很有操守，简明正直，确实是高雅的人，自然超过王邃，他是臣少有的赏识并提升的人。在这期间王衍、王澄对我说：'你知道处明、茂弘。茂弘已有美名，真的和你的高论相符；处明却是不管亲疏都没有人了解他。我经常留心你的话，去了解处明，却毫无所得，或许你已经感到后悔了吧！'臣感叹地说：'您按我说的试一下吧。'近来才有人赞赏处明，这说明普通人只是担心了解人过了火，而真正了解得还不够。"

武城侯周顗在荆州惨败后回到京城，未得到任用。丞相王导在写给别人的信中说："周顗是高雅人士，如何能遗弃不用呢！"

同时代的人想品评和尚高坐，不过没能找到贴切的言语，桓廷尉（名彝）以这个问题求教周侯（名顗），周侯说："能够称他高超清朗。"桓公（名温，官大司马，位三公）说："精神渊富超常。"

大将军王敦赞叹他的儿子说："看他的神态似乎还可人心意。"

尚书令卞壶评价叔向说："胸怀坦荡，如上百间敞亮的房子。"

王敦出任大将军时，镇守豫章。卫玠躲避战乱，从洛阳投靠王敦，彼此见面非常高兴，整天谈论。那时谢鲲担任王敦手下的长史，王敦对谢鲲说："想不到在永嘉年间，又听见了正始年间那些玄学清谈。如果阿平在这儿的话，将会为之倾倒的。"

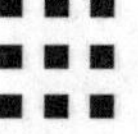

王平子给人写信，赞叹自己的儿子："他的风度气质一天天地进步，能够使人心情舒畅。"

【原文】

胡毋彦国吐佳言如屑，后进[①]领袖。

王丞相云："刁玄亮之察察[②]，戴若思之岩岩[③]，卞望之之峰距[④]。"

大将军语右军："汝是我佳子弟，当不减阮主簿[⑤]。"

世目周侯："嶷如断山[⑥]。"

王丞相招祖约[⑦]夜语，至晓不眠。明旦有客，公头鬓未理，亦小倦，客曰："公昨如是似失眠。"公曰："昨与士少语，遂使人忘疲。"

王大将军与丞相书，称杨朗曰："世彦识器理致，才隐[⑧]明断。既为国器，且是杨侯淮[⑨]之子，位望殊为陵迟[⑩]。卿亦足与之处。"

何次道往丞相许，丞相以麈尾指坐，呼何共坐，曰："来，来，此是君坐。"

丞相治扬州廨舍[⑪]，按行[⑫]而言曰："我正[⑬]为次道治此尔！"何少为王公所重，故屡发此叹。

王丞相拜司徒而叹曰："刘王乔若过江，我不独拜公[⑭]。"

【注释】

①后进：后辈。亦指学识或资历较浅的人。②察察：明察的样

子。③戴若思：戴渊，字若思，晋广陵（今江苏扬州）人。岩岩：严峻的样子。④卞望之：即卞壸。峰距：高山突兀耸立。比喻人刚正而有锋芒。⑤阮主簿：阮裕，字思旷。⑥嶷：高大的状态。断山：指悬崖峭壁。⑦祖约：字士少。⑧才隐：才学深邃。⑨杨侯淮：淮，当作“准”。杨准，字始立。侯，士大夫之间的尊称。⑩陵迟：衰落。陵指逐渐上升，迟指逐渐下降，这里是复词偏义，偏指“迟”，“陵”字无义。⑪扬州廨（xiè）舍：指扬州刺史官署。⑫按行：巡行查看。⑬正：仅；只。⑭“刘王”二句：刘王乔名望很高，司徒蔡谟曾认为他是自己合适的继承人选。

【译文】

胡毋彦国说话时的精妙言辞就像锯木落屑一般绵绵不绝，他是后辈中的领袖。

王丞相（名导）说：“刁玄亮（名协）的特征是明辨细密，戴若思（名俨）的特征是傲岸俊彦，卞望之（名壸）的特征是高洁刚正。”

大将军王敦对着右军将军王羲之说：“你是我们家的优秀子弟，应该不次于阮主簿。”

世人评论周侯说：“他高峻陡峭，就像一座劈开的大山，让人望而生畏。”

丞相王导邀祖约夜晚来清谈，直到天明也没有睡觉。第二天一早有客人来，王导出来见客时，还未梳头洗脸，又带着些倦容，客人询问：“您昨天晚上好像失眠了。”王导说：“昨夜和士少清

谈，继而使人忘了疲倦。”

大将军王敦给丞相王导写信，赞叹杨朗道：“世彦很有识见和风度，言谈深得事物之义理而有意趣，才学精微，判断高明。既是能够治国的人才，又是杨侯淮的儿子，不过地位和名望很是卑微。你也能够和他相处。”

何次道（名充）到丞相（王导）那儿去，丞相用驼鹿尾巴做的拂尘指着身边的座位，招呼何次道和自己坐在一块儿，说：“来，来，这是您的座位。”

丞相王导修理扬州刺史官署，在巡视查看时说：“我不过为何次道修治这官衙罢了！”何充年少时就为王导所器重，故而屡次发出这样的感慨，表现出让何充继任丞相的感叹。

丞相王导被指派为司徒时感叹地说：“刘王乔要是也过江来，受任三公的就不会是我一人。”

【原文】

王蓝田[①]为人晚成，时人乃谓之痴。王丞相以其东海[②]子，辟为掾。常集聚，王公每发言，众人竞赞之。述于末坐曰：“主[③]非尧、舜，何得事事皆是！”丞相甚相叹赏。

世目杨朗：“沉审经断[④]。”蔡司徒云：“若使中朝不乱，杨氏[⑤]作公方未已。”谢公云：“朗是大才。”

刘万安，即道真从子[⑥]，庾公所谓“灼然玉举[⑦]”。又云：“千人亦见，百人亦见。”

庾公为护军，属桓廷尉觅一佳吏，乃经年。桓后遇见徐宁[⑧]而

知之，遂致于庾公，曰："人所应有，其不必有；人所应无，己不必无，真海岱清士。"

桓茂伦云："褚季野皮里阳秋[9]。"谓其裁中[10]也。

何次道尝送东人[11]，瞻望，见贾宁在后轮[12]中，曰："此人不死，终为诸侯上客[13]。"

杜弘治[14]墓崩，哀容[15]不称。庾公顾谓诸客曰："弘治至羸，不可以致哀。"又曰："弘治哭不可哀。"

【注释】

①王蓝田：王述，字怀祖。袭封蓝田县侯。②东海：王述的父亲王承曾任东海郡太守，所以称为东海。③主：僚属称上司为主。④沉审：深沉慎重。经断：善于判断。⑤杨氏：指杨朗兄弟。⑥从子：侄儿。⑦灼然：晋科举之名。玉举：美好的人选。⑧徐宁：字安期。⑨皮里阳秋：即"皮里春秋"，指口头不加评论，内心实有所褒贬。"皮里"指腹中。⑩裁中：指心中有所裁断、褒贬。⑪东人：指从建康以东来的人。⑫贾宁：字建宁。后轮：后车。⑬诸侯：指所分封的王侯。上客：尊贵的客人。⑭杜弘治：杜乂，字弘治。⑮哀容：表情不很悲伤。

【译文】

王蓝田（名述）做人沉默，年岁较大之后才知名，起初人就说他傻。王丞相（名导）由于他是东海太守王承的儿子，征辟他做了丞相府掾。平日集会，王丞相每次发言，大家都争着称赞。王述坐

在最末的位子上说："主公并非尧、舜，哪能事事都对！"丞相十分赞叹欣赏。

世人评价杨朗："深沉慎重，擅长分析判断。"司徒蔡谟说："如果西晋不乱，杨氏兄弟任三公的将会连接不断。"谢安说："杨朗有大才。"

刘万安，是刘道真的侄儿，是庾琮所说的"灼然的优秀人选"。又说道："他在千人中也能表露出来，在百人中也能表露出来。"

庾亮出任护军时，叮嘱桓彝给他寻找一位优秀的属官，居然过了一年。桓彝此后遇到了徐宁也认识了他，于是将其引荐给了庾亮，说："常人应该有的，他不一定有；常人应当没有的，他却不一定没有，真的是海岱之间的高洁之士。"

桓茂伦说道："褚季野肚子里藏着春秋。"这就是说他心中对人事有褒有贬。

何次道曾送从东方来的客人，他远远地看，见贾宁坐在后面的车中，便说："这人若不死的话，就一定会成为诸侯的尊贵的客人。"

杜弘治家祖坟倒塌了，他的脸上看不出有什么悲伤。庾亮环视众宾客说："弘治身体衰弱，不能过于悲哀。"又说："弘治不能哭得太悲痛。"

【原文】

世称庾文康为丰年玉①，稚恭为荒年谷②。庾家论云："是文康

称恭为荒年谷，庾长仁[3]为丰年玉。”

世目杜弘治标鲜，季野穆少[4]。

有人目杜弘治：“标鲜清令[5]，盛德之风，可乐咏[6]也。”

庾公云：“逸少国举。”故庾倪为碑文云：“拔萃国举[7]。”

庾稚恭与桓温书称[8]：“刘道生日夕在事[9]，大小殊快[10]。义怀通乐既[11]佳，且足作友，正实[12]良器，推此与君同济艰不[13]者也。”

王蓝田拜扬州，主簿请讳[14]。教云：“亡祖、先君，名播海内，远近所知；内讳[15]不出于外。余无所讳。”

萧中郎[16]，孙承公[17]妇父，刘尹在抚军坐，时拟为太常。刘尹云：“萧祖周不知便可作三公不？自此以还[18]，无所不堪[19]。”

谢太傅未冠[20]，始出西，诣王长史，清言良久。去后，苟子问曰：“向客何如尊？”长史曰：“向客亹亹[21]，为来逼人。”

【注释】

①丰年玉：比喻能润色太平。用来形容庾亮是治世之才。②稚恭：庾翼，字稚恭，是庾亮的弟弟。荒年谷：比喻能救助艰难困苦。用来形容庾翼是乱世之雄。③庾长仁：庾统，字长仁。④穆少：宁静淡泊。⑤清令：清高纯美。⑥乐咏：用音乐、诗歌来赞颂。有人评论杜弘治：“风采娟秀，本性清高，有大德之风，是值得歌颂的。”⑦拔萃国举：即出类拔萃、全国推举的人。⑧称：称赞。⑨刘道生：刘惔，字道生。日夕：日夜，整天。在事：居官任事。⑩大小殊快：大小事情都办得很让人称心。殊：极，非常。

快：愉快。⑪义怀：胸怀仁义。通乐：通达开朗。既：不仅，连词。⑫正实：确实是。⑬君：敬称。济：度过。艰不：艰难。不：困厄，不顺。⑭讳：指家讳，避忌说出家族中长辈的名和字。⑮内讳：指对妇女名字的避忌。⑯萧中郎：萧轮，字祖周。⑰孙承公：孙统，字承公。⑱以还：以下。⑲堪：能胜任。⑳冠：成年。㉑亹亹（wěi wěi）：同“娓娓”形容勤勉不倦。

【译文】

世人称赞庾亮像丰年的美玉，称赞庾稚恭像灾荒年头的稻谷。庾家内部评价则说：“是庾亮赞叹稚恭像灾荒年头的稻谷，庾长仁像丰年的美玉。”

世人评价杜弘治风采优秀照人，褚季野宁静淡泊。

有人评论杜弘治：“风采俊秀照人，本性清高纯美，表现出大德的风范，是值得歌颂的。”

庾亮说：“逸少是全国崇敬和敬仰的人。”故而庾倪给他写碑文时就写上：“拔萃国举。”

庾稚恭在写给桓温的信中说道：“刘道生整天勤于公干，大事小事都办理得很让人称心，在胸怀的刚正涵容品性的通达和悦各方面都非常好，很值得交为朋友，确实是一位不可多得的人才，举荐此人给您，他能够和您共度时艰。”

蓝田侯王述担任了扬州刺史，州府主簿向他询问要避忌的名讳。王述批示说：“先祖、先父，名扬天下，是远近都知的；妇女的名字不可以向外人说出。此外没有其他避忌。”

萧中郎（名轮，字祖周），是孙承公（名统）的岳父，刘尹

（名惔，官丹阳尹）在抚军大将军（司马昱，简文帝）座间，经常称他可为太常卿。刘尹说："萧祖周不晓得可不可做三公？自三公以下，没有他不能担当的。"

谢安还没有成年时，初到建康，拜访王长史，谈论了很长时间。走后，王修问他的父亲："刚刚那位客人与父亲相比怎么样？"王长史说："他勤勉不倦，迟早都会凌驾于众人之上。"

【原文】

王右军语刘尹："故当共推安石。"刘尹曰："若安石东山志立，当与天下共推[①]之。"

谢公称蓝田掇[②]皮皆真。

桓温行经王敦墓边过，望之云："可儿[③]！可儿！"

殷中军道[④]王右军云："逸少清贵[⑤]人，吾于之甚至[⑥]，一时无所后[⑦]。"

王仲祖称殷渊源："非以长胜人，处长[⑧]亦胜人。"

王司州与殷中军语，叹云："己之府奥[⑨]，蚤已倾写而见；殷陈势浩汗，众源未可得测[⑩]。"

王长史谓林公："真长可谓金玉满堂[⑪]。"林公曰："金玉满堂，复何为简选[⑫]？"王曰："非为简选，直致言处自寡耳。"

王长史道江道群[⑬]："人可应有，乃不必有；人可应无，己必无。"

会稽孔沈、魏𫖮、虞球、虞存、谢奉[⑭]并是四族之俊，于时之桀[⑮]。

孙兴公目之曰："沈为孔家金，颉为魏家玉，虞为长、琳宗[16]，谢为弘道伏[17]。"

【注释】

①推：推举。②掇（duó）：削去；剥去。③可儿：等于可人。可爱的人；称人心意的人。④道：称道。⑤清贵：清纯高尚。⑥于：对待；待。至：诚恳。⑦所后：后来人。指没有人能比得上他。⑧处长：对待长处的态度。⑨府奥：肺腑，比喻胸中的底蕴。⑩"殷陈势"二句：这句话比喻殷浩擅长清谈，辞锋玄理，深不可测。浩汗，浩瀚；广大。⑪金玉满堂：原意是以宝物满屋来比喻非常富有，这里是用以形容清谈，比喻刘惔长的辞藻和玄理之丰富多彩。⑫简选：选择、挑选。⑬江道群：江灌，字道群。⑭孔沈：字德度。魏颉：字长齐。虞球：字和琳。虞存：字道长。谢奉：字弘道。⑮桀：通"杰"。⑯宗：宗仰；尊崇。⑰伏：通"服"，佩服。

【译文】

王羲之对刘惔说："应该一起推崇谢安。"刘惔说："要是谢安在东山隐居时志向确立，真的应当与天下共同推举他。"

谢安赞叹王述性情直率，表里如一，连剥去了皮也全是真的。

桓温出行，从王敦墓边经过，他看着王敦坟墓说："可儿！可儿！"

殷浩称赞王羲之说："王逸少是清纯而高尚的人，我对待他非常恳挚，一时间没有人能比得上他。"

王仲祖赞叹殷渊源说："他不仅长处超过他人，并且在易于长久相处上也胜过他人。"

王司州和殷中军交谈，称赞说："我自已心中的看法，早已经倾泻无余；而殷浩清谈的阵势却就像浩浩荡荡的水，不晓得他从哪里学得，深不可测。

王长史对林公说："真长的才能，可以说金玉满堂。"林公说道："既然他的才能是金玉满堂，为什么他清谈时总是言辞谨慎，经过润色选择呢？"王长史就说："他并不是经过挑选，不过时间仓促，没有合适的表达字眼。"

左长史王濛评价江道群时说："别人应该有的弱点，他不一定就有；别人应该没有的，他一定没有。"

会稽的孔沈、魏颉、虞球、虞存、谢奉全是这四大宗族的俊杰人物，在那时的社会也是名流俊杰。孙兴公评价四个人道："孔沈是孔家的黄金，颉是魏家的宝玉，虞家的道长、和琳最出色，谢家佩服弘道之学识。"

品藻第九

【原文】

汝南陈仲举、颍川李元礼二人，共论其功德，不能定先后。蔡伯喈评之曰："陈仲举强[①]于犯上，李元礼严于摄下，犯上难，摄下易。"仲举遂在"三君"[②]之下。元礼居"八俊"[③]之上。

庞士元至吴，吴人并友之。见陆绩、顾劭、全琮，而为之目曰："陆子所谓驽马有逸足[④]之用，顾子所谓驽牛可以负重致远。"或问："如所目，陆为胜邪？"曰："驽马虽精速，能致一人耳；驽牛一日行百里，所致岂一人哉？"吴人无以难。"全子好声名，似汝南樊子昭。"

顾劭尝与庞士元宿语，问曰："闻子名知人，吾与足下孰愈？"曰："陶冶世俗，与时浮沉，吾不如子；论王霸之余策[⑤]，览倚伏[⑥]之要害，吾似有一日之长。"劭亦安其言。

诸葛谨弟亮及从弟诞，并有盛名，各在一国。于时以为蜀得其龙，吴得其虎，魏得其狗。诞在魏，与夏侯玄齐名；瑾在吴，吴朝服其弘量。

司马文王问武陔[⑦]："陈玄伯何如其父司空？"陔曰："通雅博畅[⑧]，能以天下声教为己任者，不如也；明练简至，立功立事，

过之。”

【注释】

①强：指有勇气；敢。②三君：指窦武、刘淑、陈蕃三个当时受人景仰的人。③八俊：指李膺、王畅、荀昱、朱寓、魏朗、刘佑、杜密、赵典八个才能出众的人。④驽马：劣马，跑不快的马，是对比着千里马说的。逸足：疾足；捷足。指代步。⑤王霸之余策：王道和霸业的策略。⑥倚伏：互相依存、制约。⑦武陔：字元夏。⑧通雅博畅：通达正直，学识渊博。

【译文】

汝南郡陈仲举、颍川郡李元礼两人，人们一块儿谈论他们的功绩和德行，判断不了谁先谁后。蔡伯喈评价他们说：“陈仲举有勇气冒犯上司，李元礼严于管理下属，冒犯上司难，整饬下属容易。”这样陈仲举的名次就排在“三君”之末，李元礼位于“八俊”之首。

庞统到达吴中，当地人纷纷与他交朋友。他看到陆绩、顾劭、全琮，就评价他们道：“陆绩是人们常说的驽马，不过有代步的用处，顾劭是人们所说的驽牛，但能够负重到很远。”有人说：“照您这么说，应当是陆绩胜出些？”庞统说：“驽马即使比驽牛跑得快些，不过它所运载的只不过是一个人罢了；驽牛一天走一百里，所运载的又何止一人？”吴中人士没法驳倒他。他又接着说：“全琮看重声名，就像汝南的樊子昭。”

顾劭曾经和庞士元夜里说话，他对庞士元说：“据说您因非常善于鉴别人才而出名，我和您比较谁更好些？”庞士元说：“移风

易俗，赶时代潮流，这点我没法与您相比；对于谈论国家的策略，掌握事物因果变化的规律，我好像比你要强一些。”顾劭也赞成他的话。

诸葛瑾、弟弟诸葛亮还有堂弟诸葛诞，都有很高的名望，各自在一个国家任职。那时人们觉得蜀国得到了他们家的龙，吴国获得了他们家的虎，魏国获得了他们家的狗。诸葛诞在魏国，与夏侯玄齐名；诸葛瑾在吴国，吴国朝廷里都赞叹他宽宏的器量。

司马昭问武陔：“陈玄伯跟他父亲比如何？”武陔说：“在明达雅正、渊博通畅，能把天下的威望教化当作自己的责任方面，不如他父亲；但在精明练达、简要周全、建功立业方面，胜过他父亲。”

【原文】

正始中，人士比论[①]，以五荀方[②]五陈：荀淑方陈寔，荀靖方陈谌，荀爽方陈纪，荀彧方陈群，荀顗方陈泰。又以八裴方八王：裴徽方王祥，裴楷方王夷甫，裴康方王绥，裴绰方王澄，裴瓒方王敦，裴遐方王导，裴頠方王戎，裴邈方王玄。

冀州刺史杨准二子乔与髦，俱总角为成器。准与裴頠、乐广友善，遣见之。頠性弘方[③]，爱乔之有高韵，谓准曰：“乔当及卿，髦小减也。”广性清淳，爱髦之有神检[④]，谓准曰：“乔自及卿，然髦尤精出。”准笑曰：“我二儿之优劣，乃裴、乐之优劣。”论者评之，以为乔虽高韵，而检不匝，乐言为得。然并为后出之俊。

刘令言始入洛，见诸名士而叹曰：“王夷甫太解明，乐彦辅我

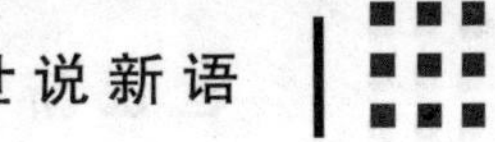

所敬，张茂先我所不解，周弘武巧于用短，杜方叔拙于用长⑤。”

王夷甫云：“闾丘冲⑥优于满奋、郝隆⑦。此三人并是高才，冲最先达。”

王夷甫以王东海比乐令，故王中郎作碑云：“当时标榜⑧，为乐广之俪⑨。”

庾中郎与王平子雁行⑩。

王大将军在西朝时，见周侯，辄扇障面不得住。后度江左，不能复尔。王叹曰：“不知我进，伯仁退？”

【注释】

①比论：并列起来评论。②方：比拟，相比。③弘方：宽宏正直。④神检：高贵的品德修养。⑤解明：精明。拙：不擅长。长：长处，优点。⑥闾丘冲：字宾卿，西晋高平人。⑦郝隆：当作郗隆。西晋高平人。⑧标榜：赞扬；宣扬。⑨俪：比并。⑩雁行：雁阵，指如大雁一样排列有序。

【译文】

正始时期，人们把名流们互相比对评论，用五位荀门中的人物和五位陈门中的人物比较：荀淑比陈寔，荀靖比陈谌，荀爽比陈纪，荀彧比陈群，荀颉比陈泰。此后又用八位裴门中的人物和八位王门中的人物比较：裴徽比王祥，裴楷比王夷甫，裴康比王绥，裴绰比王澄，裴瓒比王敦，裴遐比王导，裴頠比王戎，裴邈比王玄。

冀州刺史杨准的两个小儿杨乔和杨髦，全是童年时就已成才。

杨准和裴頠、乐广的感情不错，就让两个儿子和他们见面。裴頠大度正直，喜爱杨乔的高雅气质，对杨准说："杨乔的成绩将会与你相当，杨髦稍微差一点。"乐广清正质朴，他喜爱杨髦非凡的品格，对杨准说："杨乔当然赶得上你，但是杨髦更优秀。"杨准笑着说："我这两个儿子的好坏，便是你们裴、乐二人的好坏。"此后有人评论他们，认为杨乔即使高雅有气质，但操守不是很完美，证明乐广的评价是正确的。不过二人都是晚辈中的精英。

刘纳刚来洛阳，同当时的一些名士见面后，赞叹道："王衍精明过人，乐彦辅真的让我敬佩，张华这个人我不是很了解，周恢非常善于巧用自己的不足之处，杜育却不善于发挥自己的长处。"

王衍评价说："闾丘冲比满奋、郝隆好。这三人全是高才，而闾丘冲最优秀显达。"

王衍以王承比乐广，故而王中郎在为王承所撰的《碑文》中写道："当时的品评，认为王承能够和乐广相匹敌。"

从事中郎庾子嵩和王平子并列。

大将军王敦在西晋时期，每次和武城侯周伯仁相遇，总是马上拿扇子遮住脸。此后来到了江南，就不再如此了。王敦叹道："不知是我有了长进了，抑或是周伯仁退步了？"

【原文】

会稽虞𩦎[①]，元皇时与桓宣武同侠，其人有才理胜望。王丞相尝谓𩦎曰："孔愉有公才而无公望，丁潭有公望而无公才，兼之者其在卿乎！"𩦎未达[②]而丧。

明帝问周伯仁："卿自谓何如郗鉴？"周曰："鉴方臣，如有功夫[3]。"复问郗，郗曰："周顗比臣，有国士门风。"

王大将军下，庾公问："闻卿有四友，何者是？"答曰："君家中郎、我家太尉、阿平、胡毋彦国。阿平故当最劣。"庾曰："似未肯劣。"庾又问："何者居其右？"王曰："自有人。"又问："何者是？"王曰："噫！其自有公论。"左右蹑公，公乃止。

人问丞相："周侯何如和峤？"答曰："长舆嵯蘖[4]。"

明帝问谢鲲："君自谓何如庾亮？"答曰："端委[5]庙堂，使百僚准则，臣不如亮。一丘一壑[6]，自谓过之。"

【注释】

①虞骙：字思行，历任吴兴太守、金紫光禄大夫。②达：显贵。③功夫：功力；修养。④嵯蘖：嵯峨，山势高峻的样子。⑤端委，严整宽长的礼服。⑥一丘一壑：指山水胜境，比喻寄情山水，隐处岩壑。

【译文】

会稽郡虞骙，晋元帝时与宣城太守桓彝是同僚，这个人有才能，善义理名望高。丞相王导有次对他说："孔愉有您的才能却没有您的名望，丁潭有您的名声却没有您的才干，这两方面兼而有之的，大概便是你了吧！"可惜虞骙还没有登上高位就去世了。

晋明帝司马绍问周伯仁："你自认为和郗鉴比较怎么样？"周

伯仁说："郗鉴和我比较，好像更有修养。"明帝又问郗鉴，郗鉴答复说："周顗和我相比，更有国士的风度。"

大将军王敦东下京城，庾亮问他："据说你有四位朋友，是些什么人啊？"王敦答复说："您家的中郎、我家的太尉、阿平还有胡毋彦国。其中阿平应该是最差的。"庾亮说："似乎他还不肯甘心居后。"跟着又问："谁又在他们之上呢？"王敦答复说："自然有人。"庾亮又继续问："是谁呢？"王敦说道："噫！自有公论吧。"手下的人用脚踩庾亮暗示，庾亮才没有再问。

有人询问丞相王导："周顗与和峤比较怎么样？"王导答复说："长舆像高山一样挺拔。"

晋明帝司马绍询问谢鲲："你自认为和庾亮比较怎么样呢？"谢鲲答复："身穿朝服端坐在朝中，成为百官的模范，这方面我不如庾亮。但寄情山水、隐处岩壑之间，我自认为超过庾亮。"

【原文】

王丞相二弟不过江，曰颖，曰敞。时论以颖比邓伯道，敞比温忠武，议郎、祭酒[①]者也。

明帝问周侯："论者以卿比郗鉴，云何？"周曰："陛下不须牵顗比。"

王丞相云："顷下[②]论以我比安期、千里，亦推此二人。唯共推太尉[③]，此君特秀。"

宋祎[④]曾为王大将军妾，后属谢镇西。镇西问祎："我何如王？"答曰："王比使君，田舍、贵人[⑤]耳！"镇西妖冶故也。

明帝问周伯仁："卿自谓何如庾元规？"对曰："萧条[⑥]方外，亮不如臣；从容廊庙，臣不如亮。"

王丞相辟王蓝田为掾，庾公问丞相："蓝田何似？"王曰："真独简贵[⑦]，不减父祖，然旷澹处[⑧]，故当不如尔。"

【注释】

①议郎：官名，掌管顾问应对。祭酒：官名，指丞相祭酒，掌管文教之事。②顷下：作"洛下"，这是对的。洛下，指洛阳。③太尉：指王衍。④宋祎（yī）：名一作袆（huī）。晋艺妓。⑤田舍、贵人：乡下人与富豪。⑥萧条：清寂自得。⑦真独简贵：真率独立，简洁尊贵。⑧旷澹：开朗淡泊。

【译文】

丞相王导有两个弟弟没有到江南，一个叫王颖，另一个叫王敞。当时的舆论把王颖和邓伯道并列，把王敞和温峤并列。两人分别是做议郎和祭酒的材料。

晋明帝询问武城侯周颉："评论界拿你和郗鉴并称，你认为怎么样？"周颉说："陛下不必拉着我去比较。"

丞相王导说道："洛阳的议论把我和王安期、阮千里相比，我也推崇这两个人。希望大家一起推崇王太尉，这位先生才干杰出。"

宋祎曾经是大将军王敦之妾，之后归属于镇西将军谢尚。谢尚问宋祎："我比起王敦来怎么样？"宋答复说："王敦比使君，那

是乡下人比大富豪了！”这是谢尚美丽动人的原因。

晋明帝问周颉：“你自己觉得比庾亮怎样？”周颉答复：“清寂自得于世俗之外，庾亮不如臣；自然优游于朝堂之上，臣不如庾亮。”

丞相王导聘请王述当属官，庾亮问王导：“王述这人怎么样？”王导说：“真率独立，简洁高贵，不差于他的父亲和祖父。不过开朗淡泊之处，也许不如。”

【原文】

卞望之云：“郗公体中有三反：方于事上，好下佞[1]己，一反；治身清贞[2]，大[3]修计较，二反；自好读书，憎人学问，三反。”

世论[4]温太真是过江第二流之高者。时名辈共说[5]人物，第一将尽之间[6]，温常失色。

王丞相云：“见谢仁祖，恒令人得上。”与何次道语，唯举手指地曰：“正自尔馨[7]。”

何次道为宰相，人有讥其信任不得其人。阮思旷慨然曰：“次道自不至此。但布衣超居宰相之位，可恨唯此一条而已。”

王右军少时，丞相云：“逸少何缘复减万安[8]邪！”

【注释】

①佞：谄媚，奉承。②治身：修身，加强身心修养。清贞：清廉、有节操。③大：特别。④世论：社会评论。⑤共说：一起品

评。⑥之间：之时，……的时候。⑦尔馨，这样。⑧万安：刘绥，字万安。

【译文】

卞壸说道："郗鉴身上有三种互相矛盾的现象：对待君主很正直，却喜好下属奉承自己，这是第一个矛盾；对待自己很注重清廉贞洁，对人却注重钱财，这是第二个矛盾；自己爱好读书，却厌恶别人有学问，这是第三个矛盾。"

当时人们评论，温太真是渡江来的第二流人才中的佼佼者。那时名流们一起品评人物，第一流人物快要讲完时，温峤常常惶恐失色。

丞相王导说："看到谢仁祖，常使人觉得意气高昂。"和何次道谈话时，他不过用手指着他说："就是如此。"

何次道出任宰相，有人指责他信任了不值得信任的人。阮思旷感慨地说："次道当然不至于如此。只是一个平民百姓越级提升到宰相的职位，可惜的是只有这一条而已。"

右军将军王逸少年轻时，丞相王导说："逸少为何还不如万安呢！"

【原文】

郗司空家有伧奴，知及文章，事事有意[①]。王右军向刘尹称之，刘问："何如方回？"王曰："此正小人有意向[②]耳，何得便比方回？"刘曰："若不如方回，故是常奴耳。"

时人道阮思旷："骨气不及右军，简秀不如真长，韶润[③]不如

仲祖，思致④不如渊源，而兼有诸人之美。”

简文云：“何平叔巧累于理，嵇叔夜俊伤其道。”

时人共论晋武帝出齐王之与立惠帝，其失孰多，多谓立惠帝为重。桓温曰：“不然，使子继父业，弟承家祀，有何不可？”

人问殷渊源：“当世王公以卿比裴叔道，云何？”殷曰：“故当以识通暗处⑤。”

【注释】

①有意：有情趣。②意向：志向。③韶润：指品性华美柔润。④思致：才思和韵味。⑤暗处：指玄理中隐晦难通的地方。

【译文】

郗司空家里有个来自北边的奴仆，通晓文章，对什么都有一些见识。王羲之向刘尹赞赏他，刘惔问：“跟方回（郗愔）比较怎么样？”王羲之说：“这只不过是个小人做事很用心罢了，怎么能够与方回比呢？”刘惔说：“如果比不上方回，就仍然是个平常的奴仆而已。”

当时的人们评价阮裕说：“风骨气韵比不上王羲之，简洁秀逸比不上刘真长，美秀温润比不上王仲祖，思想意趣比不上殷渊源，但是却集这些人的优点于一身。”

简文帝司马昱说道：“何平叔巧言善辩连累了他的玄理，嵇叔夜才学奇异阻碍了他的自然之道。”

那时的人都在评论晋武帝罢黜齐王和立惠帝为太子这两件事，哪一件事过错更大，大多数人觉得确立惠帝为太子一事过失最大。

桓温却说："不是如此，让儿子继承父亲的事业，让弟弟掌管家族的祭祀，有什么不能够？"

有人询问殷渊源："当代的达官贵人把你和裴叔道相提并论，是什么缘由？"殷渊源说："自然由于才识都通晓玄理。"

【原文】

抚军问殷浩[1]："卿定何如裴逸民？"良久答曰："故当胜耳。"

桓公少与殷侯齐名，常有竞心。桓问殷："卿何如我？"殷曰："我与我周旋久，宁作我。"

【注释】

①抚军：指晋简文帝司马昱，他在即帝位前曾担任抚军大将军。

【译文】

抚军司马昱询问殷浩："你和裴逸民比较，究竟怎么样？"过了许久，殷浩答复说："或许超过他吧。"

桓温年少时与殷浩齐名，经常有争胜之心。桓温问殷浩："你和我相比如何？"殷浩说："我和自己长期打交道，宁愿做我自己。"

【原文】

抚军问孙兴公："刘真长何如？"曰："清蔚简令。""王

仲祖何如？”曰：“温润恬和。”“桓温何如？”曰：“高爽迈出。”“谢仁祖何如？”曰：“清易令达。”“阮思旷何如？”曰：“弘润通长。”“袁羊何如？”曰：“洮洮清便[①]。”“殷洪远何如？”曰：“远有致思。”“卿自谓何如？”曰：“下官才能所经[②]，悉不如诸贤；至于斟酌时宜，笼罩当世，亦多所不及。然以不才，时复托怀玄胜，远咏《老》《庄》，萧条高寄，不与时务经怀，自谓此心无所与让也。”

桓大司马下都，问真长曰：“闻会稽王语奇进，尔邪？”刘曰“极进，然故是第二流中人耳！”桓曰：“第一流复是谁？”刘曰：“正是我辈耳。”

殷侯既废，桓公语诸人曰：“少时与渊源共骑竹马，我弃去，己辄取之，故当出我下。”

人问抚军：“殷浩谈竟何如？”答曰：“不能胜人，差可献酬[③]群心。”

简文云：“谢安南清令不如其弟[④]，学义不及孔岩，居然自胜[⑤]。”

未废海西公时，王元琳问桓元子：“箕子、比干迹异心同，不审明公孰是孰非？”曰：“仁称不异，宁为管仲。”

【注释】

①洮洮清便：口若悬河，有口才。②经：擅长。③献酬：应酬，应付。④其弟：指谢聘，字弘远。历侍中、廷尉卿。⑤自胜：指不受世俗影响，自得其乐。

【译文】

抚军将军司马昱询问孙绰："刘惔这个人怎么样？"孙绰答复说："清高干练。"司马昱又询问道："王濛这个人怎么样？"孙绰答复说："性情温和淡泊。"司马昱再询问道："桓温这个人怎么样？"孙绰答复道："豪迈出众。"司马昱接着又询问："谢尚怎么样？"孙绰答复道："为人随和明白。"司马昱又询问："阮裕这人如何？"孙绰答复道："胸怀宽广豁达。"司马昱又询问袁羊，孙绰答复说："廉洁随和。"又询问殷融，孙绰回答说："很能深谋远虑，极有见识。"司马昱进一步询问孙绰："你自我感觉怎么样？"孙绰答复说："我能力所能达到的地方，全都不能和以上诸位相比较；深谋远虑，为当代百姓做贡献，也有很多不能达到诸位能够达到的地方。正由于我的无能，使我经常寄情怀于玄妙之理，上读《老》《庄》以寄寓我的思虑，而不为世俗所分心，这一点自己觉得他人是不能达到这个境界的。"

桓温出任大司马去京城，问刘惔道："据说会稽王司马昱清谈奇速进步，是吗？"刘惔说："大有进步，不过却属于第二流中人！"桓温说："第一流人又是谁呢？"刘惔说："当然我们这些人。"

殷浩被去职以后，桓温对一些人说："儿时我与殷浩一块玩竹马的游戏，我丢掉了竹马，他马上给捡过来，可知他本就在我之下。"

有人询问抚军司马昱："殷浩的谈吐如何？"抚军答复说：

"无法超过我们，大体上能够应付一下罢了。"

简文帝说道："谢安甫在辞令谈吐上不如他的弟弟，学问才识上比不上孔岩，不过一定有自己的独到之处。"

还没有废黜海西公司马奕时，王元琳询问桓元子："箕子、比干两人的做法不同，但用意一样，不知你觉得谁对谁错呢？"桓温说："要是同样被称作仁人，我愿意做管仲。"

【原文】

刘丹阳、王长史在瓦官寺集，桓护军亦在坐，共商略西朝及江左人物。或问："社弘治何如卫虎？"桓答曰："弘治肤清[①]，卫虎奕奕神令[②]。"王、刘善其言。

刘尹抚王长史背曰："阿奴比丞相，但有都[③]长。"

刘尹、王长史同坐，长史酒酣起舞。刘尹曰："阿奴今日不复减向子期。"

桓公问孔西阳[④]："安石何如仲文？"孔思未对，反问公曰："何如？"答曰："安石居然不可陵践，其处故乃[⑤]胜也。"

谢公与时贤共赏说[⑥]，遏、胡儿并在坐。公问李弘度曰："卿家平阳何如乐令？"于是李潸然流涕曰："赵王篡逆，乐令亲授玺绶。亡伯雅正[⑦]，耻处乱朝，遂至仰药[⑧]，恐难以相比。此自显于事实，非私亲之言。"谢公语胡儿曰："有识者果不异人意[⑨]。"

王修龄问王长史："我家临川[⑩]何如卿家宛陵？"长史未答，修龄曰："临川誉贵。"长史曰："宛陵未为不贵。"

【注释】

①肤清：指外表清爽。②弈弈：同“奕奕”，精神焕发。神令：精神美好。③都：相貌俊美。④孔西阳：孔岩，封西阳侯。⑤故乃：毕竟。⑥赏说：品评谈论（人物）。⑦亡伯：死去的伯父，指李重。雅正：正直。⑧仰药：服毒自杀。⑨不异人意：不违众望，符合人的心意。⑩临川：指王羲之。

【译文】

丹阳尹刘惔、司徒左长史王濛在瓦官寺相会，护军将军桓伊也在场，一起评论西晋和江南的名士。有人问：“社弘治和卫虎比较，哪个更好一些？”桓伊答复说：“弘治外表清丽，卫虎神采不凡。”王濛和刘惔觉得他的评论很好。

刘尹拍着王长史的背说道：“阿奴与王丞相比较，的确比他相貌俊美。”

刘尹、王长史坐在一起，王长史酒喝到酣畅时就跳起舞来。刘尹说：“阿奴今日绝对不比向秀逊色啊！”

桓温询问孔岩：“谢安与殷仲文比较怎么样？”孔岩想了想，没有回答，反过来问桓温：“您看怎样？”桓温答复：“谢安竟然不可欺凌，他的自处之道真的是好的。”

谢安与当时的名士一起评价人物，谢玄、谢朗也在座。谢安问李充：“你的伯父平阳跟乐令比较如何？”这时李充潸然泪下回答道：“赵王司马伦篡位时，乐令自己将天子的印玺交给赵王。先伯父为人清正，以居于乱朝为耻，故而服毒自杀了，恐怕他俩是不能

比较的。这是显而易见的事实，并非我偏袒亲人的话语。”谢安对谢朗说：“有识见的人果然不会辜负别人对他的看法。”

王修龄询问左长史王濛：“我家的临川和你家的宛陵比较怎么样？”王濛尚未回答，王修龄说：“临川的声名高贵。”王濛说道：“宛陵也不见得不高贵。”

【原文】

刘尹至王长史许清言，时苟子年十三，倚床边听。既去，问父曰：“刘尹语何如尊？”长史曰：“韶音令辞[①]不如我，往辄破的[②]胜我。”

谢万寿春败后，简文问郗超：“万自可败，那得乃尔失士卒情？”超曰：“伊以率任之性，欲区别智勇。”

刘尹谓谢仁祖曰：“自吾有四友，门人加亲。”谓许玄度曰：“自吾有由，恶言不及于耳。”二人皆受而不恨。

世目殷中军：“思纬淹通[③]，比羊叔子。”

有人问谢安石、王坦之优劣于桓公。桓公停欲言，中悔，曰：“卿喜传人语，不能复语卿。”

王中郎尝问刘长沙曰：“我何如苟子？”刘答曰：“卿才乃当不胜苟子，然会名处多。”王笑曰：“痴！”

支道林问孙兴公：“君何如许掾？”孙曰：“高情远致，弟子蚤已服膺；一吟一咏[④]，许将北面[⑤]。”

王右军问许玄度：“卿自言何如安石？”许未答，王因曰：

“安石故相为雄，阿万当裂眼[6]争邪？”

刘尹云：“人言江虨田舍，江乃自田宅屯。”

【注释】

①韶音令辞：美音美辞。②破的：射中箭靶。③思纬：思理，思路。淹通：深彻明达。④一吟一咏：指写诗作文。《晋书·孙绰传》载，孙绰（字兴公）博学，很有才华，擅长写文章，曾作《遂初赋）《天台山赋）等。⑤北面：认输。⑥裂眼：愤怒的样子。

【译文】

刘尹到王长史家里去谈论，那时苟子（王修）才十三岁，站在座榻边听。客人走后，苟子询问父亲：“刘尹所谈的与父亲大人比较如何？”王长史说：“言辞优美比不上我，一语中的我却比不上他。”

谢万在寿春吃了败仗后，简文帝问郗超道：“谢万原本就该败，他如何能这样失去兵士们的爱戴之心呢？”郗超回答道：“他凭借轻率任性的性格，想要区别于靠智勇指挥作战。”

丹阳尹刘惔对谢仁祖说：“自从我有了颜回，弟子与我就愈加亲密。”又对许玄度说：“自从我有了仲由，不满的话就再也听不见了。”两个人都对他的话快乐接受而没有怨言。

世人评价中军将军殷浩说：“他思路深彻明达，能够和羊叔子相提并论。”

有人询问桓温谢安、王坦之两人的差别。桓温正想说，又后悔道：“你喜欢传播他人的话，我不能再对你说了。”

王坦之曾询问刘长沙道："我与王修比较如何？"刘说："你虽然比不上他的才华，不过对事理的融会通达却在他之上。"王听后笑着说道："太傻了。"

支道林询问孙绰："你和许询比较如何？"孙绰说："许询高雅的情调，旷远的情致，我早就已经心服了；不过吟诗作赋，他将输于我。"

王羲之询问许询说："你自己说说，你同谢安比较如何？"许询没有回答，王羲之于是又说道："谢安和你确实能够并列称雄，不过谢万应该会怒目相争吧？"

丹阳尹刘惔说道："人们谈论江虨像农夫，见识浅陋，江彭真的是积聚了不少田地、房舍，并自食其力，不靠外人。"

规箴第十

【原文】

汉武帝乳母尝于外犯事，帝欲申宪[①]，乳母求救东方朔。朔曰：“此非唇舌所争，尔必望济者，将去时，但当屡顾帝，慎勿言，此或可万一冀耳。”乳母既至，朔亦侍侧，因谓曰：“汝痴耳！帝岂复忆汝乳哺时恩邪？”帝虽才雄心忍，亦深有情恋，乃凄然愍之，即敕免罪。

京房[②]与汉元帝共论，因问帝：“幽、厉之君何以亡？所任何人？”答曰：“其任人不忠。”房曰：“知不忠而任之，何邪？”曰：“亡国之君各贤其臣，岂知不忠而任之？”房稽首曰：“将恐今之视古，亦犹后之视今也。”

陈元方遭父丧，哭泣哀恸，躯体骨立。其母愍之，窃以锦被蒙上。郭林宗吊而见之，谓曰：“卿海内之俊才，四方是则，如何当丧，锦被蒙上？孔子曰：‘衣夫锦也，食夫稻也，于汝安乎？’吾不取也。”奋衣而去。自后宾客绝百所日[③]。

孙休好射雉，至其时，则晨去夕反。群臣莫不止谏：“此为小物，何足甚耽？”休曰：“虽为小物，耿介过人，朕所以好之。”

孙皓问丞相陆凯曰：“卿一宗在朝有几人？”陆曰：“二相、

五侯、将军十余人。”皓曰：“盛哉！”陆曰：“君贤臣忠，国之盛也；父慈子孝，家之盛也。今政荒民弊，覆亡是惧，臣何敢言盛！”

【注释】

①申宪：依法惩办。②京房：本姓李，自改为京氏，字君明，西汉人。③百所日：一百来天。

【译文】

汉武帝的乳母曾经在外犯了法，武帝想要依法办理，乳母向东方朔求救。东方朔说：“这不是靠言语所能够争辩的，你一定想要获得救助的话，就在将离开时，只需频频回头看皇上，千万不要说话，这样或者有万一的希望。”乳母来见武帝离别时，东方朔也在武帝身边侍立着，于是就对乳母说：“你真愚蠢啊！皇帝哪里再能回忆起你给他哺乳的恩情呢？”武帝即使才能出众心狠手辣，但对乳母也深有情感，于是悲痛怜悯她，马上敕令赦免了她的罪。

京房和汉元帝在一块儿议论，趁机问元帝：“周幽王、周厉王为什么亡国？他们所任命的是些什么人？”元帝答复说：“他们任用的人不忠诚。”京房又问：“明知道他不忠还要任用，这是什么缘由呢？”元帝说：“亡国的君主，各自都觉得他的臣下是贤能的，哪里是明知不忠还要任命他呢？”京房叩首说道：“就怕我们今日看古人，也像后代的人看我们今日一样。”

陈纪父亲过世后，哀痛哭泣，身体瘦得只剩骨架支撑着。他妈妈可怜儿子，就偷偷地把锦缎被子披在他身上。郭泰来吊丧时看见

了，就对陈纪说：”你是天下的英才，四面八方的人都以你为模范，为什么在服丧期间，居然披着锦被呢？孔子说：‘穿着锦衣，吃着白米，你能安心吗？’我觉得这是不可取的。”说完挥袖而去。之后一百多天都没有宾客前来吊唁。

孙休欢喜射野鸡，到了时节，便早晨出去天黑回来。群臣没有不劝阻的：“这是小物品，为何耽于此事？”孙休说：“野鸡即使是小物品，但是耿直而有节操，超过了普通人，我故而喜欢它。”

孙皓询问丞相陆凯说：“你们那个家族在朝廷做官的有多少人？”陆凯说：“两个丞相，五个侯爵、十多个将军。”孙皓说：“真兴盛啊！”陆凯说：“君主贤能，臣下尽忠，这是国家兴盛的象征；父母慈爱儿女孝敬，这是家庭兴盛的象征。现在政务荒废，百姓困苦，臣唯恐国家灭亡，还敢说什么兴盛啊！”

【原文】

何晏、邓飏令管辂[①]作卦，云：“不知位至三公不？”卦成，辂称引古义，深以戒之。飏曰：“此老生之常谈。”晏曰：“知几其神乎，古人以为难；交疏吐诚，今人以为难。今君一面，尽二难之道。可谓‘明德惟馨’。《诗》不云乎：‘中心藏之，何日忘之！’”

晋武帝既不悟太子之愚，必有传后意[②]，诸名臣亦多献直言。帝尝在陵云台上坐，卫瓘在侧，欲申其怀，因如醉，跪帝前，以手抚床曰：“此坐可惜！”帝虽悟，因笑曰：“公醉邪？”

王夷甫妇，郭泰宁③女，才拙而性刚，聚敛无厌，干豫人事。夷甫患之而不能禁。时其乡人幽州刺史李阳，京都大侠，犹汉之楼护④，郭氏惮之。夷甫骤谏之，乃曰："非但我言卿不可，李阳亦谓卿不可。"郭氏小为之损。

王夷甫雅尚玄远，常嫉其妇贪浊，口未尝言"钱"字。妇欲试之，令婢以钱绕床，不得行。夷甫晨起，见钱阂⑤行，呼婢曰："举却阿堵物⑥！"

【注释】

①管辂（lù）：字公明，精通《周易》。②传后意：指武帝准备死后将帝位传给太子的心意。③郭泰宁：郭豫，字泰宁。④楼护：字君卿，西汉人。⑤阂：阻挡，阻隔。⑥阿堵物：这些东西。

【译文】

何晏、邓飏叫管辂给他们占卜，说："不晓得我们的官位能不能升到三公？"卦成之后，管辂引证古书的义理，意味深长地劝告他们。邓飏说："这全是老生常谈。"何晏说："明了事物变化的征兆，是很神奇的，古人觉得很难；交情很浅而吐露真诚，今人觉得很难。今天与您头一次会面，您就将这两大难题的解决办法全都说出了，能够说是'明德惟馨'。《诗经》上不是说过吗：'中心藏之，何日忘之！'"

晋武帝对太子的愚昧既然没有醒悟，就必定有要将帝位传给他的意思，诸位大臣也多直言进谏。武帝曾坐在陵云台上，卫瓘陪在身旁，想要申说自己的心意，便装扮喝醉，跪在武帝前，用手摸着

武帝的座榻说：“这个座位多么可惜啊！”武帝虽然明了他的意思，却笑着说道：“你喝醉了吗？”

王夷甫的妻子，是郭泰宁的女儿，才干笨拙却又性格倔强，贪财而不知满足，喜欢干预他人的事。夷甫对她极为不满却又无法阻止。当时他的同乡幽州刺史李阳，是京城的大侠，就像汉代的楼护一般，郭氏很惧怕他。夷甫多次劝诫郭氏，便对她说：“不只我说你不可这样做，李阳也觉得你不可这样做。”郭氏因而才稍有好转。

王衍非常崇尚玄妙高远的境界，经常憎恨夫人贪婪污浊，他嘴里从没有说过“钱”字。他夫人想试探一下他，命令婢女把钱绕着床周围摆放，王衍不能行走。王衍早上起来，看到钱阻挡不能行走，呼叫婢女说：“拿走这些东西！”

【原文】

王平子年十四五，见王夷甫妻郭氏贪欲，令婢路上儋[1]粪。平子谏之，并言不可。郭大怒，谓平子曰：“昔夫人[2]临终，以小郎嘱新妇，不以新妇嘱小郎。”急捉衣裾，将与杖。平子饶力[3]，争得脱，逾窗而走。

元帝过江犹好酒，王茂弘与帝有旧，常流涕谏。帝许之，命酌酒一酣，从是遂断。

谢鲲为豫章太守，从大将军下至石头。敦谓鲲曰：“余不得复为盛德之事矣！”鲲曰：“何为其然？但使自今已后，日亡日去耳。”敦又称疾不朝，鲲谕敦曰：“近者明公之举，虽欲大存社稷，然四海之内，实怀未达[4]。若能朝天子，使群臣释然，万物之

心于是乃服。仗民望以从众怀，尽冲退[⑤]以奉主上，如斯则勋侔一匡[⑥]，名垂千载。”时人以为名言。

【注释】

①儋：肩挑。②夫人：指婆婆。③饶力：有力气。饶，多。④实怀未达：实际用意并不明朗。⑤冲退：谦虚退让。⑥勋侔一匡：和一匡天下之功相等。

【译文】

王平子（王澄）十四五岁时，看见哥哥王夷甫（王衍）的妻子郭氏很贪婪，叫婢女在途中担粪。平子向嫂嫂提意见，而且说了这样做不对的各种理由。郭氏非常恼怒，对平子说道：“当初老夫人临终之时，曾把小叔子你叮嘱给我照管，并没有把嫂子我叮嘱给你训教。”迅即抓住平子的衣襟，准备用棍子打他。平子劲大，力争得脱，跳出窗户，落荒而逃。

元帝渡过长江后还是爱好喝酒，王茂弘和元帝向来有交往，常常流着泪劝告他。元帝终于答应了，吩咐斟酒痛饮一次，从此之后就戒了酒。

谢鲲担任豫章太守，随着大将军王敦东下到达了石头城。王敦对谢鲲说：“我不能再做辅助君上的大事了。”谢鲲说：“为什么如此呢？只要从今天以后，日子一天一天逝去，猜疑也会随之遗忘。”王敦又声称有病不去上朝，谢鲲劝告王敦说：“近来你的行为，即使想大力保护国家社稷，然而四海之内，对你的实际用意并不明朗。要是你能够朝见天子，使群臣心中的猜疑化解，众人的心

才能归顺。依仗百姓的愿望服从众人的心思，全力以谦虚的态度侍奉君上，要是这样你的功劳则等同于一匡天下，名声流传千载。”那时的人觉得这是名言。

【原文】

元皇帝时，廷尉张闿在小市居，私作都门①，早闭晚开，群小②患之，诣州府诉，不得理；遂至挝登闻鼓③，犹不被判。闻贺司空出，至破冈，连名诣贺诉。贺曰：“身被征作礼官，不关此事。”群小叩头曰：“若府君复不见治，便无所诉。”贺未语，令且去，见张廷尉当为及之。张闻，即毁门，自至方山迎贺。贺出见、辞之曰：“此不必见关，但与君门情④，相为惜之。”张愧谢曰：“小人有如此，始不即知，早已毁坏。”

郗太尉晚节好谈，既雅非所经⑤，而甚矜⑥之。后朝觐，以王丞相末年多可恨⑦，每见必欲苦相规诫。王公知其意，每引作他言。临还镇，故命驾诣丞相，翘须厉色，上坐便言：“方当乖别，必欲言其所见。”意满口重⑧，辞殊不流⑨。王公摄其次⑩，曰：“后面未期，亦欲尽所怀，愿公勿复谈。”郗遂大瞋，冰衿⑪而出，不得一言。

【注释】

①都门：指小集市的总门。②群小：指普通百姓。③挝（zhuā）：击。登闻鼓：始于魏晋之间，即帝王在朝堂外悬鼓，臣民如有冤情或谏议可击鼓上闻。④门情：指世交的情谊。⑤雅非：

向来不是。经：擅长，拿手。⑥矜：自负，夸耀。⑦可恨：令人遗憾、令人惋惜的事。⑧意满：态度傲慢。口重：语气严肃、庄重。⑨不流：不顺畅。⑩摄其次：指整理他言谈的顺序。⑪冰衿：表情冷淡，不高兴。

【译文】

元帝时，廷尉张闿住在小市集，私自做了里巷的总门，每日早关门晚开门，百姓都为此感到困扰，到州衙门去投诉，得不到审理；于是到朝堂外去敲打登闻鼓，还是得不到审理。百姓听说贺循出行，到了破冈，便联名到贺循处投诉。贺循说："我被任命为礼官，与这事无关。"百姓们叩头道："要是府君再不受理，我们就无处投诉了。"贺循没说话，只是让他们暂且离开，说自己见到张廷尉时会提到这事。张闿听说后，立即把门拆去，而且自己到方山来迎候贺循。贺循出来见张闿，对他说道："此事本不与我相关，不过我家与你家有世交的情谊，爱怜你罢了。"张闿惭愧地抱歉道："百姓有此等情形，起初我不知道，现在早已把门拆毁了。"

太尉郗鉴晚年喜欢谈论，这本不是向来擅长的事，但他却很自负。后来见到皇上时，因为丞相王导晚年做了很多令人遗憾的事，故而每次见面一定要苦苦劝诫他。王导晓得他的用意，就经常用其他话来岔开。后来郗鉴将要回镇守之地时，特地乘车去看王导，他翘着胡子脸色严肃，刚坐下就说："就要离开了，我必定要把我见到的事说出来。"他态度傲慢，语气很重，话却说得很不顺畅。王导紧跟着他的话，说："以后会面说不定时期，我也想把我的心意全都说出来，那就是期望您以后不要再谈论了。"郗鉴最后十分生气，气得面若冰霜地走了，一个字也说不出来。

捷悟第十一

【原文】

杨德祖[①]为魏武主簿，时作相国门，始构榱桷[②]，魏武自出看，使人题门作“活”字，便去。杨见，即令坏之。既竟，曰：“门中‘活’，‘阔’字。王正嫌门大也。”

人饷魏武一杯酪，魏武啖少许，盖头上题“合”字以示众。众莫能解。次至杨修，修便啖，曰：“公教人啖一口也，复何疑？”

魏武尝过曹娥[③]碑下，杨修从，碑背上见题作“黄绢幼妇，外孙齑臼[④]”八字。魏武谓修曰：“解不？”答曰：“解。”魏武曰：“卿未可言，待我思之。”行三十里，魏武乃曰：“吾已得。”令修别记所知。修曰：“黄绢，色丝也，于字为‘绝’；幼妇，少女也，于字为‘妙’；外孙，女子也，于字为‘好’；齑臼，受辛也，于字为‘辞’：所谓‘绝妙好辞’也。”魏武亦记之，与修同，乃叹曰：“我才不及卿，乃觉[⑤]三十里。”

【注释】

①杨德祖：杨修，字德祖。②榱桷（cuī jué）：屋椽。③曹娥：东汉浙江上虞（今浙江）人。④齑臼（jī jiù）：用来舂菜的工

具。⑤觉：同“较”，意为相差。

【译文】

杨修担任魏武帝曹操的主簿，那时正建相国府的大门，刚刚架上椽子，曹操亲自出来查看，叫人在门面写了个“活”字，就离开了。杨修看见后，叫人马上把门拆掉。拆完之后，他说：“门中加个‘活’字，是‘阔’字。魏王是觉得门太大了。”

有人献给魏武帝曹操一盒奶酪，魏武帝吃了一点儿，就在盒盖上写了一个“合”字让众人看。众人都不明白。到了杨修手中，他拿过来就吃，然后说道：“魏王的用意是一人吃一口，还犹豫什么？”

魏武帝曹操曾路过曹娥碑下，杨修跟随，看到碑的背面有人题了“黄绢幼妇，外孙虀臼”八个字。曹操问杨修道：“你晓得吗？”回答道：“晓得。”曹操说：“你不要说，等我思考一下。”走了三十里，曹操才说：“我现在得到答案了。”让杨修另外写下他所明了的文字。杨修便写：“黄绢，是有颜色的丝，对于此处来说是‘绝’；幼妇，是少女，对于此处来说是‘妙’；外孙，是闺女之子，对于此处来说是‘好’；虀臼，是舂捣辛辣之味的，对于此处来说是‘辞’：即是‘绝妙好辞’。”曹操写下所明了的文字，与杨修一样，便叹息道：“我的才能不如你，相差三十里。”

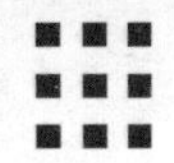

夙惠第十二

【原文】

宾客诣陈太丘宿，太丘使元方、季方炊。客与太丘论议，二人进火，俱委而窃听。炊忘著箄[①]，饭落釜中。太丘问："炊何不馏？"元方、季方长跪曰："大人与客语，乃俱窃听，炊忘著箄，饭今成糜[②]。"太丘曰："尔颇有所识不？"对曰："仿佛志之。"二子俱说，更相易夺[③]，言无遗失。太丘曰："如此，但糜自可，何必饭也！"

何晏七岁，明惠若神，魏武奇爱之。因晏在宫内，欲以为子。晏乃画地令方，自处其中。人问其故，答曰："何氏之庐[④]也。"魏武知之，即遣还。

晋明帝数岁[⑤]，坐元帝膝上。有人从长安来，元帝问洛下消息，潸然流涕。明帝问何以致泣，具以东渡意告之。因问明帝："汝意谓长安何如日远？"答曰："日远。不闻人从日边来，居然可知。"元帝异之。明日，集群臣宴会，告以此意，更重问之。乃答曰："日近。"元帝失色，曰："尔何故异昨日之言邪？"答曰："举目见日，不见长安。"

【注释】

①著箄（bì）：放置蒸饭用的竹制盛器。②糜：粥。③更：交替。易夺：订正补充。④庐：简陋的房屋。⑤数岁：年纪小。

【译文】

有宾客拜访陈寔后留宿，陈寔让陈纪、陈谌去做饭待客。客人与陈寔交谈，两个儿子烧了火之后，就去偷听。忘了放置蒸饭用的箄子，饭都漏到了锅里。陈寔问："烧饭为何不蒸？"陈纪、陈谌跪着说："大人和客人讲话，我们就一块儿偷听，忘了放蒸架，故而现在烧成了粥。"陈寔问："你们都记下了些什么？"答复说："好像都记得。"两个儿子一起叙述，互相更正补充，把偷听的话都复述了一遍。陈寔说："能够如此，那么烧成粥也还行，何必一定要饭呢！"

何晏七岁的时候，智慧过人，魏武帝曹操特别喜欢他。因为何晏在曹操府第中长大，曹操想认他做儿子。何晏便在地上画个方框，自己站到里面。别人问他是什么意思，他答复说："这是何家的房子。"曹操听到了这件事，立即把他送回了何家。

晋明帝只有几岁的时候，有一天坐在元帝膝上。有个从长安过来的人，元帝向他探问洛阳的消息，听完之后不由得流下了眼泪。司马绍询问元帝为什么哭泣，元帝便把东迁的缘由详细地告诉了他。然后问他："你觉得长安与太阳比较，哪个更远？"司马绍答复说："太阳远。没听说有人从太阳哪边来，这当然可知了。"元帝觉得很诧异。第二天，元帝召集群臣举行宴会时，把司马绍的理解告诉大家，又再次问司马绍。司马绍却答复说："太阳近。"元帝惊愕失色，说："你为何和昨天说的话不同呢？"司马绍答复说："抬头就能看见太阳，却看不到长安。"

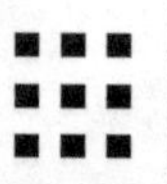

豪爽第十三

【原文】

王大将军年少时，旧有田舍名，语音亦楚。武帝唤时贤共言伎艺[①]事。人皆多有所知，唯王都无所关，意色殊恶，自言知打鼓吹[②]。帝令取鼓与之，于坐振袖而起，扬槌奋击，音节谐捷，神气豪上，傍若无人。举坐叹其雄爽。

王处仲[③]，世许高尚之目。尝荒恣[④]于色，体为之敝[⑤]。左右谏之，处仲曰："吾乃不觉尔。如此者甚易耳！"乃开后阁[⑥]，驱诸婢妾数十人出路，任其所之[⑦]，时人叹焉。

王大将军自目："高朗疏率，学通《左氏》。"

王处仲每酒后，辄咏"老骥伏枥，志在千里；烈士暮年，壮心不已"。以如意打唾壶，壶口尽缺。

晋明帝欲起池台，元帝不许。帝时为太子，好养武士，一夕巾作池，比晓便成。今太子西池是也。

【注释】

①伎艺：技艺，这里指歌舞。②鼓吹：指鼓萧等乐器合奏。③王处仲：王敦。④荒恣：放纵。⑤敝：疲倦。⑥阁：侧门，小

门。⑦之：到，去。

【译文】

大将军王敦年少时，原来就有乡巴佬这个外号，言谈的口音也很重。晋武帝招呼名流们一块儿谈论歌舞方面的事。大家都能说出点理解，只有王敦对此事毫不关注，神色十分尴尬，说自己只会打鼓。武帝就下令把鼓拿来，王敦从位子上捧袖而起，扬起鼓槌，奋力擂击，节奏和谐快速，神情豪健奔放，旁若无人，四座无不赞赏他的威武豪爽。

王敦，被世人认为是高尚的典范。他曾经耽于美色，故而身体很疲倦。周围的人劝告他，他说："我不觉得这有什么，改正是很容易的！"于是打开侧门，赶走了几十位婢女侍妾，随便她们去别处。当时的人为此赞叹。

大将军王敦评价自己：高尚开朗，放达直率，学问上精通《左传》。

王敦每当酒后，就吟诵"老骥伏枥，志在千里；烈士暮年，壮心不已"。一边吟诵一边用如意击打痰盂作为节拍，痰盂的边沿都被他打出了缺口。

晋明帝要修建池沼台榭，晋元帝不同意。明帝那时是太子，豢养了一批武士，他叫武士在一个晚上修好池沼，到拂晓就修成了。就是如今的太子西池。

【原文】

王大将军始欲下都，处分树置①，先遣参军告朝廷，讽旨②时

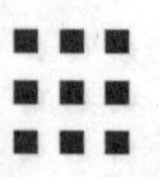

贤。祖车骑[③]尚未镇寿春，瞋目厉声语使人曰："卿语阿黑，何敢不逊！催摄面去[④]，须臾不尔，我将三千兵槊[⑤]脚令上！"王闻之而止。

庾稚恭既常有中原之志，文康时，权重未在己；及季坚作相，忌兵畏祸，与稚恭历同异[⑥]者久之，乃果行。倾荆、汉之力，穷舟车之势，师次于襄阳，大会参佐，陈其旌甲，亲授弧矢曰："我之此行，若此射矣！"遂三起三叠[⑦]。徒众属目，其气十倍。

桓宣武平蜀，集参僚置酒于李势殿，巴、蜀搢绅莫不来萃。桓既素有雄情爽气，加尔日音调英发[⑧]，叙古今成败由人，存亡系才，其状磊落[⑨]，一坐叹赏。既散，诸人追味余言，于时寻阳周馥曰："恨卿辈不见王大将军！"

【注释】

①处分：处理朝政。树置：有所建树。②讽旨：委婉地暗示意图。③祖车骑：祖逖，字士稚，死后谥车骑将军。④催摄面去：催促他赶紧离开。⑤槊：长矛，此处为名词动用，用长矛刺。⑥历同异：经过了激烈的争论。⑦三起三叠：意思是三发三中。叠：击鼓。⑧英发：英气勃发。⑨磊落：指仪态俊伟。

【译文】

王大将军刚开始想要发兵下京都，处理朝政，便先派参军去报告朝廷，并且向当时的贤达暗示自己的意图。祖车骑那个时候还没有出都镇守寿春，知道此事后便瞪眼怒斥王敦的使者说："你去转

告阿黑，问他怎敢如此无礼！催他马上收兵回去，要是有半刻拖延而不照办的话，我就要领着三千士卒去用长矛刺他的脚，逼迫他回到上游！”王敦听了此话后就按兵不动了。

庾稚恭经常抱有收复中原的志向，不过庾亮当政时，大权不在自己手中；到了庾季坚当了丞相，害怕用兵产生灾祸，和稚恭通过了很长时间不同意见的争论，最后才发兵北伐。庾稚恭倾尽荆州、汉水一带的势力，出动所有的车船，把军队开拔到襄阳驻扎，他聚会下属举行大会，把军队排列开来，自己拉弓搭箭说道：“我此次出征的结果，就看这次射箭了！”于是连发三箭，三次全都射中。士兵们注目观看，勇气立刻增长了十倍。

桓温平定蜀地后，集会部属在李势官殿里摆上酒会，巴、蜀一带的大官绅没有不来参会的。桓温一向有豪放直爽，故而这一天的谈话语调激昂，英姿勃发，畅论古今成败在人，存亡的枢纽在于人才，他仪态俊伟，满座之人无不称赏。散会以后，犹有余味，这时寻阳人周馥说：“可惜的是你们没有看过王大将军！”

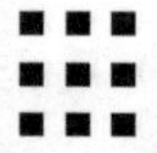

容止第十四

【原文】

魏武将见匈奴使，自以形陋，不足雄远国，使崔季珪代，帝自捉刀立床头。既毕，令间谍[①]问曰："魏王何如？"匈奴使答曰："魏王雅望非常，然床头捉刀人，此乃英雄也。"魏武闻之，追杀此使。

何平叔美姿仪，面至白。魏明帝疑其傅粉，正夏月，与热汤饼[②]。既啖，大汗出，以朱衣自拭，色转皎然。

魏明帝使后弟毛曾与夏侯玄共坐，时人谓"蒹葭倚玉树"。

时人目夏侯太初"朗朗如日月之入怀"，李安国"颓唐如玉山之将崩"。

嵇康身长七尺八寸，风姿特秀。见者叹曰："萧萧[③]肃肃，爽朗清举。"或云："肃肃[④]如松下风，高而徐引[⑤]。"山公曰："嵇叔夜之为人也，岩岩若孤松之独立；其醉也，傀俄[⑥]若玉山之将崩。"

【注释】

①间谍：侦探。②汤饼：汤面。③萧萧：形容攀止潇洒脱俗。

④肃肃：象声词，形容风声。⑤徐引：舒缓悠长。⑥傀俄：倾斜、倒塌的样子。

【译文】

曹操准备接见匈奴使者，自己觉得相貌丑陋，不能够震慑边远之国，便让崔季珪来替代，自己则握着刀站在床榻旁。见完后，曹操派密探去问使者："魏王如何？"匈奴使者答复说："魏王仪容高雅非同寻常，不过床榻旁握刀的人，这才是真英雄啊。"曹操听了这话，派人追杀了这位使者。

何平叔面貌很美，脸非常白。魏明帝怀疑他搽了粉，想查看一下，当时刚好是夏天，就给他吃热汤面。吃完后，大汗淋漓，自己撩起红衣擦脸，脸色反而愈加光洁。

魏明帝曹叡让皇后的弟弟毛曾和夏侯玄坐在一起，当时人们认为是"芦苇倚靠着玉树"。

当时的人评价夏侯玄"精神爽朗就像日月进入他的胸怀"，李安国"精神颓废就像玉山将要崩塌"。

嵇康身高七尺八寸，气度姿容秀美出众。看过他的人都赞叹说："他举止潇洒庄严，气质爽朗俊逸。"有人说："他就像松树间沙沙作响的风，优雅悠长，舒缓自然。"山涛评价他说："嵇叔夜的为人，像挺拔的孤松傲然独立；他醉后的模样，则倾侧得像玉山将要崩塌一样。"

【原文】

裴令公目王安丰："眼烂烂如岩下[①]电。"

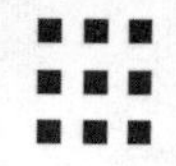

潘岳妙有姿容，好神情[②]。少时挟弹出洛阳道，妇人遇者，莫不连手共萦[③]之。左太冲绝丑，亦复效岳游遨，于是群妪齐共乱唾之，委顿[④]而返。

王夷甫容貌整丽，妙于谈玄，恒捉白玉柄麈尾，与手都无分别。

潘安仁、夏侯湛并有美容，喜同行，时人谓之连璧[⑤]。

【注释】

①眼烂烂：指目光闪闪。烂烂，明亮的样子。岩下：山岩之下，是眉棱下的比喻。②神情：神态风度。③萦：围绕。④委顿：很疲乏。⑤连璧：璧是一种玉器，连璧指两璧相连，比喻并美。

【译文】

中书令裴楷评价安丰侯王安丰说："双目炯炯，像岩石下划过的闪电一样。"

潘岳样子出众，神采仪态优雅。年少时拿着弹弓走在洛阳的大街上，妇女们碰到他，没有不手拉着手围住他的。左太冲相貌极丑，也要仿效潘岳那样出游，最后妇人们一道向他乱吐口水，他只得垂头丧气地回来了。

王夷甫相貌端正漂亮，擅长谈论玄理，常常拿着白玉柄麈尾，白玉的颜色和他的手根本没有分别。

潘安仁和夏侯湛二人都很俊美，喜欢一起行走，当时人们称他们是连璧。

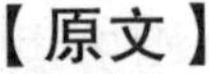

【原文】

裴令公有俊容姿。一旦有疾，至困，惠帝使王夷甫往看。裴方向壁卧，闻王使至，强回视之。王出，语人曰：“双眸闪闪，若岩下电；精神挺动①，体中故小恶。”

有人语王戎曰：“嵇延祖卓卓②如野鹤之在鸡群。”答曰：“君未见其父耳。”

裴令公有俊容仪，脱冠冕，粗服乱头皆好，时人以为玉人③。见者曰：“见裴叔则，如玉山上行，光映照人。”

【注释】

①挺动：摇动，此处指精神分散。②卓卓：形容超群出众，气度不凡。③玉人：比喻容貌美丽的人。

【译文】

中书令裴楷相貌秀美。有一次生病，非常疲乏，晋惠帝让王夷甫去看望他。这时裴楷正对着墙躺着，听到王夷甫来了，勉强转过头来看看。王夷甫出来后，对人说：“他双目炯炯有神，就像山岩下飞逝的闪电；不过精神分散，真的有点不舒服。”

有人对王戎说：“嵇绍卓越超群，就像仙鹤独立于鸡群一般。”王戎说：“可惜的是你没有看过他的父亲！”

中书令裴叔则相貌堂堂，就算脱下礼帽，穿着粗糙衣服头发蓬乱，也十分美，那时人们称他为玉人。看过他的人说：“看见裴叔则，就像在玉山道上走路，光彩照人。”

【原文】

刘伶身长六尺，貌甚丑悴[1]，而悠悠忽忽[2]，土木形骸[3]。”

骠骑王武子是卫玠之舅，俊爽有风姿。见玠，辄叹曰：“珠玉在侧，觉我形秽。”

有人诣王太尉，遇安丰、大将军、丞相在坐。往别屋，见季胤、平子。还，语人曰：“今日之行，触目见琳琅珠玉。”

王丞相见卫洗马，曰：“居然有羸形，虽复终日调畅，若不堪罗绮[4]。”

【注释】

①悴：憔悴。②悠悠忽忽：悠闲、不在意的样子。③土木形骸：不加修饰，质朴自然：④不堪罗绮：不胜罗绮。罗绮：有花纹的丝织品，这里指其体弱。

【译文】

刘伶身高六尺，相貌丑陋，神情憔悴，不过他放浪自适，把形体看作土木一样，不加修饰。

骠骑将军王武子（王济）是卫玠的舅舅，人才俊秀气度高雅。他每次看到卫玠就称赞说：“珠宝美玉在我身边，便觉察出自己相貌丑陋了。”

有人访问太尉王衍，安丰侯王戎、大将军王敦、丞相王导都在。去别的房间，看见王诩、王澄。回去以后，对人说：“今日之

行，满目都是琳琅的珠宝。”

丞相王导看到卫玠后，说：“他显然一副病弱的样子，尽管整天反复调养舒畅身体，不过还是好像弱不胜衣。”

【原文】

王大将军称：“太尉处众人中，似珠玉在瓦石间。”

庾子嵩长不满七尺，腰带十围[①]，颓然[②]自放。

周伯仁道桓茂伦：“嵚崎[③]历落[④]可笑人”。或云谢幼舆言。

卫玠从豫章至下都，人久闻其名，观者如堵墙。玠先有羸疾，体不堪劳，遂成病而死。时人谓看杀卫玠。

周侯说王长史父：“形貌既伟，雅怀有概，保而用之，可作诸许物[⑤]也。”

【注释】

①十围：两手的拇指和食指合拢起来的圆周长是一围，腰宽十围就是很粗的了。②颓然：温和、顺从的样子。③嵚崎：山势高峻貌。④历落：指举止潇洒。⑤诸许物：一切事情。

【译文】

大将军王敦赞赏太尉王衍说：“他站在众人之中，就像珠玉放在瓦砾石块里面。”

庾子嵩身高不满七尺，腰带却有十围之长，不过他本性温和放浪，不自拘束，从容安适。

周伯仁赞叹桓茂伦：“人品奇崛，举止优雅，世多忽略，见笑

于人。”有人说这是谢幼舆说的话。

卫玠从豫章郡到下都时，城中的人们久闻他的美名，赶来看他的人很多，围成一堵堵墙。卫玠本来身体就虚弱，受不了过度的疲惫，于是积劳成疾重病而死。当时的人说是看死了卫玠。

周顗评说长吏王濛的父亲王讷：“身体魁梧，情怀高尚，气度不凡，保持光大，可做任何事情。”

【原文】

祖士少见卫君长[①]云：“此人有旄仗下形[②]。”

石头事故[③]，朝廷倾覆。温忠武与庾文康投陶公求救。陶公云：“肃祖顾命不见及[④]。且苏峻作乱，衅由诸庾，诛其兄弟，不足以谢天下。”于时庾在温船后，闻之，忧怖无计。别日，温劝庾见陶，庾犹豫未能往。温曰：“溪狗[⑤]我所悉，卿但见之，必无忧也。”庾风姿神貌，陶一见便改观，谈宴竟日，爱重顿[⑥]至。

庾太尉在武昌，秋夜气佳景清，佐吏殷浩、王胡之之徒登南楼理咏。音调始遒，闻函道[⑦]中有屐声甚厉，定是庾公。俄而率左右十许人步来，诸贤欲起避之，公徐云：“诸君少住，老子于此处兴复不浅。”因便据胡床[⑧]与诸人咏谑，竟坐甚得任乐。后王逸少下，与丞相言及此事，丞相曰：“元规尔时风范不得不小颓。”右军答曰：“唯丘壑[⑨]独存。”

【注释】

①卫君长：卫永，字君长。②旄（máo）仗下形：指有统帅的形象。③石头事故：指苏峻作乱事。④“肃祖”句：肃祖是晋明帝

的庙号，顾命指君主临终的命令。⑤溪狗：即傒狗。吴人把江西一带的人叫傒狗，是指语音不正说的，含鄙薄意。陶侃本鄱阳人，所以也得此称谓。⑥顿：立时，一下子。⑦函道：楼梯。⑧胡床：交椅，是椅腿交叉，能折叠的一种坐具，即马扎儿。⑨丘壑：指高雅超脱的情趣。

【译文】

祖士少看见卫君长就说："这个人有将帅的风度。"

石头城事变后，朝政大权旁落。温峤和庾亮投靠到陶侃处求救。陶侃说："先帝并没有把扶持朝廷的任务交给我。况且苏峻叛乱，事端是由庾家的人挑起的，就算诛杀了庾家的兄弟，也不能够向天下人谢罪。"此时，庾亮正在温峤的船后，听见陶侃的话，惊恐失措，无计可施。有一天，温峤劝说庾亮面见陶侃，庾亮犹豫不决，不敢前去。温峤说："那傒狗我很了解，您只管去见他，必定不会出事的。"庾亮的风度姿态，神情相貌，使得陶侃一看见他便改变了自己之前的看法，两人畅谈宴饮了一整天，陶侃顿时产生了对庾亮的崇敬之情。

庾亮驻守武昌时，秋夜天气极好，景色清丽，属官殷浩、王胡之等人登上南楼调理音乐，吟诵诗歌。音调渐转高亢时，听见楼梯上传来响亮急促的木屐声，晓得一定是庾亮。一会儿庾亮领着十多位侍从过来，各位属官想立身避开，庾亮缓缓道："诸位请留步，老夫对于此事兴致也不算浅。"这样他便靠在交椅上与大家吟诵说笑，满座的人都很尽兴。此后王羲之东下京都，与丞相王导说起此时，王导说："元规那时的风度气派如今不得不说已稍稍减弱。"王羲之答复说："唯有高雅超脱的情趣依旧保存着。"

自新第十五

【原文】

周处[①]年少时，凶强侠气，为乡里所患，又义兴水中有蛟，山中有邅迹虎[②]，并皆暴犯百姓，义兴人谓为“三横[③]”，而处尤剧。或说处杀虎斩蛟，实冀三横唯余其一。处即刺杀虎，又入水击蛟，蛟或浮或没，行数十里，处与之俱。经三日三夜，乡里皆谓已死，更相庆。竟杀蛟而出，闻里人相庆，始知为人情所患，有自改意。乃自吴寻二陆[④]，平原不在，正见清河，具以情告，并云：“欲自修改，而年已蹉跎，终无所成。”清河曰：“古人贵朝闻夕死，况君前途尚可。且人患志之不立，亦何忧令名不彰邪？”处遂改励[⑤]，终为忠臣孝子。

戴渊[⑥]少时，游侠不治[⑦]行检，尝在江淮间攻掠商旅。陆机赴假还洛，辎重甚盛，渊使少年掠劫。渊在岸上，据胡床指麾左右，皆得其宜。渊既神姿锋颖，虽处鄙事，神气犹异。机于船屋上遥谓之曰：“卿才如此，亦复作劫邪？”渊便泣涕，投剑归机，辞厉非常，机弥重之，定交，作笔荐焉。过江，仕至征西将军。

【注释】

①周处：字子隐，吴义兴阳羡人。②邅迹虎：跛脚老虎。③横：指残暴的东西。④二陆：指陆机、陆云。⑤改励：改正错

误，努力上进。⑥戴渊：字若思，晋广陵（今江苏扬州）人。⑦治：修治，此可理解为注重。

【译文】

周处年少时，凶恶强横，任侠使气，乡里人觉得他是个祸害，又加上义兴水中有蛟龙，山里有邅迹虎，而且都残暴地侵犯百姓，义兴人说是“三横”，而周处尤为严重。有人劝说周处杀死邅迹虎和蛟龙，实际上是希望“三横”只剩下一个。周处随即上山杀死了老虎，又跳入水中杀死了蛟龙，蛟龙或在水里时浮时沉，游了几十里，周处紧紧追赶。经过了三天三夜，乡里人都认为周处已死，相互庆贺。谁知周处竟然杀死了蛟龙，从水中上了岸，知道乡里人互相庆贺，才晓得他为人们所忧患，于是有了悔改的心思。周处到吴郡拜访陆机和陆云，陆机不在，正遇见了陆云，周处把情形告诉了陆云，并说：“我想自己改掉错误，不过年岁蹉跎，恐怕终究难有所成。”陆云说：“古人赞叹朝闻道，夕死可矣，何况你前途可以。而且人只患不立志向，又何必害怕美好的名声不能彰明天下呢？”周处于是改掉错误，激励自己，最终成为忠臣孝子。

戴渊年少时，注重侠义，却不能加强道德修养，曾在长江、淮河一带劫掠商贾旅客。陆机休假后回洛阳，携带的行李物品很多，戴渊指派一些少年抢劫。戴渊那时在岸上，坐在胡床上指挥属下行动，布置得恰到好处。戴渊本来就神采出众，就算干这种偷鸡摸狗的事情，也显得洒脱异常。陆机在船舱里远远地对他说：“你这个才华如此出众的人，为何还要当强盗呢？”戴渊听完痛哭，丢掉佩剑归附了陆机，戴渊言辞慷慨，非同寻常，陆机愈加器重他，两人结为好友，还给他写了推荐信。渡江之后，戴渊官做到了征西将军。

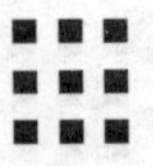

企羡第十六

【原文】

王丞相拜司空，桓廷尉作两髻[1]，葛裙[2]，策杖，路边窥之，叹曰："人言阿龙超[3]，阿龙故自超！"不觉至台门。

王丞相过江，自说昔在洛水边，数与裴成公、阮千里诸贤共谈道。羊曼[4]曰："人久以此许卿，何须复尔？"王曰："亦不言我须此，但欲尔时不可得耳！"

王右军得人以《兰亭集序》方《金谷诗序》，又以己敌石崇，甚有欣色。

王司州先为庾公记室参军，后取殷浩为长史，始到，庾公欲遣王使下都，王自启求住，曰："下官希见盛德，渊源始至，犹贪与少日[5]周旋。"

郗嘉宾得人以己比苻坚，大喜。

孟昶未达时，家在京口。尝见王恭乘高舆，被[6]鹤氅裘[7]。于时微雪，昶于篱间窥之，叹曰："此真神仙中人！"

【注释】

①两髻：将头发向两边分梳成两个发髻。②葛裙：用葛布做

的裙。③阿龙：王导小名赤龙，故称阿龙。超：卓越；出众。④羊曼：字祖延。⑤少日：几日；几天。⑥被：通“披”。⑦鹤氅（chǎng）裘：用鸟羽制成的毛皮外套。

【译文】

丞相王导受任为司空，出任的时候，廷尉桓彝梳起一对发髻，穿着葛裙，拄着拐杖，在路边观看他，赞叹说：“人们说阿龙出众，阿龙确实出众！”不觉随同到官府大门口。

丞相王导渡江南下后，自己说起先前在洛水边，常常和裴然、阮千里各位名流一块儿谈论理。羊曼说：“人们早就用这件事来称赞你了，哪里还需要再如此说呢？”王导说：“也不是说我需要如此，只是想象中那种时光不可能再有罢了！”

王羲之明了有人把《兰亭集序》和《金谷诗序》比较，又把自己和石崇比较，脸上显出了得意之色。

司州刺史王胡之先前出任庾亮的记室参军，此后庾亮又让殷浩担任长史，殷浩刚来，庾亮想派王胡之到京城，王胡之自我表白请求留下，说：“下官很少看到德高望重的人，殷浩才来，我还想多和他叙谈几天。”

郗嘉宾知道有人把自己和苻坚相提并论，非常欣喜。

孟昶还没得志时，家住京口。他曾看到王恭乘坐着高车，身上披着鹤氅裘，那时正下着小雪，孟昶从竹篱笆缝隙里悄悄察看他，赞叹说：“这真是仙人中的人啊！”

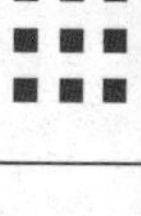

伤逝第十七

【原文】

王仲宣[①]好驴鸣。既葬，文帝临其丧，顾语同游曰："王好驴鸣，可各作一声以送之。"赴客皆一作驴鸣。

王濬冲为尚书令，著公服，乘轺车[②]，经黄公酒垆[③]下过。顾谓后车客："吾昔与嵇叔夜、阮嗣宗共酣饮于此垆。竹林之游，亦预其末[④]。自嵇生夭、阮公亡以来，便为时所羁绁[⑤]。今日视此虽近，邈[⑥]若山河。"

孙子荆以有才，少所推服，唯雅敬王武子。武子丧时，名士无不至者。子荆后来，临尸恸哭，宾客莫不垂涕。哭毕，向灵床曰："卿常好我作驴鸣，今我为卿作。"体似真声[⑦]，宾客皆笑。孙举头曰："使君辈存，令此人死！"

王戎丧儿万子，山简[⑧]往省之，王悲不自胜。简曰："孩抱[⑨]中物，何至于此？"王曰："圣人忘情，最下不及情；情之所钟，正在我辈。"简服其言，更为之恸。

有人哭和长舆曰："峨峨[⑩]若千丈松崩。"

【注释】

①王仲宣：王粲，字仲宣，“建安七子”之一。②轺（yáo）车：用一匹马拉的轻便马车。③黄公酒垆：酒家名。④预其末：参与末座。⑤羁绁（xiè）：本指马的笼头和缰绳，引申为约束、束缚。⑥邈：遥远。⑦体似真声：模仿得像真驴子叫。⑧山简：山涛手。⑨孩抱：指婴儿。⑩峨峨：山势高峻的样子。

【译文】

王仲宣喜欢听驴叫。死后下葬时，魏文帝曹丕来送葬，他转头对同行的人说：“王仲宣喜欢听驴叫，我们每个人学一声驴叫来为他送别吧。”于是送葬的宾客都学了一声驴叫。

王濬冲（名戎）出任尚书令时，穿着官服，乘着轻车，从黄公酒垆旁路过。他转头对坐在车后的客人说：“我曾经和嵇叔夜（名康）、阮嗣宗（名籍）一块儿在这个酒店畅饮。竹林中的游玩，我也跟在后面。自从嵇康早夭、阮籍亡故后，我便被时事束缚住了。今日看到酒店虽说很近，追怀旧事，遥远得像中间隔着山河一样。”

孙子荆自恃有才学，很少推崇佩服别人，不过很敬佩王武子。王武子去世时，那时有名望的人没有不来吊丧的。孙子荆后到，他对着遗体大哭，宾客都感动得落泪。哭完后，他朝着灵床说：“你平时喜欢听我学驴叫，如今我为你再学一次。”他学习得像真驴叫，宾客们都笑了起来。孙子荆抬起头说：“为何会让你们这类人活着，却让这个人去世了呢！”

王戎的儿子王万子离世了，山简去慰问他，王戎悲痛得不能控制。山简说：“孩子尚在怀抱之中，为何如此伤心？”王戎回答：

“圣人忘怀情感，下等人谈不上感情；对感情很深的人，不过我们这些人。”山简听了后心服，愈加为此悲痛了。

有人吊唁和长舆说：“就像巍峨的千丈高松倒下来了。”

【原文】

卫洗马以永嘉六年丧，谢鲲哭之，感动路人。咸和[①]中，丞相王公教[②]曰：“卫洗马当改葬。此君风流名士，海内所瞻，可修薄祭，以敦旧好[③]。”

顾彦先平生好琴，及丧，家人常以琴置灵床上。张季鹰[④]往哭之，不胜其恸。遂径上床鼓琴，作数曲竟，抚琴曰：“顾彦先颇复赏此不？”因又大恸，遂不执孝子手而出。

庾亮儿遭苏峻难遇害。诸葛道明女为庾儿妇，既寡，将改适，与亮书及之。亮答曰：“贤女尚少，故其宜也。感念亡儿，若在初没。”

庾文康[⑤]亡，何扬州[⑥]临葬，云：“埋玉树[⑦]著土中，使人情何能已已！”

王长史病笃，寝卧灯下。转麈尾视之。叹曰：“如此人，曾不得四十！”及亡，刘尹临殡，以犀柄麈尾著柩中。因恸绝[⑧]。

【注释】

①咸和：晋成帝司马衍的年号。②教：诸侯王公的文告。③敦：加深；加厚。旧好：老交情。④张季鹰：即张翰。⑤庾文康：庾亮，谥号文康。⑥何扬州：何充。⑦玉树：这里比喻庾亮美好的形体。⑧恸绝：悲痛得昏死过去。

【译文】

太子洗马卫玠在永嘉六年离世，谢鲲去吊唁他，悲痛得感动了过路的人。咸和时期，丞相王导发布文告说：“卫洗马应该改葬。这位先生是风流名士，受到天下的推崇，大家可以预备些祭品，来加深对他旧日的情谊。”

顾荣平生爱好弹琴，直到去世后，家人还是经常把琴放在他的灵床上。张翰前去哭吊，忍受不了巨大的悲痛，于是就径直上了灵床去弹琴。弹完几曲后，张翰摸着琴说道：“顾荣还能欣赏这琴吗？”于是再次放声痛哭，以至于无心照顾常礼，没有握孝子的手就离开了。

庾亮的儿子庾会在苏峻叛乱中被杀。诸葛道明（诸葛恢）的小女是庾亮儿子的媳妇，守寡后，预备改嫁，诸葛恢写信给庾亮谈到此事。庾亮回信说：“你的女儿还年轻，因而这样做是应该的。念及死去的儿子，好像他刚才去世一样。”

庾亮去世了，扬州刺史何充去参加葬礼，说：“把玉树埋进土里，使人的感情难以安宁啊！”

左长史王濛病危时，躺在灯下。转动着麈尾看了又看。感叹说：“这样的人，居然活不到四十岁！”在他死后，丹阳尹刘惔参加他的入殓礼，把犀牛角柄的麈尾放进棺材里。跟着悲痛得昏死过去。

【原文】

支道林丧法虔[①]之后，精神霣丧[②]，风味转坠。常谓人曰：“昔

匠石废斤于郢人，牙生辍弦于钟子，推己外求，良不虚也。冥契[③]既逝，发言莫赏，中心蕴结，余其亡矣！”却后一年，支遂殒。

郗嘉宾丧，左右白郗公：“郎[④]丧。”既闻不悲，因语左右：“殡时可道。”公往临殡，一恸几绝。

戴公[⑤]见林法师墓，曰：“德音未远，而拱木[⑥]已积。冀神理绵绵[⑦]，不与气运俱尽耳！”

王子敬与羊绥[⑧]善。绥清淳简贵，为中书郎，少亡。王深相痛悼，语东亭云：“是国家可惜人。”

王东亭与谢公交恶。王在东闻谢丧，便出都诣子敬道：“欲哭谢公。”子敬始卧，闻其言，便惊起曰：“所望于法护。”王于是往哭。督帅[⑨]刁约不听前，曰：“官平生在时，不见此客。”王亦不与语，直前哭，甚恸，不执末婢[⑩]手而退。

【注释】

①法虔：支道林的同学。②霣丧：同“陨丧”，指委靡消沉。③冥契：默契。④郎：古时称少主人为郎。⑤戴公：戴逵，⑥拱木：两手合围粗的树。⑦绵绵：连续不断的样子。⑧羊绥：字仲彦。⑨督帅：带兵的官。⑩末婢：谢安儿子谢琰的小名。

【译文】

支道林在法虔离世后，精神委靡，风度也渐渐失去。常常对别人说：“从前匠石因郢人离世而放弃使用斧子，俞伯牙因钟子期去世而终止弹琴，由自己此时的感受推想到他人，的确不是虚言。默

契的知音已经离世，谈话没人能欣赏，心中郁闷难以排解，我不久也要死了！”经过一年，支道林就溘然长逝。

郗嘉宾离世，身边的人禀告郗愔：“少东家离世。”郗愔听后，并不悲伤，接着告诉身边的人：“入殓时再来告诉我。”后来郗愔去参加入殓礼时，一下子悲伤得几乎噎了气。

戴逵看到支道林法师的坟墓，说道：“法师的言谈还没远离耳边，但是墓上的树木却已经合抱了。但愿那精妙的玄理可以绵延不绝，不会跟着年寿命运一起完结啊！”

王子敬和羊绥感情很好。羊绥廉洁敦厚，简约尊重，曾任中书郎，去世时年纪很轻。王子敬深切地伤悼着他，对东亭侯王珣说：“这是国家值得珍重的人！”

东亭侯王珣和谢安有仇。他在会稽听说谢安死了，就来到京城去拜访王献之，示意要去凭吊谢安。王献之之前还躺着，听了他的话后吃惊地坐了起来说道：“这正是我想要你做的。”王珣于是前往谢安家吊丧。谢安帐下的督率刁约不让他进入，说：“大人在世时，就没看过这个客人。”王珣也不理他，直接上前哭吊，十分悲痛，哭完后没和谢琰握手就走了。

栖逸第十八

【原文】

阮步兵啸[1]，闻数百步。苏门山[2]中，忽有真人[3]，樵伐者咸共传说。阮籍往观，见其人拥膝岩侧，籍登岭就之，箕踞[4]相对。籍商略终古，上陈黄、农玄寂之道，下考三代盛德之美，以问之，仡然[5]不应。复叙有为之教、栖神导气之术以观之，彼犹如前，凝瞩不转。籍因对之长啸。良久，乃笑曰："可更作。"籍复啸。意尽，退还半岭许，闻上啾然[6]有声，如数部鼓吹，林谷传响，顾看，乃向人啸也。

嵇康游于汲郡山中，遇道士孙登，遂与之游。康临去，登曰："君才则高矣，保身之道不足。"

山公将去选曹[7]，欲举嵇康，康与书告绝。

李廞[8]是茂曾[9]第五子，清贞有远操，而少羸病，不肯婚宦。居在临海[10]，住兄侍中墓下[11]。既有高名。王丞相欲招礼之，故辟为府掾。廞得笺命[12]，笑曰："茂弘乃复以一爵假[13]人！"

何骠骑弟以高情避世，而骠骑劝之令仕。答曰："予第五之名，何必减骠骑！"

【注释】

①啸：吹口哨。②苏门山：山名。③真人：道教称修行得道的人。④箕踞：伸开两腿坐着，像个簸箕，这是一种不拘礼节的坐法。⑤仡然：指抬头的样子。⑥啾（jiū）然：即“啾然”，形容啸声。⑦选曹：选拔官吏，即吏部郎。⑧李廞：字宗子，江夏钟武（今河南信阳）人。⑨茂曾：即李重，字茂曾。⑩临海：郡名，治所在今浙江临海。⑪墓下：指墓地旁。⑫笺命：授官的文书。⑬假：强加；给予。

【译文】

阮籍的口哨声，在几百步之外都可清晰听到。苏门山中，突然出现了一位得道的真人，樵夫们都相互传说。阮籍前去探望，见那个道士拥着膝盖坐在山岩一侧，阮籍爬上山岭靠近他，伸开两腿与他对视而坐。阮籍讲起远古之时，向上讲述黄帝、神农氏玄远清静的道理，向下论证夏商周三代盛德的美善，并询问道士，他昂着头不答复。阮籍又叙述儒家的治世学说、道家的修炼身心的方法，用以考查他，他依然像前边那样，神情专注，目不转睛。阮籍趁此对他长长地吹了一个口啸。过了许久，道士笑着说：“可再吹一下。”阮籍又吹了一次。待到意兴已尽便归，到了半山腰，听见山上传来之声，就像几种乐器同时鼓吹，在山林幽谷中回响。阮籍转头看时，就是刚才那个人正在吹口哨。

嵇康到汲郡的山中游览，遇见道士孙登，便和他交谈。嵇康临走时，孙登说：“您的能力是很高了，可是保身的办法还欠缺些。”

山涛要选拔吏部郎的官员，预备推荐嵇康出任这个职务，嵇康

就写了一篇《与山巨源绝交书》，断绝了和山涛的交往。

李廞是李茂曾的第五个儿子，他为人清廉操守高尚，但是因自幼体弱多病，而不愿结婚做官。他家在临海郡，住在哥哥李侍中的墓旁。声名越来越大后。丞相王导想聘请他，给予厚遇，招为府掾。李廞收到任命书后，笑着说："茂弘竟然拿官爵来借用人。"

骠骑将军何充的弟弟由于有着高尚的情趣而隐居，何充劝他出去做官。他答复说："以我老五的名声，何尝低于骠骑！"

【原文】

阮光禄在东山，萧然①无事，常内足于怀②。有人以问王右军，右军曰："此君近不惊宠辱，虽古之沈冥③，何以过此？"

孔车骑少有嘉遁④意，年四十余，始应安东命。未仕宦时，常独寝，歌吹自箴诲。自称孔郎，游散⑤名山。百姓谓有道术，为生立庙⑥，今犹有孔郎庙。

南阳刘驎之⑦，高率善史传，隐于阳岐⑧。于时苻坚临江，荆州刺史桓冲将尽讦谟⑨之益，征为长史，遣人船往迎，赠贶⑩甚厚。驎之闻命，便升舟，悉不受所饷，缘道以乞⑪穷乏，比至上明亦尽。一见冲，因陈无用，翛然⑫而退。居阳岐积年，衣食有无，常与村人共。值己匮乏，村人亦如之。甚厚为乡闾所安。

【注释】

①萧然：寂寞清净的样子。②内足于怀：怡然自得。③沈冥：即隐士。④嘉遁：对隐遁的美称。⑤游散：游历，漫游。⑥生

立庙：指在某人活着时给他立庙来纪念他。⑦刘驎之：字子骥。⑧阳岐：村名。⑨讦谟：宏图大计。⑩赠贶（kuàng）：赠送。⑪乞（qì）：给，给予。⑫翛（xiāo）然：无拘无束。

【译文】

阮光禄在东山隐居，清宁悠闲，经常怡然自得。有人就此事问王羲之，王羲之说："这位先生今日宠辱不惊，就算是古代的隐士，又怎么能超越这一点呢？"

车骑将军孔愉年少时有隐居的意向，到四十多岁，才接受安东将军司马睿的任命出去做官。未做官时，他一直是一个人住在山中，歌咏吹弹，告诉自己要谨言慎行。自称孔郎，游览名山大川。百姓认为他有道术，给他立了个生祠，现在还有孔郎庙存在。

南阳刘驎之，做人高尚坦率，很了解历史，隐居在阳岐村。当时苻坚南下到了长江，荆州刺史桓冲想实现宏伟大计，聘请刘驎之担任长史，派人派船前去迎接他，馈赠的礼物也很丰富。刘驎之知道被任命，便上船出发，但半点也没有收用赠送的礼物，而是沿路用来送给贫困百姓，等到了上明，那些礼品也送完了。他一看到桓冲，就陈说自己没有才能，随后就轻松地离开了。他在阳岐村住了多年，衣食用度经常和村里人共同享受。遇上自己缺乏时，村里人也一样这样做。乡里人都感到与他相处十分安适。

【原文】

南阳翟道渊[①]与汝南周子南[②]少相友，共隐于寻阳。庾太尉说周以当世之务，周遂仕。翟秉志弥固。其后周诣翟，翟不与语。

孟万年及弟少孤，居武昌阳新县。万年游宦，有盛名当世。少孤未尝出，京邑人士思欲见之，乃遣信报少孤云："兄病笃。"狼狈至都。时贤见之者，莫不嗟重。因相谓曰："少孤如此，万年可死。"

康僧渊在豫章，去郭[3]数十里立精舍，旁连岭，带[4]长川，芳林列于轩庭，清流激于堂宇[5]。乃闲居研讲，希心[6]理味。庾公诸人多往看之，观其运用吐纳，风流转佳，加已处之怡然，亦有以自得，声名乃兴。后不堪[7]，遂出[8]。

戴安道既厉操东山[9]，而其兄欲建式遏之功[10]。谢太傅曰："卿兄弟志业，何其太殊？"戴曰："下官不堪其忧，家弟不改其乐。"

许玄度隐在永兴南幽穴中，每致四方诸侯之遗[11]。或谓许曰："尝闻箕山人[12]似不尔耳。"许曰："筐篚苞苴，故当轻于天下之宝耳。"

【注释】

①翟道渊：翟汤，字道渊。②周子南：周邵，字子南。③郭：外城。④带：围绕。⑤堂宇：此指室外。⑥希心：潜心，专心。⑦不堪：经不住，不能承受（外人的打扰）。⑧出：出山。⑨厉操东山：指隐居不仕。⑩式遏：意思是遏止侵犯残害百姓。⑪遗：馈赠。⑫箕山人：指唐尧时期隐居箕山的许由。

【译文】

南阳翟道渊和汝南周子南年少时就是好友，两人同在南阳隐居。太尉庾亮以国家大事刺激周子南，周子南就出去做官了。翟道渊依旧坚持自己的志向。后来周子南去看翟道渊，翟道渊一句话也不和他说。

孟嘉和弟弟孟陋，住在武昌阳新县。孟嘉外出做官，在当时有很高的名望。孟陋没有离家到外面去过，京城里的名流想见他，就派人送信给孟陋说："令兄病重。"孟陋立即赶到京城。当时的贤达见到他的，无不赞叹敬重。于是互相说："少孤的才德如此，万年可以死而无憾了。"

康僧渊和尚在豫章郡时，在离城几十里的位置建造庙宇，旁边便是连绵不断的峰峦，大河犹如腰带萦绕在四周，宽敞的庭院排列着繁茂的树林，堂宇下面流淌着清清的泉水。康僧渊于是安然地居住下来，钻研佛经，潜心理悟佛经的精义。庾亮等人经常前去探望，观察他运用吐纳的养生之功后，风度愈加飘逸，他生活在这儿怡然自得，也可以有所体会，名声越来越大。此后不能承受这种有名气的生活，于是就离开了。

戴安道早已隐居于东山，但是他哥哥又想为国家建功立业。太傅谢安便对他哥哥说："你们兄弟两人在志向事业上的差异为何这么大呢？"他哥哥答复说："下官受不了那种忧虑，舍弟却无法改换那种乐趣。"

许玄度在永兴县南边清幽的山洞中隐居，每次收到四方诸侯的馈赠。有的人对他说："我曾经听说过隐居箕山的许由似乎不是这样吧。"许询说："这些器具里的东西，应该比天子的宝座轻微吧。"

贤媛第十九

【原文】

陈婴[1]者，东阳人，少修德行，著称乡党[2]。秦末大乱，东阳人欲奉婴为主，母曰："不可！自我为汝家妇，少见贫贱，一旦富贵，不祥。不如以兵属人，事成，少受其利；不成，祸有所归。"

汉元帝[3]宫人既多，乃令画工图之，欲有呼者，辄披图召之。其中常者，皆行货赂。王明君[4]姿容甚丽，志不苟求，工遂毁为其状。后匈奴来和，求美女于汉帝，帝以明君充行。既召见而惜之，但名字已去，不欲中改，于是遂行。

汉成帝幸赵飞燕，飞燕谗班婕妤[5]祝诅，于是考问。辞[6]曰："妾闻死生有命，富贵在天。修善尚不蒙福，为邪欲以何望？若鬼神有知，不受邪佞之诉；若其无知，诉之何益？故不为也。"

魏武帝崩，文帝悉取武帝宫人自侍。及帝病困[7]，卞后出看疾。太后入户，见直侍并是昔日所爱幸者。太后问："何时来邪？"云："正伏魄[8]时过。"因不复前而叹曰："狗鼠不食汝余[9]，死故应尔！"至山陵，亦竟不临。

赵母嫁女，女临去，敕之曰："慎勿为好[10]！"女曰："不为好，可为恶邪？"母曰："好尚不可为，其况恶乎！"

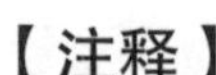

【注释】

①陈婴：秦末人。②乡党：乡里；家乡。③汉元帝：刘奭，西汉皇帝，爱好儒术，缺乏明断，统治期间赋役繁重，宦官干政，西汉政权从此开始由盛转衰。④王明君：即王昭君。⑤婕妤：宫中女官名，帝王妃嫔的称号。⑥辞：指供辞。⑦病困：病情危重。⑧伏魄：亦作“复魄”，招魂。⑨狗鼠不食汝余：此指曹丕的作为，简直狗鼠不如。⑩慎勿为好：古代有种认为做好事会受到好人妒忌的看法。

【译文】

陈婴是东阳人，从年轻时就注重道德修养，在乡里颇负名望。秦末大乱，东阳人要举荐陈婴为领袖，他母亲说：“不行。自打我做了你家的媳妇，年少起就受穷，忽然富贵起来，不吉利。不如把兵权交给别人，事情成功了，多少享受些好处；事情不成，祸患也有人担当。”

汉元帝后宫中的宫女太多了，就让画师给她们画画，想要临幸谁时，就打开图画挑选。那些相貌平平的人，都贿赂画师，以便把自己画得美一些。王昭君姿色容貌十分漂亮，就不想用不正当的手段去求取，于是画工在作画时有意丑化其容貌。此后匈奴来汉朝和亲，向汉元帝求赐美女，汉元帝便把昭君当作美女充数成行。召见之后才觉得可惜，但是昭君的姓名已经告诉匈奴，不想中途更换人以失信，昭君最终还是到匈奴和亲去了。

汉成帝宠爱赵飞燕，飞燕向皇帝进谗言中伤班婕妤祷告鬼神诅

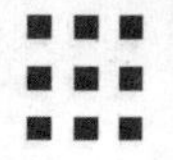

咒她，于是就审问班婕好。她说：“我知道生死命中注定，富贵由天处置。积德行善况且不一定受福报，做邪恶之事又会有什么希望？要是鬼神确实有知觉，不会答应坏人的祷告；要是没有知觉，祷告又有什么用呢？所以我不会做那种事。”

魏武帝曹操去世后，文帝曹丕把武帝的宫女全部留下来侍奉自己。到文帝病危的时候，他母亲卞太后出宫来探望。卞太后一进内室，看到侍奉曹丕的都是先前曹操所宠爱的人。太后就问她们：“什么时候来这儿的？”她们说：“正是武帝招魂时过来的。”太后便不再往前去，感叹道：“狗鼠也不吃你吃剩的东西，真的该死呀！”一直到文帝下葬，太后最后都没去哭吊。

赵母嫁女儿，女儿将要离开的时候，她对女儿告诫说：“一定不要过分做好事！”女儿询问：“不做好事，能够做坏事吗？”母亲说：“好事尚且不能够做，更何况是坏事呢！”

【原文】

许允[①]妇是阮卫尉女，德如[②]妹，奇丑。交礼竟，允无复入理，家人深以为忧。会允有客至，妇令婢视之，还，答曰：“是桓郎。”桓郎者，桓范[③]也。妇云：“无忧，桓必劝入。”桓果语许云：“阮家既嫁丑女与卿，故当有意，卿宜察之。”许便回入内。既见妇，即欲出。妇料其此出无复入理，便捉裾[④]停之。许因谓曰：“妇有四德[⑤]，卿有其几？”妇曰：“新妇所乏唯容尔。然士有百行[⑥]，君有几？”许云：“皆备。”妇曰：“夫百行以德为首。君好色不好德，何谓皆备？”允有惭色，遂相敬重。

许允为吏部郎，多用其乡里，魏明帝遣虎贲⑦收之。其妇出诫允曰："明主可以理夺，难以情求。"既至，帝核问之，允对曰："'举尔所知⑧'，臣之乡人，臣所知也。陛下检校，为称职与不？若不称职，臣受其罪。"既检校，皆官得其人，于是乃释。允衣服败坏，诏赐新衣。初允被收，举家号哭。阮新妇⑨自若云："勿忧，寻还。"作粟粥待。顷之，允至。

许允为晋景王所诛，门生走入告其妇。妇正在机中，神色不变，曰："蚤知尔耳。"门人欲藏其儿，妇曰："无豫诸儿事。"后徙居墓所，景王遣钟会看之，若才流⑩及父，当收。儿以咨母，母曰："汝等虽佳。才具不多。率⑪胸怀与语，便无所忧。不须极哀，会止⑫便止。又可少问朝事。"儿从之。会反，以状对，卒免。

【注释】

①许允：字士宗，高阳人。②德如：即阮侃，字德如。③桓范：字允明，沛郡人。④裾（jū）：大襟，衣服的前襟。⑤四德：指妇德、妇言、妇容、妇功（善于纺织）。⑥百行：指各种好的品行。⑦虎贲（bēn）：官名，主管宫廷宿卫。⑧举尔所知：意思是提拔你所了解的人。⑨新妇：这里泛指已婚妇女。⑩才流：才能和流品。⑪率：顺着。⑫止：指哭泣停止。

【译文】

许允的妻子是阮共的女儿，阮侃的妹妹，相貌十分丑陋。结婚

时行过交拜礼后，许允就不可能再进新房去，家人都为此深感忧愁。正好许允有客人来，新娘就叫婢女去看是哪位，回来后，婢女答复道："是桓郎。"桓郎就是桓范。新娘说："不必担忧了，桓郎一定会劝他进来的。"桓范果然对许允说："阮家既然把丑女许配给你，一定是有用意的，你应当好好体察。"许允就回去新房，见到新娘后，马上就想退出去。新娘料想他这回离开就不会再回来了，便抓紧新郎的衣襟要他留下。许允便对她说："妇人要有四种德行，你有几种？"新娘回答："我所缺少的不过容貌而已。但是士人应具备多方面的品行，你有几种？"许允回答："我全都具备。"新娘说："各方面品行中道德是第一位的，你爱美色而不爱道德，怎么能说都具备呢？"许允听完面有愧色，于是就尊重她了。

许允出任吏部郎的时候，任命的大多是他的同乡，魏明帝知道后，就派虎贲去抓捕他。许允的妻子跟出来告诫他说："对英明的君主只能够用道理去争取，而很难用感情去打动。"到达朝廷，明帝询问这件事。许允答复说："孔子说：'举荐你所了解的人。'臣的同乡，就是臣所了解的人。陛下能够考查、核实一下他们是否称职，要是不称职，臣甘愿接受处罚处分。"经过考查，了解到每个职位都用人得当。就这样释放了他。许允穿的衣服弄坏了，明帝就下诏赏赐给他新衣服。开始，许允被逮捕时，全家都号啕大哭，他的妻子阮氏却神态安然地说："不用担忧，很快就会回来的。"而且煮好了小米粥等着他。一会儿，许允真的回来了。

许允被晋景王杀害，他的弟子跑进来对他的妻子说。他妻子正

在织机上织布，神色不变，说："早就晓得会这样的呀！"弟子想把许允的儿子藏起来，许允妻子说道："与孩子们无关。"此后他们一家迁到许允的墓地里住，景王派大将军府记室钟会去探望他们，命令他说，要是儿子的才干流品赶得上他父亲，就应当逮捕他们。许允的儿子将这事去和母亲商量，母亲说："你们即便都很好。不过才能不大。在交谈时想到什么都能够直说，这样就没有什么可担心的。也不必哀伤过度，钟会不哭了，你们停下不哭。又能够稍微问及朝廷的事。"她儿子照母亲的吩咐去做。钟会归去后，把情况向景王叙述，许允的儿子终于免祸。

【原文】

王公渊娶诸葛诞[①]女，入室，言语始交，王谓妇曰："新妇神色卑下，殊不似公休。"妇曰："大丈夫不能仿佛彦云，而令妇人比踪[②]英杰！"

王经[③]少贫苦，仕至二千石，母语之曰："汝本寒家子，仕至二千石，此可以止乎！"经不能用[④]。为尚书，助魏，不忠于晋，被收[⑤]，涕泣辞母曰："不从母敕，以至今日。"母都无[⑥]戚容，语之曰："为子则孝，为臣则忠，有孝有忠，何负吾邪？"

山公与嵇、阮一面，契若金兰[⑦]。山妻韩氏觉公与二人异于常交，问公，公曰："我当年[⑧]可以为友者，唯此二生耳！"妻曰："负羁之妻亦亲观狐、赵，意欲窥之，可乎？"他日，二人来，妻劝公止之宿，具酒肉。夜穿墉[⑨]以视之，达旦忘反。公入曰："二

人何如？”妻曰：“君才致殊不如，正当以识度相友耳。”公曰：“伊辈亦常以我度为胜。”

王浑妻钟氏生女令淑[10]，武子为妹求简[11]美对而未得。有兵家子有俊才，欲以妹妻之，乃白母。曰：“诚是才者，其地[12]可遗，然要令我见。”武子乃令兵儿与群小杂处，使母帷中察之。既而母谓武子曰：“如此衣形者，是汝所拟者非邪？”武子曰：“是也。”母曰：“此才足以拔萃，然地寒，不有长年，不得申其才用。观其形骨，必不寿，不可与婚。”武子从之。兵儿数年果亡。

【注释】

①王公渊：王广，字公渊。诸葛诞：字公休。②比踪：指德行事迹并列、差不多。③王经：字彦纬，三国魏国人。④用：听从。⑤收：拘捕。⑥都无：完全没有。⑦金兰：指朋友同心同德、志同道合。⑧当年：此生；一生。⑨墉（yǒng）：墙；墙壁。⑩令淑：指容貌好德行高。⑪求简：挑选、寻求。⑫地：门第。

【译文】

王公渊娶诸葛诞的女儿为妻，进到新房，夫妻刚说话，王公渊就对妻子说：“新妇神态容色卑下，很不像你父亲公休。”新妇反唇相讥说：“你作为大丈夫也不像你父亲彦云，却希望一个妇道人家和英雄豪杰并驾齐驱！”

王经年轻时家境贫苦，此后做官做到了二千石的职位时，他母亲对他说：“你原本是贫寒人家的子弟，如今做到二千石这么大的

官，这就可以止步了吧！”王经没有听取母亲的告诫。此后任尚书时，帮助魏朝，对司马氏不忠，被抓捕了。当时他流着泪告别母亲说：“我当初没有听从母亲的教导，以至落到今日这个地步！”他母亲却没有一点悲痛的神情，对他说：“做儿子得尽孝，做臣子得尽忠，你既忠又孝，有何对不起我的呢！”

山涛和嵇康、阮籍一见面，就感到志趣相投。山公的妻子感觉丈夫和这两个人的感情非比寻常，就问他怎么回事，山公说：“我一生可以当作朋友的，只有这两个读书人了！”妻子说：“先前僖负羁的妻子也曾自己观察过狐偃、赵衰，我也想考察他们，允许吗？”有一天，二人来了，妻予劝山涛留他们过夜，给他们预备了酒肉。夜晚，她从墙上凿了个洞去考查这两个人，到了天亮也忘了回去。山涛过来问道：“你觉得这二人如何？”妻子说：“你的学问、情致远远比不上他们，只可以你的见识气度和他们交朋友。”山公说：“他们也总觉得我的气度超过他们。”

王浑的妻子钟氏生的女儿容貌好，德行高，王武子想要给妹妹挑选一个好配偶，还没有寻到。有个军人的儿子，很有才能，武子想把妹妹嫁给他，就将这件事转告了母亲。他母亲说：“要是确实是有才能，可以不计较他的门第，不过要让我瞧一瞧。”王武子就让那个军人的儿子和平民百姓混杂在一块，让母亲从帷幕里观察他。看完之后母亲对王武子说：“穿着如此的衣服，长着如此相貌的青年，就是你为你妹预选的那个人吗？”王武子说：“就是。”母亲说：“这个人的才能完全能够出类拔萃，遗憾的是他出身寒微，如果再不能长寿，就不可能发挥他的才能和作用。然而，看他

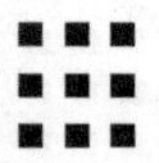

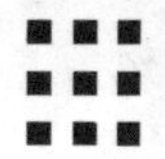

的形貌气质，必定不会长寿，不能和他结为婚姻。”王武子听从了母亲的意思。这个军人的儿子没过几年真的死了。

【原文】

贾充前妇，是李丰女。丰被诛，离婚徙边。后遇赦得还，充先已取郭配[①]女，武帝特听置左右夫人。李氏别住外，不肯还充舍。郭氏语充，欲就省李，充曰：“彼刚介有才气，卿往不如不去。”郭氏于是盛威仪[②]，多将侍婢。既至，入户，李氏起迎，郭不觉脚自屈，因跪再拜。既反，语充，充曰：“语卿道何物？”

贾充妻李氏作《女训》[③]，行于世。李氏女，齐献王[④]妃；郭氏女，惠帝[⑤]后。充卒，李、郭女各欲令其母合葬，经年不决。贾后废，李氏乃祔葬[⑥]，遂定。

王汝南少无婚，自求郝普[⑦]女。司空以其痴，会无婚处，任其意，便许之。既婚，果有令姿淑德，生东海[⑧]，遂为王氏母仪[⑨]。或问汝南：“何以知之？”曰：“尝见井上取水，举动容止不失常，未尝忤观，以此知之。”

王司徒妇，钟氏女，太傅曾孙，亦有俊才女德。钟、郝为娣姒[⑩]，雅相亲重。钟不以贵陵郝，郝亦不以贱下钟。东海家内，则郝夫人之法；京陵家内，范钟夫人之礼。

李平阳[⑪]，秦州[⑫]子，中夏名士，于时以比王夷甫。孙秀[⑬]初欲立威权，咸云：“乐令民望不可杀，减李重者又不足杀。”遂逼重自裁。初，重在家，有人走从门入，出髻中疏示重，重看之色动。人内示其

女，女直叫“绝”，了其意，出则自裁。此女甚高明，重每咨焉。

【注释】

①郭配：字仲南，三国时魏国人。②威仪：服饰仪表。③《女训》：谈论妇女礼仪的书。④齐献王：司马攸，司马昭之子。⑤惠帝：晋惠帝司马衷。⑥祔葬：合葬。⑦郗普：字道匡。⑧东海：指王湛的儿子王承，字安期。⑨母仪：做母亲们的典范。⑩娣姒：妯娌。⑪李平阳：李重，曾任平阳太守。⑫秦州：指李秉，字玄胄。⑬孙秀：字俊忠。

【译文】

贾充的前妻，是李丰的女儿。李丰被杀之后，李丰的女儿离了婚流放到边疆。后来遇到赦免才得以回来，不过这时候的贾充早已娶了郭配的女儿，晋武帝特地同意他设左、右两位夫人。李氏住在外边，不愿回贾家。郭氏就对贾充说想去看望李氏，贾充说：“她性情倔犟，又有才气，你去还不如不去呢。”郭氏拉上了一个威严宏大的仪仗队伍，还带着了一大帮丫鬟。到了之后，一进门，李氏便起身迎接，郭氏却不觉两膝发软，跪下一拜再拜。回去贾府后对贾充诉说，贾充说：“此前我对你说什么来着？”

贾充的妻子李氏撰写了《女训》一书，出版于世。李氏的女儿是齐献王司马攸的妃子；贾充后妻郭氏的女儿，是晋惠帝的皇后。贾充去世之后，李、郭的女儿各自想让母亲与贾充合葬，多年没有决定。此后郭氏的女儿贾皇后被废了，李氏于是与贾充合葬的事，于是敲定了。

汝南内史王湛年少时没人为他提亲，便自己请求和郝普的女儿结婚。他父亲王昶由于他痴呆，正好无处求婚，便随他的心意，同意了。结婚之后，郝氏果然德淑而貌美，后来生了个有出息的儿子王承（任东海太守），便成为王家做母亲的典范。有人问王湛是怎么知道她的？王湛说："一度见她到井边打水，举止仪容不失常态，也没有不顺眼的地方，所以了解她。"

司徒王浑的妻子，是钟家之女，魏朝太傅钟繇的曾孙女，也很有才能，具备很好的德行。钟氏同王湛的妻子郝氏是妯娌，两人关系亲密，互相敬重。钟氏不依仗自己高贵的出身而对郝氏盛气凌人；郝氏也不会因为自己门第的卑微而对钟氏低声下气。东海（王承）家中都以郝夫人的规矩作为行为准则；而京陵（王浑）家中，也以钟夫人的礼节来做行为规范。

平阳太守李重，是秦州刺史李景的儿子，是中原高士，在那时人们把他和名声很高的王夷甫并称。起初孙秀想树立自己的威名和权力，到处说："李重众望所归，不能杀，不如李重的人又不值得杀。"于是就逼李重自杀。先前，李重在家，有人从外面跑进来，从发髻里拿出一封信给李重看，李重看完就脸上变色，拿到内室给他女儿看，他女儿也只喊叫说"完了"，李重晓得她的意思，出来就自杀了。李重这个女儿看法非常高明，李重遇事常常跟她商量。

术解第二十

【原文】

荀勖善解音声，时论谓之“暗解[1]”，遂调律吕，正雅乐[2]。每至正会，殿庭作乐，自调宫商，无不谐韵。阮咸[3]妙赏，时谓“神解”。每公会作乐，而心谓之不调，既无一言直[4]勖。意忌之，遂出阮为始平太守。后有一田父耕于野，得周时玉尺，便是天下正尺[5]。荀试以校己所治钟鼓金石丝竹，皆觉短一黍[6]，于是伏阮神识。

荀勖尝在晋武帝坐上食笋进饭，谓在坐人曰：“此是劳薪[7]炊也。”坐者未之信，密遣问之，实用故车脚[8]。

人有相[9]羊祜父墓，后应出受命君[10]。祜恶其言，遂掘断墓后，以坏其势[11]。相者立视之，曰：“犹应出折臂三公。”俄而祜坠马折臂，位果至公。

【注释】

①解：精通，深。②雅乐：古代帝王用于祭祀、朝贺、宴享等大典的乐曲，要求中正和平、典雅纯正，故称雅乐。③阮咸：字仲容，阮咸曾任散骑侍郎，妙解音律，善弹琵琶。④直：认为……正

确。⑤正尺：标准尺。⑥黍（shǔ）：古长度单位。⑦劳薪：指用车轮当柴火烧。⑧车脚：车轮。⑨相：看风水、堪舆。⑩受命君：接受天命统治天下的君主。⑪势：风水之势、气脉之属。

【译文】

荀勖精通乐音正误，那时的舆论称他为“暗解”。于是他调整音律，校对雅乐。每到正月初一举行朝会，在宫殿中演奏音乐时，他自己调和音乐的节律，没有不音韵和谐的。阮咸精于对音乐的欣赏，那时的人称他为“神解”。每到官府集会奏乐，他常常从内心感到音乐的声律不和谐，他既不提一点意见来纠正荀勖。荀勖心中忌恨他，于是把他调出京城做了始平太守。此后有一个农民在田野里耕地，得到了一把周代的玉尺，这就是天下的标准尺。荀勖试着用它来校正自己定乐的各种乐器，律管都比标准尺短一厘米的长度，于是才佩服阮咸神妙的见识。

荀勖有一次在晋武帝的宴席上吃笋下饭，他对同座的人说：“这是用车轮当柴火做的饭。”座上的人不相信，暗中让人去问厨师，才晓得真的是拿旧车轮作柴火煮成的。

有个看相的人看了羊祜父亲的坟地，说羊家此后会出皇帝。羊祜对他的话很反感，于是就把坟墓后部挖掉，想以此破坏它的风水。算命的站在那里看了后，说：“还会出一个断臂的三公。”没多久羊祜就从马上摔了下来，胳膊断了，后来羊祜官职真的升到了三公。

【原文】

王武子善解马性。尝乘一马，著连钱障泥①，前有水，终日不

肯渡。王云："此必是惜障泥。"使人解去，便径渡。

陈述[②]为大将军掾，甚见爱重。及亡，郭璞[③]往哭之，甚哀，乃呼曰："嗣祖，焉知非福！"俄而大将军作乱，如其所言。

晋明帝解占冢宅[④]，闻郭璞为人葬，帝微服往看，因问主人："何以葬龙角？此法当灭族！"主人曰："郭云此葬龙耳，不出三年，当致天子。"帝问："为是出天子邪？"答曰："非出天子，能致天子问耳。"

郭景纯过江，居于暨阳[⑤]，墓[⑥]去水不盈百步。时人以为近水，景纯曰："将当为陆。"今沙涨，去墓数十里皆为桑田。其诗曰："北阜烈烈，巨海混混。垒垒三坟，唯母与昆。"

王丞相令郭璞试作一卦，卦成，郭意色甚恶，云："公有震厄[⑦]。"王问："有可消伏理不？"郭曰："命驾西出数里，得一柏树，截断如公长，置床上常寝处，灾可消矣。"王从其语，数日中，果震柏粉碎。子弟皆称庆[⑧]。大将军云："君乃复[⑨]委罪于树木！"

【注释】

①连钱：一种花饰，像钱纹。障泥：垫马鞍下的垫子。②陈述：字嗣祖。③郭璞：精通卜筮之术。④占冢宅：判断墓地、房宅的风水吉凶。⑤暨阳：县名，治所在今江苏江阴长寿镇南。⑥墓：当指郭璞母亲的坟墓。⑦震厄：雷击之灾。⑧称庆：道贺。⑨乃复：居然，竟然。

【译文】

王武子善于了解马的脾性。他曾经骑马外出，马背上盖着花饰像线纹的马鞍垫子，遇到前面有条河，马良久不愿渡过。王武子说："这一定是马爱惜泥障。"便叫人解下泥障，马就渡过去了。

陈述出任大将军王敦的侍官，很被王敦喜欢重视。等到他死了，郭璞去哭吊他，哭得非常悲痛，大喊着说："嗣祖（陈述）啊，怎么晓得这不是你的福气！"没多久，大将军王敦爆发叛乱，正应了郭璞所说的话。

晋明帝晓得判断坟宅的吉凶，他知道郭璞为别人找了一块坟地，就换上便服去考察，并问墓地主人："为什么葬在龙角之上？这种葬法会引来灭族之灾的！"墓主回答："郭璞说了，这是安葬在龙耳上，不用过三年，就会招致天子。"晋明帝问："你是说贵门将出天子吗？"主人答复说："不是出天子，不过能招来天子的探问罢了。"

郭景纯到达江南，在暨阳县住下，他母亲的坟墓与大江的距离不到百丈。当时有人觉得离江太近了，景纯说："那儿将会成为陆地。"如今泥沙已经加高了，距离坟墓几十里远的地方都成了农田。郭景纯写诗说："北阜烈烈，巨海混混。垒垒三坟，唯母与昆。"

丞相王导请郭璞给他算一卦，卦算好了，郭璞的神色很不好，说道："您有雷震之灾。"王导询问："有没有消除的方法呢？"郭璞说："坐上车向西走几里路，能看到一棵柏树，把这棵柏树截成和您同样的高度，放在床上常常睡觉的地方，就能够消灾了。"王导听了他的话，几天后，柏树真的被震得粉碎。家里的人都向他祝贺。大将军王教对郭璞说道："你居然把罪过转嫁到树身上！"

技艺第二十一

【原文】

弹棋[1]始自魏宫内用妆奁戏。文帝于此戏特妙，用手巾角拂之，无不中。有客自云能，帝使为之。客著葛巾角，低头拂棋，妙逾于帝。

陵云台楼观精巧，先称平众木轻重，然后造构，乃无锱铢相负揭[2]。台虽高峻，常随风摇动，而终无倾倒之理。魏明帝登台，惧其势危，别以大材扶持之，楼即颓坏。论者谓轻重力偏故也。

韦仲将能书。魏明帝起殿，欲安榜[3]，使仲将登梯题之。既下，头鬓皓然，因敕儿孙勿复学书。

钟会是荀济北从舅[4]，二人情好不协。荀有宝剑，可直百万，常在母钟夫人许。会善书，学荀手迹，作书与母取剑，仍[5]窃去不还。荀勖知是钟而无由得也，思所以报之。后钟兄弟以千万起一宅，始成，甚精丽，未得移住。荀极善画，乃潜往画钟门堂作太傅形象，衣冠状貌如平生。二钟入门，便大感恸，宅遂空废。

【注释】

①弹棋：是一种赌输赢的棋类游戏。②负揭：指秤杆的下垂与

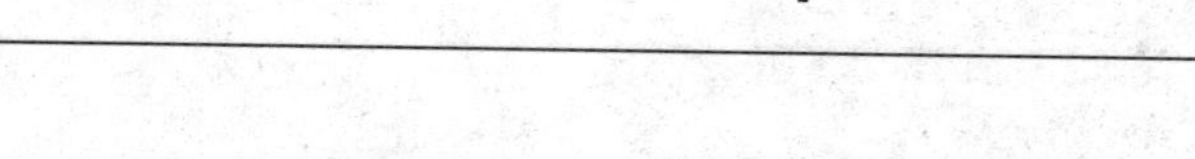

翘起。③安榜：安放匾额。榜，匾额。④从舅：指母亲的叔伯兄弟。⑤仍：于是。

【译文】

弹棋源自魏时宫中的梳妆匣游戏。文帝曹丕玩得十分好，用手巾角一扫，没有击不中的。有位客人自称他也会玩，文帝就让他来玩。客人戴着葛布头巾，他低下头来，用头巾拨击棋子，巧妙超过文帝。

陵云台楼台精致，建造之前先称过全部木材的轻重，使四面所用木材的重量相等，之后才筑台，故而四面重量不差分毫。楼台虽然高峻，常随风摇摆，不过始终不可能倒塌。魏明帝登上陵云台，害怕它情况危险，另外又用大木头支撑着它，楼台马上就倒塌了。舆论认为是重心偏向一边的缘故。

韦诞擅长书法。魏明帝修建宫殿，想安放匾额，让韦诞登上梯子来写匾额。题好字下来后，韦诞的鬓发都变成雪白了，于是他告诉儿孙们今后不得再学书法了。

钟会是荀勖的堂舅，两个人关系不是很好。荀勖有一柄宝剑，价值百万，经常放在母亲钟夫人那里。钟会善于书法，于是便模仿荀勖的笔迹，给荀勖的母亲写信，于是将宝剑偷去不还回来。荀勖知道是钟会干的。不过却没有办法索要回来，于是就想办法报复钟会。此后钟氏兄弟花费千万巨资修建了一所豪宅，才刚建好，非常精美华丽，还没有入住。荀勖很善于画画，于是他便潜入钟会的豪宅，在门堂上画了一幅太傅钟繇的画像，衣冠容貌都跟其活着一样。钟氏兄弟一进门，看见了父亲的画像，就十分感伤悲痛，这样

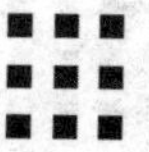

这所住宅从此就闲置不用了。

【原文】

羊长和[1]博学工书，能骑射，善围棋。诸羊后多知书，而射、奕[2]馀艺莫逮。

戴安道就范宣学，视范所为，范读书亦读书，范抄书亦抄书。唯独好画，范以为无用，不宜劳思于此。戴乃画《南都赋》[3]图，范看毕咨嗟，甚以为有益，始重画。

谢太傅云："顾长康画，有苍生[4]来所无。"

戴安道中年画行像甚精妙。庾道季看之，语戴云："神明太俗，由卿世情未尽。"戴云："唯务光[5]当免卿此语耳。"

顾长康画裴叔则，颊上益三毛。人问其故，顾曰："裴楷俊朗有识具[6]，正此是其识具。"看画者寻之，定觉益三毛如有神明，殊胜未安时。

【注释】

①羊长和：羊忱，字长和。②奕：同"弈"，下围棋。③《南都赋》：东汉张衡所作的记述汉朝南都盛况的一篇赋。④苍生：人类。⑤务光：夏朝末年隐士。⑥识具：见识和才能。

【译文】

羊长和知识广博擅长书法，可以骑马射箭，长于下围棋。可羊家后代虽多懂书法，不过射箭、下棋这些技艺，却没有谁能追上羊

长和。

戴安道向范宣学习，处处模仿范宣的行为，范宣读书，他也读书，范宣抄书，他也抄书。只是喜欢绘画这件事，范宣觉得毫无用处，不应该在这里耗费精力。戴安道便画了《南都赋图》，范宣看了，赞不绝口，觉得大有益处，这才开始注重绘画。

太傅谢安评价："顾长康（顾恺之）的画是有人类之后所没有的。"

戴安道中年时画行像画得十分精妙。庾道季看了，对他说道："佛像神韵画得过于俗气，这是由于你的世俗之情还没有全部摆脱的缘故。"戴安道说："只有务光大概才可以避免你这样的评论吧。"

顾长康给裴叔则画像，脸颊上多加了三根胡子。有人问他是什么缘故，顾长康说："裴楷俊逸爽朗，很有才能，这刚好是表现他的才识。"看画的人寻味起画像来，真的觉得增加了三根胡子才更有气韵，远远超过还没有添上的时候。

宠礼第二十二

【原文】

元帝正会，引王丞相登御床，王公固辞，中宗引之弥苦。王公曰："使太阳与万物同晖，臣下何以瞻仰？"

桓宣武尝请参佐入宿，袁宏[①]、伏滔相次而至。莅名[②]，府中复有袁参军，彦伯疑焉，令传教更质[③]。传教曰："参军是袁、伏之袁，复何所疑？"

王珣、郗超并有奇才，为大司马所眷拔。珣为主簿，超为记室参军。超为人多髯，珣状短小，于时荆州为之语曰："髯参军，短主簿，能令公喜，能令公怒。"

许玄度停都一月，刘尹无日不往，乃叹曰："卿复少时不去，我成轻薄京尹。"

孝武的西堂[④]会，伏滔预坐[⑤]。还，下车呼其儿，语之曰："百人高会，临坐，未得他语，先问：'伏滔何在？在此不？'此故未易得。为人作父如此，何如？"

卞范之为丹阳尹。羊孚南州暂还，往卞许，云："下官疾动，不堪坐。"卞便开帐拂褥，羊径上大床，入被须枕。卞回坐倾睐[⑥]，移晨达莫。羊去，卞语曰："我以第一理期卿，卿莫负我！"

【注释】

①袁宏：字彦伯。②莅名：通名，通报来人的姓名。③传教：传达教令的属吏。质：诘问。④西堂：宫殿的西厢。⑤预坐：在坐。⑥倾睐：斜着眼睛看，这里指注目看着。

【译文】

晋元帝在正月初一举行朝贺礼时，拉着丞相王导登上宝座和自己坐在一块儿，王导坚决拒绝，元帝愈加恳切地拉着他。王导说："如果太阳和万物一起发光，臣下又如何瞻仰太阳呢？"

桓温一度请他的属官入府值宿，袁宏、伏滔依此来到。通报来人的姓名时，因府中还有个袁参军，袁宏疑心名单上的袁参军是不是自己，就叫传令官再查问一下。传令官说："参军就是袁伏的袁，还疑心什么？"

王珣、郗超有非同寻常的才干，得到大司马桓温的赏识提拔。王珣担任主簿，郗超担任记室参军。郗超脸上有很多胡须，王珣身材矮小，当时荆州人编了顺口溜说："大胡子参军，小个子主簿，能让桓公高兴，也能让桓公发怒。"

许玄度在京城停留了一个月，丹阳尹刘真长没有哪一天不前去拜访的，于是叹息道："你要是再停留些时候不走，我就成了轻薄职守的京兆尹了。"

晋孝武帝司马曜在宫殿的西厢聚会，伏滔也在场。他回家后，刚下车就叫来他儿子，对他的儿子说："上百人的集会，皇上临就座时，还来不及说别的话，就先问：'伏滔在哪儿？在不在这

儿？’这种优遇真的不容易得到。为人在世做父亲的可以这样，怎么样？”

卞范之出任丹阳尹时。羊孚从南州暂时回京，到达卞范之的家，说：“下官生病了，坐不住。”卞范之就打开罗帐，掸干净褥子，羊孚直接上了大床，钻入被子，枕上枕头。卞范之回到位子上注目看着，悉心照料，从早上直到傍晚。羊孚离开时，卞范之对他说：“我用最高的礼节来款待您，您不可辜负了我！”

任诞第二十三

【原文】

陈留阮籍、谯国嵇康、河内山涛，三人年皆相比，康年少亚[①]之。预此契[②]者，沛国刘伶、陈留阮咸、河内向秀、琅邪王戎。七人常集于竹林之下，肆意酣畅，故世谓“竹林七贤”。

阮籍遭母丧，在晋文王坐，进酒肉。司隶何曾[③]亦在坐，曰：“明公方以孝治天下，而阮籍以重丧[④]显于公坐饮酒食肉，宜流之海外[⑤]，以正风教。”文王曰：“嗣宗毁顿[⑥]如此，君不能共忧之。何谓？且有疾而饮酒食肉，固丧礼也！”籍饮啖不辍，神色自若。

刘伶病酒，渴甚，从妇求酒。妇捐酒毁器，涕泣谏曰：“君饮太过，非摄生之道，必宜断之！”伶曰：“甚善。我不能自禁，唯当祝鬼神自誓断之耳！便可具酒肉。”妇曰：“敬闻命。”供酒肉于神前，请伶祝誓。伶跪而祝曰：“天生刘伶，以酒为名，一饮一斛，五斗解酲[⑦]。妇人之言，慎不可听！”便引酒进肉，隗然[⑧]已醉矣。

【注释】

①亚：次于，小于。②契：契交，情投意合的朋友。③何曾：

字颖考，魏末晋初人。④重丧：重大的丧事，指父母之丧。⑤海外：本指我国国境以外的地方，这里泛指边远地区。⑥毁顿：因哀伤过度而身体憔悴，精神劳累。⑦酲（chéng）：醉酒后神志模糊的状态。⑧隗（wěi）然：醉倒的样子。

【译文】

陈留郡阮籍、谯国嵇康、河内郡山涛，这三个人年岁都相仿，嵇康的年岁比他们稍为小些。参与他们集会的人还有，沛国刘伶、陈留郡阮咸、河内郡向秀、琅邪郡王戎。七个人常常在竹林之下集会，毫无顾忌地开怀畅饮，故而世人称他们为“竹林七贤”。

阮籍给母亲服丧时期，有一次，在晋文王的宴会上喝酒吃肉。司隶校尉何曾那时也在座，对晋文王说：“您用孝道管理天下，不过阮籍身居重丧却大胆在您面前喝酒吃肉，应当把他流放海外，以端正教化。”文王说：“嗣宗哀伤劳苦到这个样子，您不能和我一块为他担忧。为什么呢？再说有病而喝酒吃肉，这原本在丧礼就有啊！”阮籍吃喝不停，神态自若。

刘伶喝酒成疯，想喝酒想得厉害，向他的妻子要酒喝。妻子倒掉酒毁了酒器，哭着劝告道：“您喝得太厉害了，这不是保护身体的办法，一定要戒除它！”刘伶说：“非常好。我不能自己克制，只有在鬼神面前祷告发誓才能戒酒！你能够准备一些酒肉作供品。”他妻子说：“好吧。”便把酒肉供在神前，让刘伶祷告、发誓。刘伶跪着祈祷说：“天生我刘伶，以喝酒闻名，一喝就十斗，五斗除酒病。妇人家的话，千万不可听。”说完就取过酒肉吃喝，

不久就又喝得醉醺醺地倒下了。

【原文】

刘公荣与人饮酒，杂秽非类[1]，人或讥之。答曰："胜公荣者不可不与饮，不如公荣者亦不可不与饮，是公荣辈者又不可不与饮。故终日共饮而醉。"

步兵校尉缺，厨中有贮酒数百斛，阮籍乃求为步兵校尉。

刘伶恒纵酒放达，或脱衣裸形在屋中，人见讥之。伶曰："我以天地为栋宇，屋室为裈衣，诸君何为人我裈中？"

阮籍嫂尝还家，籍见与别，或讥之。籍曰："礼岂为我辈设也？"

阮公邻家妇，有美色，当垆[2]酤酒。阮与王安丰常从妇饮酒，阮醉，便眠其妇侧。夫始殊疑之，伺察，终无他意。

阮籍当葬母，蒸一肥豚，饮酒二斗，然后临诀，直言"穷[3]矣！"都得一号，因吐血，废顿良久。

阮仲容、步兵居道南，诸阮居道北。北阮皆富，南阮贫。七月七日，北阮盛晒衣，皆纱罗锦绮。仲容以竿挂大布犊鼻裈[4]于中庭。人或怪之，答曰："未能免俗，聊复尔耳。"

阮步兵丧母，裴令公往吊之。阮方醉，散发坐床，箕踞不哭。裴至，下席于地，哭，吊唁[5]毕便去。或问裴："凡吊，主人哭，客乃为礼。阮既不哭，君何为哭？"裴曰："阮方外之人，故不崇礼制；我辈俗中人，故以仪轨自居。"时人叹为两得其中。

【注释】

①非类：非同类之人。②垆：酒家安置酒坛的土台。③穷：穷尽。④犊鼻裈（kūn）：一种干杂活时穿的裤裙，无裆形如小牛鼻。⑤噫：同“唁”。

【译文】

刘公荣和别人一起喝酒，常常和身份不同而地位低下的人混杂在一道，有人谴责他。他答复说：“胜过公荣的人，不可不和他一道喝，不如公荣的人，也不能不和他一道喝，和公荣同类的人，更不能不和他一道喝。”故而整天都和别人一起喝得大醉。

步兵校尉的职位出现空缺，那里的厨房里有几百斛贮藏的酒，阮籍就请示担任步兵校尉。

刘伶常常不加节制地喝酒，任性放纵，一度在家里赤身裸体，有人看见了就谴责他。刘伶说：“我把天地当成房屋，把房屋当作我的衣裤，你们为何跑进我裤子里来了呢？”

阮籍的嫂子有一次回娘家，阮籍去看她，跟她道别，有人谴责阮籍。阮籍说：“礼法难道是为我们这种人制定的吗？”

阮籍邻居的妇人，容貌美丽，在酒肆里卖酒。阮籍和安丰侯王戎经常到这个妇人那儿喝酒，阮籍喝醉了，就睡在妇人身旁。那家的丈夫起初很怀疑阮籍，悄悄观察了一阵时间后，发现他自始至终也没有别的意图。

阮籍在葬母亲的时候，蒸熟一只小肥猪，喝了两斗酒，才去向母亲遗体诀别，单单叫：“完了！”总共才号哭了一声，就吐血，

身体受伤，衰弱了很久。

阮咸和他的叔父阮籍住在道南，其他阮姓人户住在道北。道北的阮姓人家都很富贵，道南的阮姓人家都相对贫穷。七月七日，道北的阮家大晒衣服，全是绫罗绸缎，光彩璀璨夺目。仲容（阮咸）却用竹竿撑起粗布裤裙晾在庭院里。有人对此觉得很奇怪，阮咸就回答："无法免除习俗，就只好姑且如此应景罢了。"

步兵校尉阮籍死了母亲，中书令裴楷前去吊丧。阮籍正喝醉了酒，披头散发，张开两腿在坐床上坐着，也不哭。裴楷到后，坐到地上的坐垫上，行哭泣礼，吊丧完毕后就走了。有人询问裴楷："凡是吊唁，主人哭，客人才行礼。阮籍都没有哭，您为什么哭呢？"裴楷回答："阮籍是世俗之外的人，故而不尊崇礼制；我们这些人是世俗之中的人，故而自己要遵守礼法。"那时的人很赞赏他的话，觉得对双方都很适合。

【原文】

诸阮皆能饮酒，仲容至宗人[①]间共集，不复用常杯斟酌，以大瓮盛酒，围坐，相向大酌。时有群猪来饮，直接去上，便共饮之。

阮浑[②]长成，风气韵度似父，亦欲作达。步兵曰："仲容已预之，卿不得复尔。"

裴成公妇，王戎女。王戎晨往裴许，不通径前。裴从床南下，女从北下，相对作宾主，了无异色。

阮仲容先幸姑家鲜卑[③]婢，及居母丧，姑当远移，初云当留婢，既发，定将去。仲容借客驴，著重服，自追之，累骑而返，

曰："人种[4]不可失！"即遥集[5]之母也。

任恺既失权势，不复自检括。或谓和峤曰："卿何以坐视元裒败而不救？"和曰："元裒如北夏门，拉㩮[6]自欲坏，非一木所能支。"

刘道真少时，常鱼草泽，善歌啸，闻者莫不留连。有一老妪，识其非常人，甚乐其歌啸，乃杀豚进之。道真食豚尽，了不谢。妪见不饱，又进一豚，食半余半，乃还之。后为吏部郎。妪儿为小令史，道真超用之。不知所由，问母，母告之，于是赍牛酒诣道真。道真曰："去，去！无可复用相报。"

阮宣子常步行，以百钱挂杖头，至酒店，便独酣畅。虽当世贵盛，不肯诣也。

【注释】

①宗人：同一家族的人。②阮浑：字长成，是阮籍的儿子。③鲜卑：古代住在东北、内蒙古一带的一个民族。④人种：这里指已经怀孕的妇女。⑤遥集：阮孚，字遥集。⑥拉㩮：断裂倾斜。

【译文】

阮家的人都很能够喝酒，阮咸到宗族亲友聚会的时候，便不再用普通的杯子斟酒，而是用大瓮装酒，大家围坐在一块，一起畅饮。这时候有一群猪也来喝酒，阮咸于是就直接爬上大瓮，同猪一块儿饮酒。

阮浑长大成人后，气质风度很像他父亲，也想做放任不羁的

人。步兵校尉阮籍说："仲容已经参与到我们当中来了，你不可以再这样。"

裴成公（裴頠）的妻子，是王戎的女儿。王戎大早上去裴頠的住所，不通报就直接走进卧室。裴頠从床前穿衣下床，妻子从床后下床，和王戎面对面行宾主之礼，没有半点难为情的神色。

阮咸本来已经爱上了姑母家的一个鲜卑族的婢女，到了他为母亲守孝的时候，姑母快要搬到远方去住，刚开始说要把这个婢女留下，不过到了出发的时候，又一定要将其带走。这样阮咸就借了一个客人的驴子，穿着重孝自己去追赶她，之后同这个婢女共骑一头驴回来了，说道："后代的种子是不能丢掉的。"此女就是阮孚的母亲。

任恺失去权力后，便不再检点约束自己。有人对和峤说："你为何看着任恺失势而不去帮忙他呢？"和峤说："任恺就像是北夏门，一旦倾斜断裂就自然要崩塌，这不是一根木头所能支撑得了的。"

刘宝年少的时候，经常在湖沼中捕鱼，他善于歌吟长啸，但凡听到的人无不流连忘返。有一位老妇人，看到了他的与众不同，也十分喜欢他高声吟唱，便杀了一只小猪给他吃。刘宝吃完之后，连谢意都没有。老妇人看他还没吃饱的样子，便又杀了一只小猪给他吃。刘宝这次是吃完了一半，剩下一半，于是就把剩下的交还了老妇人。后来刘宝做了吏部郎，老妇人的儿子只是个小令史，刘宝就破格提升他。老妇的儿子不晓得是什么原因，故而就回家问母亲，母亲告诉他原因，于是老妇的儿子就拿着牛肉和酒去拜访刘

宝。刘宝却答道："走开，走开，我没有什么能够再用来报答你的了。"

阮宣子经常步行，把一百钱挂在手杖上，到了酒店，就独自开怀畅饮。就算是当时的达官显贵，他也不愿去登门拜访。

【原文】

山季伦[①]为荆州，时出酣畅。人为之歌曰："山公时一醉，径造高阳[②]池。日莫倒载归，茗艼[③]无所知。复能乘骏马，倒著白接[④]篱，举手问葛强，何如并州儿？"高阳池在襄阳。强是其爱将，并州人也。

张季鹰纵任不拘，时人号为"江东步兵"。或谓之曰："卿乃可[⑤]纵适一时，独不为身后名邪？"答曰："使我有身后名，不如即时一杯酒。"

毕茂世[⑥]云："一手持蟹螯，一手持酒杯，拍浮[⑦]酒池中，便足了一生。"

贺司空入洛赴命，为太孙舍人，经吴阊门[⑧]，在船中弹琴。张季鹰本不相识，先在金阊亭，闻弦甚清，下船就贺，因共语，便大相知说。问贺："卿欲何之？"贺曰："入洛赴命，正尔进路[⑨]。"张曰："吾亦有事北京[⑩]。"因路寄载，便与贺同发。初不告家，家追问乃知。

【注释】

①山季伦：山简，字季伦。②高阳，酒徒的代名词。③茗艼，

同“酩酊”，形容大醉。④白接，用白鹭身上的长羽毛做装饰的白帽子。⑤乃可：同“哪可，岂可”。⑥毕茂世：即毕卓，字茂世，晋新蔡（今属河南）人。⑦拍浮：浮游，游泳。⑧阊门：姑苏城门名。⑨正尔：正好。进路：走在路上，赶路。⑩北京：指洛阳。

【译文】

山季伦出守荆州时，常常出游畅饮。人们给他编了首歌谣说：“山公时一醉，径造高阳池。日暮倒载归，酩酊无所知。复能乘骏马，倒著白接篱。举手问葛强，何如并州儿？”高阳池在襄阳县。葛强是他的爱将，同是并州人。

张季鹰（张翰）纵情任性，不为礼法所拘，那时的人称他为“江东阮步兵”。有人询问他说：“您当然可以放纵、安逸一时，但怎么不为死后的名声想想呢？”季鹰答复说：“与其让我拥有死后的美名，还不如这会儿喝上一杯酒。”

毕茂世说道：“一只手拿着蟹螯，一只手端着酒杯，在酒池里游泳，就能够了结一生了。”

贺循到洛阳去接受任命，出任太子舍人，路过吴郡的阊门时，他在船中弹琴。张翰原本和他不相识，在金阊亭听见琴声非常清雅，便下到船中去拜会贺循，于是一起交谈，马上就互相赏识。张翰问贺循：“您准备到什么地方去？”贺循回答：“到洛阳接受任命，如今是在去的路上。”张翰说：“我也有事要到洛阳去。”便搭了船，与贺循一起进发。一开始张翰没有告诉家人，等家人追问，才晓得原委。

【原文】

祖车骑过江时，公私俭薄，无好服玩。王、庾诸公共就祖，忽见裘袍重叠，珍饰盈列。诸公怪问之，祖曰："昨夜复南塘一出①。"祖于时恒自使健儿鼓行②劫钞，在事③之人亦容而不问。"

鸿胪卿孔群好饮酒，王丞相语云："卿何为恒饮酒？不见酒家覆瓿④布，日月糜烂？"群曰："不尔，不见糟肉⑤乃更堪久？"群尝书与亲旧："今年田得七百斛秫米⑥，不了麴糵⑦事。"

有人讥周仆射："与亲友言戏，秽杂无检节。"周曰："吾若万里长江，何能不千里一曲⑧！"

温太真位未高时，屡与扬州、淮中估客樗蒲，与辄不竞⑨。尝一过大输⑩物，戏屈⑪，无因得反。与庾亮善，于舫中大唤亮曰："卿可赎我！"庾即送直⑫，然后得还。经此数四⑬。

温公喜慢语⑭，卞令礼法自居。至庾公许，大相剖击。温发口鄙秽，庾公徐曰："太真终日无鄙言。"

周伯仁风德雅重，深达危乱。过江积年，恒大饮酒。尝经三日不醒。时人谓之"三日仆射"。

卫君长为温公长史，温公甚善之。每率尔提酒脯就卫，箕踞相对弥日。卫往温许亦尔。

【注释】

①一出：去一遭，到一趟。②鼓行：此指公开进行。③在事：

居官任职。④瓿（bù）：圆口、深腹、圆足的器物，用来盛酒或水。⑤糟肉：用酒或酒糟腌制的肉。⑥秫（shú）米：高粱。⑦麴糵（qū niè）：酒曲，这里指用酒曲酿酒。⑧“吾若”二句：这里以长江的弯曲比喻自己行为的偏差。⑨竞：得胜。⑩一过：一次。输：交纳。⑪屈（jué）：尽，这里指赌博全输光了。⑫直：同“值”，这里指赎金。⑬数四：好几次，多次。⑭慢语：放纵傲慢的话。

【译文】

祖车骑刚过江时，公家和个人的资产都很贫乏，自供菲薄，没有什么高级贵重的玩物。王导、庾亮这些名流一同去看望祖车骑，突然发现他的皮衣一件又一件，珍贵的东西处处都是。大家都觉得非常惊讶，就问他，祖说：“昨天夜里又到淮河南岸去了一趟。”祖车骑那时总是派一批武士去公开进行抢劫，当权者也不管他，从不追究此等事情。

鸿胪卿孔群喜爱饮酒，丞相王导对他说道：“你为何总是喝酒呢？难道没有看到酒店里用来盖酒坛子的布，时间长了就腐烂了吗？”孔群却说：“不是如此，难道您没有见过糟肉反倒更长久吗？”孔群曾写信给亲戚故友说：“今年田中收成有七百斛高粱，还不够酿酒用。”

有人谴责尚书左仆射周颉：“和亲友谈话说笑，粗野杂乱，不能检点。”周仆射说：“我就像万里长江，如何能长流千里而不拐一个弯！”

温太真（温峤）职位还不高的时候，多次与扬州、淮中的商人赌博，赌一次输一次。曾经有一回，他大大地输了一笔钱，玩得钱都输光了，没有法子回家。他和庾亮感情很好，就在船上大声招呼庾亮说："你快来拿钱赎我！"庾亮就送钱过去，然后他才能够脱身。这种事他做了许多次。

温太真爱好说些放纵傲慢的话，尚书令卞壶以谨言慎行自处。两人到庾亮那儿去，极力互相辩驳、反驳。温太真出口庸俗、粗鄙，庾亮却慢悠悠地说："太真整天都没有一句庸俗的话。"

周颉品德高尚而端庄，能洞察危机。渡江南下多年后，常常尽情饮酒，曾经醉得三天不醒。那时的人称他是"三日仆射"。

卫君长在温峤手下担任长史，温峤十分看重他。常常提着酒肉到卫君长那里去，两个人伸开腿对坐着，饮酒终日。卫君长到温峤那儿也是这个样子。

【原文】

苏峻乱，诸庾逃散。庾冰时为吴郡，单身奔亡。民吏皆去，唯郡卒独以小船载冰出钱塘口，蘧篨[①]覆之。时峻赏募觅冰[②]。属所在搜检甚急。卒舍船市渚，因饮酒醉，还，舞棹向船曰："何处觅庾吴郡？此中便是！"冰大惶怖，然不敢动。监司见船小装狭，谓卒狂醉，都不复疑。自送过浙江[③]，寄山阴魏家，得免。后事平，冰欲报卒，适其所愿。卒曰："出自厮下，不愿名器。少苦执鞭[④]，恒患不得快饮酒。使其酒足余年，毕矣，无所复须。"冰为起大舍，市奴婢。使门内有百斛酒，终其身。时谓此卒非唯有智，且亦达生[⑤]。

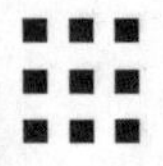

殷洪乔作豫章郡，临去，都下人因附百许函书。既至石头，悉掷水中，因祝[⑥]曰："沉者自沉，浮者自浮，殷洪乔不能作致书邮。"

王长史、谢仁祖同为王公掾。长史云："谢掾能作异舞。"谢便起舞，神意甚暇。王公熟视，谓客曰："使人思安丰。"

王、刘共在杭南，酣宴于桓子野家。谢镇西往尚书墓还，葬后三日反哭[⑦]。诸人欲要之，初遣一信，犹未许，然已停车；重要，便回驾。诸人门外迎之，把臂便下。裁得脱帻，著帽酣宴。半坐，乃觉未脱衰[⑧]。

桓宣武少家贫，戏大输，债主敦求甚切。思自振之方，莫知所出。陈郡袁耽[⑨]俊迈多能，宣武欲求救于耽。耽时居艰，恐致疑，试以告焉。应声便许，略无慊吝。遂变服，怀布帽，随温去，与债主戏。耽素有艺名，债主就局，曰："汝故当不办作[⑩]袁彦道邪？"遂共戏。十万一掷，直上百万数，投马[⑪]绝叫，傍若无人，探布帽掷对人曰："汝竟识袁彦道不？"

王光禄云："酒正使人人自远[⑫]。"

【注释】

①籧（qū）篨（chú）：粗竹席。②赏募觅冰：悬赏捉拿庾冰。③浙江：水名，指钱塘江。④执鞭：拿鞭子赶车，泛指为他人服役。⑤达生：指看逢人生的豁达的处世态度。⑥祝：祷告。

⑦反哭：古代葬礼，葬后奉迎死者神主回祖庙哭祭以安魂灵。⑧衰（cuī）：通“缞”，用粗麻布做的丧服。⑨袁耽：字彦道，陈郡阳夏（今属河南）人。⑩不办作：不可能是。⑪马：摴蒱之马。⑫自远：自然有超逸的情致。

【译文】

苏峻起兵暴发叛乱，庾家的兄弟纷纷逃跑。庾冰当时担任吴郡内史，孤身逃走。当官的和老百姓都跑完了，只有一个衙门的差役自己用小船载着庾冰逃到钱塘江口，之后用粗制的竹席把庾冰遮住。当时苏峻悬赏捉拿庾冰。吩咐当地官员到处搜索，催得十分紧急。那个差役把船停在市镇码头上到沙洲上去买东西，并顺便喝得大醉才回到船上，他挥舞着船桨，并指着船说：“去那儿找庾内史啊？这里面就是！”庾冰惧怕极了，但是也不敢动。负责监察的官员见船舱窄小，认为是差役喝醉了耍酒疯，所以一点都不怀疑。庾冰被差役送到浙江后，寄居在会稽山阴的魏家，才得以脱险。后来叛乱被平定，庾冰想回报差役，给他想要的报答。差役说：“我出身卑贱，不想做官。但是从小因苦于被人差遣，一直都没有痛痛快快地喝过酒。要是能允许我后半辈子总是有酒喝，就很好了，其他再也不需要什么。”故而庾冰就替他盖了一所大宅院，还买了几个奴婢。并让他的屋子里常常有上百斛的酒，一直到老。那时的人们认为这个府役不仅智谋超群，并且为人豁达。

殷洪乔出任豫章郡的太守，快要赴任时，京都的人托他带了上百封信件。到了石头城后，他把那些信全部扔到了水里，并祷告

说："该沉的就自己沉下去吧，该浮的就自己浮上来，我殷羡不可以做那种送信的邮差。"

左长史王濛、谢仁祖都是王导手下的僚属。王濛就说："谢仁祖会跳一种奇异的舞。"谢仁祖就起来跳舞，神色意态十分悠闲自在。王导注目细看，对客人说："真让人想起了王戎。"

王濛、刘惔一起在乌衣巷桓子野（桓伊）家摆宴畅饮。那时，镇西将军谢尚从他叔叔谢尚书（谢裒）的墓地归来，是安葬后三天要重新哭祭。大伙想邀请他共饮，第一次派送信人去请，他还没有同意，但是已经停下了车；再去邀请，就掉转车头来了。大家都到门外迎候，拉着他的手臂下了车。进门后，仅仅除去了头巾，戴着便帽就入座痛饮。吃到一半，才发现尚未脱去孝服。

桓温年少时家里贫穷，赌博输了很多钱，债主急着追要赌债。桓温想要找到一个翻本的法子，不过却想不出来。陈郡袁耽为人豪爽，又多才多艺，桓温想求助于他。袁耽那时正在守孝期间，桓温忧心他会为难，只能试着告诉他这件事。袁耽一听就同意了，一点为难的意思都没有。于是换上便装，怀揣着便帽，随着桓温就走，和债主赌钱。袁耽在才能方面向来就有名气，债主上了赌局后，说："你或者不会像袁耽那样吧？"于是一块儿赌了起来。一掷十万，赌注一直追加到百万之数，袁耽投下筹码时高声叫喊，旁若无人，从怀中掏出布帽扔向对面的债主说："你到底认识袁耽吗？"

光禄大夫王蕴说："酒真的能让每个人在醉梦中忘掉自己，超脱世俗，心怀高远。"

简傲第二十四

【原文】

晋文王功德盛大，坐席[①]严敬，拟于王者。唯阮籍在坐，箕踞啸歌，酣放自若。

王戎弱冠诣阮籍，时刘公荣在坐。阮谓王曰："偶有二斗美酒，当与君共饮，彼公荣者无预焉。"二人交觞[②]酬酢[③]，公荣遂不得一杯，而言语谈戏，三人无异。或有问之者，阮答曰："胜公荣者，不得不与饮酒；不如公荣者，不可不与饮酒；唯公荣，可不与饮酒。"

钟士季精有才理，先不识嵇康，钟要[④]于时贤俊之士，俱往寻康。康方大树下锻，向子期为佐鼓排[⑤]。康扬槌不辍，傍若无人，移时[⑥]不交一言。钟起去，康曰："何所闻而来？何所见而去？"钟曰："闻所闻而来，见所见而去。"

嵇康与吕安[⑦]善，每一相思，千里命驾。安后来，值康不在，喜[⑧]出户延[⑨]之，不入，题门上作"凤"字而去。喜不觉，犹以为欣，故作。"凤"字，凡鸟也。

陆士衡初入洛，咨张公所宜诣[⑩]，刘道真是其一。陆既往，刘尚在哀制[⑪]中。性嗜酒，礼毕，初无他言，唯问："东吴有长柄壶卢，卿得种来不？"陆兄弟殊失望，乃悔往。

王平子出为荆州，王太尉及时贤送者倾路[12]。时庭中有大树，上有鹊巢，平子脱衣巾，径上树取鹊子，凉衣[13]拘阂[14]树枝，便复脱去。得鹊子还下弄，神色自若，旁若无人。

高坐道人[15]于承相坐，恒偃卧其侧。见卞令，肃然改容，云："彼是礼法人。"

【注释】

①坐席：座位，这里指满座的人。②交觞：互相敬酒。觞，酒杯。③酬酢：宾主相互敬酒。④要：同"邀"。⑤鼓排：拉风箱。排，风箱。⑥移时：时隔许久。⑦吕安：字仲悌，晋东平（今属山东）人。⑧喜：嵇喜，字公穆，嵇康之兄。⑨延：接待。⑩所宜诣：应当拜访的人。⑪哀制：礼制规定的居丧期，这里指父母的丧事。⑫倾一路：挤满路，形容人很多。⑬凉衣：贴身的单衣。⑭拘阂：钩住；挂住。⑮高坐道人：晋高僧帛尸黎密多罗的别称。

【译文】

晋文王功绩很大，恩德深厚，满座的客人在他面前都很严肃端庄，把他比拟为王。只有阮籍在座上，张开两腿坐着，啸咏歌唱，痛饮放达，不改常态。

二十来岁的王戎登门访问阮籍，那时正巧刘昶也在坐。阮籍对王戎说："刚好我这里有两斗美酒，应该和你共同饮用，那个刘公荣就不要参与了。"阮籍、王戎两人常常举杯，相互敬酒，刘公荣始终得不到一杯，不过三个人言谈耍笑，和往常一样。有人问阮籍为什么这样做，阮籍答复说："胜过公荣的人，我不可不和他一起

喝酒；比不上公荣的人，又不能不和他一起喝酒；只有公荣这个人，能够不和他一起喝酒。”

钟会十分聪明擅长玄理，早先他并不认得嵇康，后来钟会邀请当时的名流，一块儿去寻访嵇康。遇到嵇康正在大树下打铁，向子期打下手拉风箱。嵇康继续挥动铁槌，并未停下，旁若无人，时隔许久也不和钟士季说一句话。钟士季立身要走，嵇康才问他：“听闻了什么才来的？看到了什么才走的？”钟士季回答：“听闻了所听到的才来，看到了所看到的才走。”

嵇康和吕安相友好，每当有所想念，再远的路也要驾车前去探访。吕安后来去拜会嵇康时，刚好嵇康不在家，嵇喜出门来迎接他，他不进门，在门上写了一个“凤”字就走了。嵇喜并未察觉吕安的用意，还认为他很高兴，故而才题字的。“凤”字意思就是凡鸟。

陆机刚到洛阳时，向张华询问应当拜访的人，张华认为刘宝应是一位。陆机去刘家时，刘宝还在居丧期。刘宝喜欢饮酒，见面行礼后，没说别的话，只是问：“东吴有一种长柄葫芦，你们带种子来了吗？”陆机、陆云兄弟听了很失望，很后悔来拜访这个人。

王平子担任荆州刺史，太尉王衍和那时的名流来送行的人挤满了道路。那时庭院中有一棵大树，树上有喜鹊窝，王平子脱去上衣和头巾，径直爬上树上去掏小喜鹊，内衣钩到树枝就又脱掉。掏到了小喜鹊后又下树玩弄，神色自如，旁若无人。

高坐和尚在丞相王导那儿作客，常常是仰卧在王导身旁。见到尚书令卞望之，却神色恭敬而端庄，说：“他是位谨守礼法的人。”

【原文】

桓宣武作徐州，时谢奕为晋陵，先粗经虚怀[①]，而乃无异常。及桓还荆州，将西之间，意气甚笃，奕弗之疑。唯谢虎子妇王悟其旨，每曰："桓荆州用意殊异，必与晋陵俱西矣。"俄而引奕为司马。奕既上，犹推布衣交。在温坐，岸帻[②]啸咏，无异常日。宣武每曰："我方外司马。"遂因酒，转无朝夕礼[③]。桓舍入内，奕辄复随去。后至奕醉，温往主许避之。主曰："君无狂司马，我何由得相见！"

谢万在兄前，欲起索便器。于时阮思旷[④]在坐，曰："新出门户[⑤]，笃而无礼。"

谢中郎是王蓝田女婿，尝著白纶巾[⑥]，肩舆[⑦]径至扬州听事，见王，直言曰："人言君侯痴，君侯信自痴。"蓝田曰："非无此论，但晚令[⑧]耳。"

王子猷作桓车骑骑兵参军。桓问曰："卿何署[⑨]？"答曰："不知何署，时见牵马来，似是马曹。"桓又问："官有几马？"答曰："不问马，何由知其数？"又问："马比[⑩]死多少？"答曰："未知生，焉知死？"

【注释】

①虚怀：谦虚退让。②岸帻：帻是一种遮住前额的头巾，岸帻就是把帻掀上去露出前额。这表示神态潇洒。③朝夕礼：朝见暮见的礼节。④阮思旷：阮裕，字思旷。⑤新出门户：新兴的名门望族。⑥纶（guān）巾：用丝带做的头巾。⑦肩舆：一种类似轿子的代步工具。⑧晚令：指较晚才出名。⑨何署：在什么部门。⑩比：比来，近来。

【译文】

桓温出任徐州刺史，这时谢奕任扬州晋陵郡太守，开始两人在交往中略为留意谦逊退让，而没有非同一般的交情。到桓温调任荆州刺史，将要西去赴任之时，对谢奕的情意就非常深厚了，谢奕对这种情况并没有什么怀疑。只有他的弟弟谢虎子的妻子王氏懂得了桓温的意图，经常说："桓荆州的用意很不一般，一定是要和晋陵一块儿西行了。"不久桓温引荐谢奕做司马。谢奕到荆州之后，还是很看重和桓温的老交情。在桓温那里，掀起头巾潇洒自由地啸咏吟唱，和往常完全一样。桓温常说"这是我的方外司马。"谢奕便凭借着醉酒，更加没有日常应有的礼节。桓温避开他进到内室，谢奕又跟了进去。后来一直到谢奕喝醉了酒，桓温就到妻子南康公主那儿去躲避。公主说："你没有这样一个狂荡的司马，我怎么有机会见到你！"

谢万在兄长跟前，想起身要便壶。那时阮思旷在座，说道："新兴的门第，坦率而不讲礼节。"

谢万是王述的女婿，王述曾经头扎白色纶巾，坐着轿子直接到扬州出任刺史，谢万看到王述这副打扮，直言说："人们都说君侯您痴呆，您真的痴呆。"王述说："不是没有此种说法，不过到了晚年才出名。"

王徽之出任车骑将军桓冲的参军。桓冲询问："你在哪个公署就职？"回答说："不知在哪个公署，常常看到有人牵着马来，就像马曹。"桓冲又问："公署有多少马？"答复说："不问马，怎么晓得马的数量？"又问道："马近来死了多少？"答复说："不知生，怎么晓得死？"

排调第二十五

【原文】

诸葛瑾[①]为豫州，遣别驾到台[②]，语云："小儿知谈，卿可与语。"连往诣恪[③]，恪不与相见。后于张辅吴[④]坐中相遇，别驾唤恪："咄咄[⑤]郎君！"恪因嘲之曰："豫州乱矣，何咄咄之有？"答曰："君明臣贤，未闻其乱。"恪曰："昔唐尧在上，四凶[⑥]在下。"答曰："非唯四凶，亦有丹朱[⑦]。"于是一坐大笑。

晋文帝与二陈共车，过唤钟会同载，即驶车委去。比出，已远。既至，因嘲之曰："与人期行，何以迟迟？望卿遥遥[⑧]不至。"会答曰："矫然懿实[⑨]，何必同群！"帝复问会："皋繇[⑩]何如人？"答曰："上不及尧、舜，下不逮周、孔，亦一时之懿士[⑪]。"

钟毓为黄门郎，有机警，在景王坐燕饮。时陈群子玄伯、武周子元夏[⑫]同在坐，共嘲毓。景王曰："皋繇何如人？"对曰："古之懿士。"顾[⑬]谓玄伯、元夏曰："君子周而不比，群而不党。"

嵇、阮、山、刘在竹林酣饮，王戎后往，步兵曰："俗物[⑭]复来败人意[⑮]！"王笑曰："卿辈意亦复可败邪？"

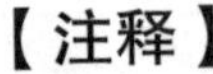

【注释】

①诸葛瑾：字子瑜。②到台：等于说入朝。③恪：诸葛恪，字元逊，诸葛瑾的长子。④张辅吴：张昭，字子布。⑤咄咄：吆喝声，相当于“哎呀”。⑥四凶：传说中尧时的四个恶人。⑦丹朱：尧的儿子，因他不成器，所以尧禅位于舜。⑧遥遥：形容时间长久。⑨矫然：形容高超出众。懿实：指有美德实才的人，懿指美好。⑩皋繇：舜时的法官。⑪懿士：有懿德（美德）的人。⑫玄伯：陈泰，字玄伯。武周：字伯南，三国魏沛国竹邑（今安徽宿县北）人。元夏：武陔，字元夏。⑬顾：掉过头。⑭俗物：俗人；世俗之人。魏晋时名士以脱离世务为清高，常以俗物骂那些和自己不相合的人。⑮败人意：败坏人的意兴，犹言扫兴，败兴。

【译文】

诸葛瑾出任豫州牧时，指派别驾入朝，告诉他说：“我儿子擅长言谈，你可以和他谈一谈。”别驾连着去访问诸葛恪，诸葛恪却不见他。后来在将军张昭座间遇到，别驾喊叫诸葛恪：“哎呀，公子！”诸葛恪趁机讥笑他说：“豫州都乱了，有什么好‘哎呀’的？”别驾回复：“君明臣贤，我没听说豫州乱了。”诸葛恪说：“先前贤明的唐尧在位时，他下面不是也有四个凶人吗？”别驾就说：“不光有四个凶人，他还有一个不肖的儿子丹朱呢。”于是同座的人都大笑起来。

晋文帝和陈骞、陈泰一块儿乘车，当车子路过钟会家时，招呼

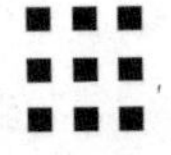

钟会一同乘车。还没等他出来，就丢下他驾车离去了。等他出来，车子已经远去了。他赶到之后，晋文帝借机讥笑他说："与人约好，却迟迟不出来？远远望着你，你却遥遥不至。"钟会答复说："懿德、实才矫然出众的人，为什么必须要合群！"文帝又问钟会："皋繇这人怎样？"钟会答复说："上不如尧舜，下不如周孔，但也是那时的懿德之士。"

钟毓出任黄门侍郎，机智敏锐，在晋景王司马师的宴会上饮酒。当时陈群的儿子陈玄伯、武周的儿子武元夏一块儿在座，大家一起嘲弄钟毓。景王问："皋繇是什么样的人？"钟毓答复说："是古代的懿德之士。"又回头对玄伯、元夏说道："君子周而不比，群而不党。"

嵇康、阮籍、山涛、刘伶在竹林中喝酒，不久王戎也去了，步兵校尉阮籍说："俗物又来破坏我们的意兴了！"王戎笑着说："你们这帮人的意兴也是能被破坏得了的吗？"

【原文】

晋武帝问孙皓："闻南人好作《尔汝歌》[①]，颇能为不？"皓正饮酒，因举觞劝帝而言曰："昔与汝为邻，今与汝为臣。上汝一杯酒，令汝寿万春[②]！"帝悔之。

孙子荆年少时欲隐，语王武子"当枕石漱流[③]"，误曰："漱石枕流。"王曰："流可枕，石可漱乎？"孙曰："所以枕流，欲洗其耳[④]；所以漱石，欲砺其齿。"

头责秦子羽[⑤]云："子曾不如太原温颙[⑥]，颍川荀寓[⑦]，范阳张

华，士卿刘许[8]，义阳邹湛[9]，河南郑诩[10]。此数子者，或謇吃无宫商[11]，或尪陋[12]希言语，或淹伊[13]多姿态，或讙哗少智谞[14]，或口如含胶饴[15]，或头如巾齑杵[16]。而犹以文采可观，意思详序[17]，攀龙附凤，并登天府[18]。"

王浑与妇钟氏共坐，见武子从庭过，浑欣然谓妇曰："生儿如此，足慰人意。"妇笑曰："若使新妇得配参军，生儿故可不啻如此。"

荀鸣鹤、陆士龙[19]二人未相识，俱会张茂先坐。张令共语，以其并有大才，可勿作常语。陆举手曰："云间陆士龙。"荀答曰："日下[20]荀鸣鹤。"陆曰："既开青云，睹白雉，何不张尔弓，布[21]尔矢？"荀答曰："本谓云龙骙骙[22]，定是山鹿野麋。兽弱弩强，是以发迟。"张乃抚掌大笑。

【注释】

①《尔汝歌》：晋时盛行于南方的民歌。②寿万春：寿万年，长寿。③枕石：用石做枕。漱流：用流水来漱口。④洗其耳：洗自己的耳朵，比喻不愿意过问世事。⑤头责秦子羽：晋张敏作《头责秦子羽文》，虚拟了秦子羽这个人物。⑥温颙：字长仁，和任恺、张华等人同朝为官。⑦荀寓（yǔ）：字景伯。⑧刘许：字文生，官至宗正卿。⑨邹湛：字润甫，官至侍中。⑩郑诩：字思渊，曾任卫尉卿。⑪謇（jiǎn）吃：口吃。无宫商：这里指没有抑扬顿挫的音乐美。⑫尪（wāng）陋：瘦弱丑陋。⑬淹伊：扭捏、装腔作势的

样子。⑭哗：声音大而嘈杂，形容议论纷纷。智谞（xū）：智慧。⑮胶饴：黏性很强的糖浆。⑯齑（jī）杵：捣姜、蒜等物的棒槌。⑰意思：思想内容。详序：完备而有条理。⑱天府：指朝廷。⑲荀鸣鹤：荀隐，字鸣鹤，颍川（今属河南）人。陆士龙：陆云。⑳日下：指京都及其附近地区。㉑布：搭放。㉒骙骙（kuí）：强壮的样子。

【译文】

晋武帝问孙皓："据说南方人喜欢写《尔汝歌》，你会写吗？"孙皓正在饮酒，于是就举起酒杯向晋武帝敬酒，并唱诵："昔与汝为邻，今与汝为臣。上汝一杯酒，令汝寿万春！"晋武帝为自己的玩笑追悔莫及。

孙楚年少时想去隐居，他对王济说"要枕石漱流"，误讲成"漱石枕流"。王济说："流水能够作枕，清石能够漱口吗？"孙皓说："之所以要以流水为枕，是希望洗濯自己的耳朵；之所以以清石漱口，是希望磨砺自己的牙齿。"

头颅责备秦子羽说："你居然不如太原温颙、颍川荀寓、范阳张华、士卿刘许、义阳邹湛、河南郑诩。这几个先生，有的口吃，五音不全，有的瘦弱丑陋不善言语，有的阿谀逢迎故作姿态，有的语气高昂而缺才智，有的口里像含着胶糖，有的头像戴着头巾的捣蒜槌一般。不过他们还是因为文章华美可供观览，思想表达周全有序，攀上高贵门第，都登上了朝廷官位。"

王浑和妻钟氏在一块坐着，看到儿子武子从院中走过，王浑高

兴地对妻子说："生个如此的儿子，能够满足人的心意。"钟氏笑着说："要是让我和参军结婚，生的儿子可不仅仅是这个样子。"

荀隐、陆云两人互不认识，他们在张华家碰面。张华让他们交谈，因为他们都有超常的才华，便让他们不要说些普通的话。陆云举手说："云间陆壬龙。"荀隐回答："日下荀鸣鹤。"陆云再说："既然青云已经散开，看到了白色的野鸡，为何不拉开你的弓，搭放你的箭？"荀隐回答："本认为云间之龙很强壮，原来却只是山野间一个四不像。野兽虚弱，弓弩强劲，故而才不急着放箭。"张华听了拍手大笑。

【原文】

陆太尉诣王丞相。王公食[①]以酪。陆还遂病。明日，与王笺云："昨食酪小过[②]，通夜委顿。民虽吴人，几为伧鬼。"

元帝皇子[③]生，普赐群臣。殷洪乔[④]谢曰："皇子诞育，普天同庆。臣无勋焉，而猥颁厚赉[⑤]。"中宗笑曰："此事岂可使卿有勋邪？"

诸葛令、王丞相共争姓族先后。王曰："何不言葛、王，而云王、葛？"令曰："譬言驴马，不言马驴，驴宁胜马邪？"

刘真长始见王丞相，时盛暑之月，丞相以腹熨[⑥]弹棋局，曰："何乃渹[⑦]？"刘既出，人问："见王公云何？"刘曰："未见他异。唯闻作吴语耳。"

王公与朝士共饮酒，举琉璃碗谓伯仁曰："此碗腹殊空，谓之宝器，何邪？"答曰："此碗英英[⑧]，诚为清彻，所以为宝耳。"

谢幼舆谓周侯曰："卿类社树，远望之，峨峨拂青天；就而视之，其根则群狐所托，下聚溷[9]而已。"答曰："枝条拂青天，不以为高；群狐乱其下，不以为浊。聚溷之秽，卿之所保，何足自称！"

王长豫幼便和令[10]，丞相爱恣甚笃。每共围棋，丞相欲举行[11]，长豫按指不听[12]。丞相笑曰："讵得尔[13]？相与似有瓜葛[14]。"

【注释】

①食：让……吃。②过：差池、不舒服。③皇子：指简文帝司马昱。④殷洪乔：殷羡。⑤猥：谦词。赉（lài）：赏赐。⑥熨：贴住、压着。⑦淯（chèng）：意思为冰凉、凉爽。⑧英英：明亮的样子。⑨溷（hùn）：污秽的东西。⑩和令：温顺善良。⑪行：下（棋）。⑫按指不听：指王悦不让王导占据有利位置。⑬得：能。尔：如此，这样。⑭瓜葛：瓜、葛都是蔓生植物，比喻有一定牵连、关系。

【译文】

太尉陆玩去访问丞相王导。王导请他吃奶酪。陆玩归去后就病了。第二天，陆太尉写信与王丞相，信中说："昨日酥酪多吃了点儿，整夜虚弱痰困。我本来是江南人，但差不多做了中原鬼了。"

元帝生了皇子司马昱后，遍赏臣子。殷羡谢恩说："皇子诞生，普天同庆。臣下没有什么功劳，却蒙受皇上厚赏。"元帝笑道："这件事如何能够让你有功劳呢？"

尚书令诸葛恢和丞相王导两人一块儿争论姓氏排序的先后。王导就说："为何不说葛、王，而说王、葛呢？"诸葛恢说："就像说驴马，不说马驴，驴难道就能超过马吗？"

刘惔第一次去见王丞相，那时正是炎热的夏天，王丞相将腹部贴在弹棋的棋盘上，说道："为何这么冰凉啊？"刘惔出去后，有人问他王丞相怎么样，答说："没有看见他有什么特殊的地方，不过听到他说吴语而已。"

王导和朝廷的官员一起饮酒，他举起琉璃碗对周伯仁说："这个碗腹内空空，还称它是宝器，为何呢？"周伯仁答复说："这只碗晶莹华美，真的是清亮光洁，这正是它成为宝物的缘由啊。"

谢幼舆对武城侯周颉说："你像社庙旁边的树，远远地望，高高地挨着青天；靠近了看，它的根下却是群狐托身的地方，其中堆满了污秽的东西。"周侯答复说："枝条接着蓝天，我不觉得它高；群狐在脚下为乱，我不觉得是污浊。而聚集厕所的污秽，是你所独有的，哪里值得自我称赞！"

王长豫小时候就很和善乖巧，丞相王导十分娇惯他。每次和他一块儿下围棋，王导要动子走棋，王长豫就按着父亲的手指不让动。王丞相笑着说："怎么能这样呢？我和你似乎还有些关系吧。"

【原文】

明帝问周伯仁："真长何如人？"答曰："故是千斤犗特[①]。"王公笑其言。伯仁曰："不如卷角牸[②]，有盘辟[③]之好。"

王丞相枕周伯仁膝，指其腹曰："卿此中何所有？"答曰：

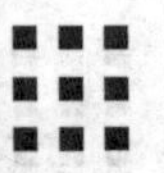

"此中空洞无物，然容卿辈数百人。"

干宝[4]向刘真长叙其《搜神记》，刘曰："卿可谓鬼之董狐[5]。"

许文思往顾和许，顾先在帐中眠，许至，便径就床角枕[6]共语。既而唤顾共行，顾乃命左右取杭[7]上新衣，易己体上所著。许笑曰："卿乃复有行来衣[8]乎？"

康僧渊目深而鼻高，王丞相每调[9]之。僧渊曰："鼻者，面之山；目者，面之渊。山不高则不灵，渊不深则不清。"

何次道往瓦官寺礼拜[10]甚勤。阮思旷语之曰："卿志大宇宙，勇迈终古。"何曰："卿今日何故忽见推？"阮曰："我图数千户郡，尚不能得，卿乃图作佛，不亦大乎？"

庾征西大举征胡，既成行，止镇襄阳。殷豫章与书，送一折角[11]如意以调之。庾答书曰："得所致，虽是败物，犹欲理而用之。"

桓大司马乘雪欲猎，先过王、刘[12]诸人许。真长见其装束单急[13]，问："老贼欲持此何作？"桓曰："我若不为此，卿辈亦那得坐谈[14]？"

褚季野问孙盛："卿国史何当成？"孙云："久应竟。在公无暇，故至今日。"褚曰："古人'述而不作'，何必在蚕室中！"

【注释】

①犗（jiè）特：阉割过的公牛，力大能任重道远。②卷角牸（zì）：老母牛。③盘辟：盘旋进退。④干宝：字令升，博学多才，曾任散骑常侍。⑤董狐：春秋时晋国太史。⑥角枕：用兽角作

装饰的枕头。⑦杭：同“桁”，衣架。⑧行来衣：出门所穿的体面衣服。⑨调：调侃，开玩笑。⑩礼拜：向神佛行礼，表示恭敬。⑪折角：指如意的一角折断了，有残缺。⑫王、刘：指王濛、刘惔。⑬装束单急：谓穿着轻便，指着军装。⑭坐谈：谓坐着清谈。

【译文】

晋明帝询问周伯仁：“真长是什么样的人？”周伯仁答复说：“自然是头能负重千斤的阉牛。”王导嘲笑他说的话。周伯仁就说：“比不上卷角老母牛，有能盘旋进退皆如乘者之意的长处。”

丞相王导枕着周伯仁的膝盖，用手指着他的肚子说：“你这儿有什么东西？”周伯仁答复说：“这里空洞无物，不过能容纳下几百个像你这样的人。”

干宝向刘真长讲述他的《搜神记》，刘真长说：“你可以看作是鬼神中的董狐。”

许文思到了顾和的府上，顾和正在帐子里睡觉，许文思来后，就直接走到床前靠着角枕跟顾和讲话。不久又招呼顾和一起走，顾和便叫侍从去衣架上拿新衣服，换下自己身上的衣服，许文思嘲讽说：“你居然还有专为出门所穿的衣服？”

康僧渊眼眶深鼻梁高，丞相王导常常和他开玩笑。僧渊便说：“鼻子，是面庞上的山脉；眼睛，是面庞上的深渊。山峰要是不高就不显灵，渊要是不深水就不清澈。”

何次道经常去瓦官寺拜佛。阮思旷对他说：“你的志愿囊括宇宙，你的勇气前无古人。”何次道说：“你今日为什么突然推崇起

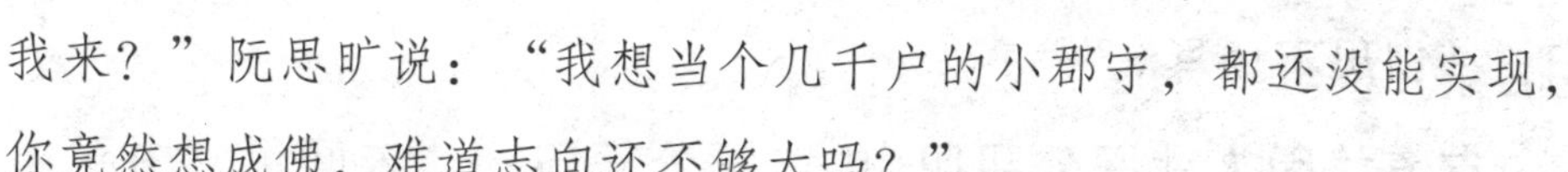

我来？”阮思旷说：“我想当个几千户的小郡守，都还没能实现，你竟然想成佛，难道志向还不够大吗？”

征西将军庾翼大举讨伐胡人，军队出发之后，停留在襄阳防守。豫章太守殷羡给他写信，并送他一个破损了一角的如意来嘲笑他。庾翼回复说：“收到来物，即使是破损了的东西，我仍然想把它修好来用。”

桓温乘着下雪要出外打猎，先到王濛、刘惔等人的住所。刘惔看到他穿着军装，显出单薄而轻便，就询问：“老家伙拿着这些要干啥？”桓温说：“如果我不干这行当，像你们这些人如何能安然坐着清谈呢？”

褚季野询问孙盛：“你写的国史什么时候结束？”孙盛回答说：“早就应该完成了。公务在身没有多少闲暇，才拖到今日。”褚季野说道：“古人只是‘述而不作’，你为什么必定要待在蚕室中呢！”

【原文】

谢公在东山，朝命屡降而不动。后出为桓宣武司马，将发新亭，朝士咸出瞻送[①]。高灵[②]时为中丞，亦往相祖[③]。先时，多少[④]饮酒，因倚如醉，戏曰：“卿屡违朝旨，高卧东山，诸人每相与言：‘安石不肯出，将如苍生何？’今亦苍生将如卿何？”谢笑而不答。

初，谢安在东山居，布衣时，兄弟已有富贵者，翕集[⑤]家门，倾动[⑥]人物。刘夫人[⑦]戏谓安曰：“大丈夫不当如此乎？”谢乃捉鼻

曰："但恐不免耳。"

支道林因人就深公买印山[8]，深公答曰："未闻巢、由买山而隐。"

王、刘每不重蔡公。二人尝诣蔡，语良久，乃问蔡曰："公自言何如夷甫？"答曰："身不如夷甫。"王、刘相目[9]而笑曰："公何处不如？"答曰："夷甫无君辈客。"

张吴兴[10]年八岁，亏齿，先达知其不常，故戏之曰："君口中何为开狗窦[11]？"张应声答曰："正使君辈从此中出入。"

郝隆[12]七月七日出日中仰卧，人问其故，答曰："我晒书。"

【注释】

①瞻送：送别。②高灵：即高崧，字茂琰，小字阿酃，官至侍中。③祖：本指出行时祭祀路神，引申为饯行。④多少：略微；稍微。⑤翕（xī）集：聚集。⑥倾动：使人倾倒而动心。⑦刘夫人：谢安的妻子刘氏，是刘惔的妹妹。⑧印山：当为岇山。⑨相目：相视，互相使眼色。⑩张吴兴：张玄之。字祖希。⑪狗窦：狗洞。⑫郝隆：字佐治，曾任征西将军桓温的参军。

【译文】

谢安在东山隐居，朝廷屡次下令要他做官，他都没有同意。后来出任宣武侯桓温手下的司马，将要从新亭出发，朝廷官员都来送别。高灵那时担任中丞，也前去为他饯行。高灵先已稍微喝了些酒，就依仗醉态嘲戏谢安，说："你几次违反朝廷的旨意，高高地

睡在东山上，大家经常互相说：‘谢安不肯出来，对百姓将怎么办呢？’如今百姓又会怎样呢？”谢安笑笑不作回答。

起初，谢安在东山居住，还是个平民百姓，兄弟里已有人富贵了，他们聚集引来了家族邻里，倾倒了有名声的人。刘夫人（谢安妻）开玩笑地对谢安说：“大丈夫不应当这样吗？”谢安却捏捏鼻子说：“我不过担心免不了而已。”

支道林托人向竺法深买岇山，竺法深答复说：“没有听闻巢父、许由是买了山而隐居的。”

王濛、刘真长经常看不起蔡谟。两人曾经一块儿去拜访蔡谟，谈了很久以后，竟问蔡谟说：“你自觉得与王夷甫比怎么样？”蔡谟答复说：“我不如夷甫。”王濛和刘真长相视而笑，又询问：“你什么地方不如他呢？”蔡谟答复说：“夷甫没有你们这样的客人。”

吴兴太守张玄之八岁那年，门牙脱落，前辈贤达晓得他不寻常，便故意戏弄他说：“你嘴里为何开了个狗洞？”张玄之应声答复说：“正是留给你们这种人从这里进出的。”

郝隆在七月七日那天在太阳底下躺着，有人询问原因，他答复说：“我晒书。”

【原文】

谢公始有东山之志，后严命屡臻①，势不获已②，始就③桓公司马。于时人有饷④桓公药草，中有“远志”。公取以问谢：“此药又名小草，何一物而有二称？”谢未即答。时郝隆在坐，应声答曰：“此甚易解：处则为远志⑤，出则为小草。”谢甚有愧色。桓

公目谢而笑曰："郝参军此过[6]乃不恶，亦极有会[7]。"

庾园客[8]诣孙监，值行，见齐庄在外，尚幼，而有神意[9]。庾试之曰："孙安国何在？"即答曰："庾穉恭家。"庾大笑曰："诸孙大盛，有儿如此。"又答曰："未若诸庾之翼翼[10]。"还，语人曰："我故胜，得重唤奴父名。"

范玄平[11]在简文坐，谈欲屈，引王长史曰："卿助我！"王曰："此非拔山力[12]所能助。"

郝隆为桓公南蛮参军。三月三日[13]会，作诗。不能者罚酒三升。隆初以不能受罚，既饮，揽笔便作一句云："娵隅[14]跃清池。"桓问："娵隅是何物？"答曰："蛮名鱼为娵隅。"桓公曰："作诗何以作蛮语？"隆曰："千里投公，始得蛮府参军，那得不作蛮语也！"

【注释】

①严命：威严之命，此指朝廷征召的命令。屡：多次。臻：至，到达。②势：形势。不获已：不得已。③就：就任。④饷：赠送。⑤远志：一种中草药名，根名为"远志"，叶则为"小草"。⑥此过：此通，即此论。⑦有会：有胜意，有情趣。⑧庾园客：庾爰之，小名园客，是庾翼（字穉恭）的儿子。⑨神意：灵气。⑩翼翼：形容旺盛，兴旺。⑪范玄平：范汪，字玄平。⑫拔山力：力大。⑬三月三日：为上巳节。⑭娵（jū）隅：鱼，古代西南少数民族语。

【译文】

谢安开始抱有隐居东山的志向，后来朝廷征召的命令多次下达，迫不得已，这才出任了桓温属下的司马。当时有人给桓温送药草，其中有“远志”。桓温拿了来问谢安：“这种药又叫作小草，为何一个东西却有两个名称呢？”谢安没有马上答复。当时郝隆在坐，随声答复道：“这很容易解释：待在山里就是远志，出了山林就是小草。”谢安露出了很惭愧的神态。桓温看了看谢安笑着说：“郝参军这一种解答确实不坏，也极有胜意。”

庾园客去访问秘书监孙盛，遇到孙盛外出不在家，看见齐庄在外面，年纪还小，却有一股灵秀之气。庾园客想考查他一下，说：“孙安国在什么地方？”齐庄马上答复说：“在庾稺恭家。”庾园客大笑说：“孙氏家族十分旺盛，有这样的儿子。”齐庄又答复说：“比不上庾氏家族那样翼翼兴旺。”之后齐庄告诉别人说：“我当然是胜了，我能两遍叫了那小子父亲的名字。”

范玄平在简文帝司马昱那儿做客，讲论时就要理屈了，拉着左长史王濛说：“你来帮帮我！”王濛就说：“这并非拔山的大力气所能帮得上忙的。”

郝隆出任桓温的南蛮参军。三月三日上巳节集会时，大家都要作诗。不能作诗的要罚酒三升。郝隆开始因不会作诗而受罚，饮了酒后，拿起笔来就写上一句：“娵隅跃清池。”桓温询问：“娵隅是什么东西？”郝隆答复道：“南蛮人称鱼为鲰隅。”桓温询问：“作诗为什么用蛮语？”郝隆说：“我千里迢迢来投靠您老，才得了个蛮府参军之职，为何能不用蛮语呢！”

【原文】

袁羊[1]尝诣刘恢，恢在内眠未起。袁因作诗调之曰："角枕粲文茵，锦衾烂长筵[2]。"刘尚[3]晋明帝女，主[4]见诗不平，曰："袁羊，古之遗狂！"

殷洪远[5]答孙兴公诗云："聊复放一曲。"刘真长笑其语拙，问曰："君欲云那放？"殷曰："榻腊[6]亦放，何必其枪铃[7]邪？"

桓公既废海西[8]，立简文。侍中谢公见桓公，拜，桓惊笑曰："安石，卿何事至尔？"谢曰："未有君拜于前，臣立于后。"

郗重熙[9]与谢公书，道："王敬仁闻一年少怀问鼎[10]，不知桓公[11]德衰，为复后生可畏？"

张苍梧[12]是张凭之祖，尝语凭父曰："我不如汝。"凭父未解所以[13]，苍梧曰："汝有佳儿。"凭时年数岁，敛手[14]曰："阿翁，讵宜以子戏父？"

【注释】

①袁羊：即袁乔。②角枕粲文茵，锦衾烂长筵：华丽的褥子配上角枕有多么鲜艳；长长的竹席铺着丝被会更加灿烂。③尚：娶公主为妻称为尚。④主：公主，指刘恢的妻子庐陵公主。⑤殷洪远：即殷融。⑥榻（tà）腊：叠韵联绵词，状鼓声。⑦枪铃：钟声和铃声。⑧海西：海西公司马奕。⑨郗重熙：郗昙，字重熙。⑩问鼎：比喻图谋篡位。⑪桓公：指齐桓公，春秋五霸之一。⑫张苍梧：张镇，字义远。⑬所以：缘故。⑭敛手：拱手。

【译文】

袁羊有一回去拜访刘恢，刘恢正在帐中睡觉，还没有起来。袁羊便作诗讥笑刘惔道："角枕粲文茵，锦衾烂长筵。"刘惔迎娶了晋明帝（司马绍）的女儿（庐陵公主），公主看到诗后愤愤不平，说："袁羊是古时狂徒的后代！"

殷融答复孙绰的诗说："您再放一曲。"刘惔就讥笑他的语句拙劣，问道："您想说的是什么放？"殷洪远答复："鼓声也是放，为何一定要放出金石声呢？"

桓温废黜海西公司马奕后，立了简文帝司马昱。侍中谢安看到桓温，行拜礼，桓温惊异地笑着说："谢安石，你为什么至于如此？"谢安说："没有君先行礼，臣后立起来的。"

郗重熙给谢安写信，说"王敬仁听闻一个年轻人图谋篡夺王位的事，不知是桓公德行衰败，还是后生可畏？"

苍梧太守张镇是张凭的祖父，一度对张凭的父亲说道："我不如你。"张凭的父亲不懂得这话的意思，张镇说："你有个出色的儿子。"那时张凭只有几岁，恭恭敬敬地拱手说："爷爷，如何能够拿儿子来取笑父亲呢？"

轻诋第二十六

【原文】

王太尉问眉子："汝叔[①]名士，何以不相推重？"眉子曰："何有名士终日妄语[②]！"

庾元规语周伯仁："诸人皆以君方乐。"周曰："何乐？谓乐毅[③]邪？"庾曰："不尔，乐令耳。"周曰："何乃刻画无盐，以唐突西子也[④]。"

深公云："人谓庾元规名士，胸中柴棘[⑤]三斗许。"

庾公权重，足倾王公。庾在石头，王在冶城[⑥]坐[⑦]，大风扬尘，王以扇拂尘曰："元规尘污人！"

王右军少时甚涩讷[⑧]。在大将军许，王、庾二公后来，右军便起欲去。大将军留之，曰："尔家司空[⑨]、元规，复可所难？"

王丞相轻蔡公，曰："我与安期、千里共游洛水边，何处闻有蔡充儿？"

褚太傅初渡江，尝入东[⑩]，至金昌亭[⑪]，吴中豪右[⑫]燕集亭中。褚公虽素有重名，于时造次不相识别，敕左右多与茗汁[⑬]，少著粽[⑭]，汁尽辄益，使终不得食。褚公饮讫，徐举手共语云："褚季野。"于是四坐惊散，无不狼狈。

王右军在南，丞相与书，每叹子侄不令，云："虎豚、虎犊，还其所如⑮。"

褚太傅南下，孙长乐于船中视之。言次，及刘真长死，孙流涕，因讽咏曰："人之云亡，邦同殄瘁⑯。"褚大怒，曰："真长平生，何尝相比数⑰，而卿今日作此面向人！"孙回泣向褚曰："卿当念我！"时咸笑其才而性鄙。

【注释】

①汝叔：即王澄，王平子。②妄语：胡说，虚妄不实的话。③乐毅：战国时燕国人。④"何乃"二句：指用丑妇来比美女，比拟不伦不类。⑤柴棘：柴草荆棘，比喻容易伤人的东西。⑥冶城：冶城属于丹阳郡，王导在西晋末年曾任丹阳太守，疑其驻在地为冶城。⑦坐：驻守。⑧涩讷：语言迟钝，不善言辞。⑨司空：指王导，曾为司空。⑩东：对建康来说，吴郡、会稽为东。⑪金昌亭：亭名，在苏州城西门附近。⑫豪右：豪门大族。⑬茗汁：茶水。⑭著：放置。粽：用蜜浸渍的瓜果蜜饯。⑮"虎豚"二句：豚的原意是猪，犊的原意是小牛。这句指两人才质低下，正如各自的小名一样。⑯殄瘁：困苦。⑰比数：并列，相提并论。

【译文】

太尉王衍询问眉子说："你叔父是名士，你为何不推崇他？"眉子说："哪有名士整日在胡说八道呢！"

庾元规告诉周伯仁："人们将你和乐氏相提并论。"周伯仁答复："是哪个乐氏？是指乐毅吗？"庾元规说："并非这样的，是

乐令啊。”周伯仁说：“为何描绘无盐来冒犯西施呢？”

深公（竺法深）说：“大家说庾元规是著名人士，其实他胸中不过三斗多柴草。”

庾亮权势很大，能够压倒王导。庾亮在石头城，王导驻守在冶城，大风刮起灰尘，王导用扇子拂去灰尘说：“庾亮刮来的灰尘把我都弄脏了！”

右军将军王羲之年轻时很不擅长说话。他在大将军王敦府上，王导和庾元规两人此后也来了，王羲之便立身要走。王敦挽留他，说：“是你家的司空和元规两个，又有什么可为难的？”

丞相王导看不起蔡公（蔡谟），他说：“我和王安期、阮千里在洛水边游玩时，哪儿听说过蔡充的儿子呢？”

褚太傅刚渡江南下时，一度往东边去，到达金昌亭，吴地的豪门大族正在亭中喝酒聚会。褚公虽然向来有很高的名望，但那时匆忙之中却没有被人认出来，主事者就命令身旁侍从多给他茶水，少放蜜饯，茶水喝完了就马上添满，使他终究吃不到杯里的东西。褚公喝完了茶水，慢慢地举手对大家说：“我是褚季野。”于是满座的人都惊慌走散，全部狼狈不堪。

右军将军王羲之在南方，丞相王导给他写信，经常慨叹子侄辈资质平庸，说：“虎豚、虎犊，就像他们的名字一样。”

太傅褚季野到南方去，长乐侯孙绰到船上去拜访他。言语之间，说到了刘真长离世，孙绰流下了眼泪，就诵唱道：“人之云亡，邦国殄瘁。”褚季野非常生气地说：“刘真长生前何曾看得起你，你今日却在人前做出此种面目！”孙绰收回泪水对褚太尉说：

“你应当怜悯我！”那时人们都笑他有才而品德低下。

【原文】

谢镇西[①]书与[②]殷扬州，为真长求会稽，殷答曰：“真长标同伐异，侠之大[③]者。常谓使君降阶[④]为甚，乃复[⑤]为之驱驰[⑥]邪？”

桓公入洛，过淮泗，践北境，与诸僚属登平乘楼[⑦]，眺瞩中原，慨然曰：“遂使神州陆沉[⑧]，百年丘墟。王夷甫诸人不得不任其责！”袁虎率尔对曰：“运自有废兴，岂必诸人之过？”桓公懔然作色，顾谓四坐曰：“诸君颇闻刘景升[⑨]不？有大牛重千斤，啖刍豆[⑩]十倍于常牛，负重致远，曾不若一羸牸[⑪]。魏武入荆州，烹以飨士卒，于时莫不称快。”意以况袁。四坐既骇，袁亦失色。

袁虎、伏滔同在桓公府，桓公每游燕，辄命袁、伏。袁甚耻之，恒叹曰：“公之厚意，未足以荣国士[⑫]，与伏滔比肩[⑬]，亦何辱如之！”

高柔[⑭]在东，甚为谢仁祖所重。既出，不为王、刘所知。仁祖曰：“近见高柔大自敷奏[⑮]，然未有所得。”真长云：“故不可在偏地居，轻在角䚥[⑯]中为人作议论。”高柔闻之，云：“我就伊[⑰]无所求。”人有向真长学此言者，真长曰：“我实亦无可与伊者。”然游燕犹与诸人书：“可要安固。”安固者，高柔也。

刘尹、江虨、王叔虎、孙兴公同坐，江、王有相轻色。虨以手歙[⑱]叔虎云：“酷吏！”词色甚强。刘尹顾谓：“此是瞋邪？非特是丑言声、拙视瞻[⑲]。”

孙绰作《列仙·商丘子赞》曰："所牧何物？殆非真猪。傥[20]遇风云，为我龙摅[21]。"时人多以为能。王蓝田语人云："近见孙家儿作文，道'何物真猪'也。"

【注释】

①谢镇西：即谢尚，字仁祖，晋陈郡（今河南淮阳）人。②书与：写信给。③侠：通"狭"，气量狭小。大：形容程度深。④降阶：降低身份。⑤乃复：居然，竟然。⑥驱驰：比喻奔走效力。⑦平乘楼：大船的船楼。⑧陆沉：比喻国家动乱，国土沦陷。⑨刘景升：即刘表，字景升。⑩刍豆：喂牲口的草料和豆料。⑪羸牸（zì）：瘦弱不堪的母牛。⑫国士：一国所推崇的杰出人物。⑬比肩：并肩，这里指平起平坐。⑭高柔：字世远，乐安县人。⑮敷奏：向君主进言陈事。⑯角䐀（nuò）：屋角，角落。⑰就伊：亲近他，和他交往。⑱歙：用力进逼、提拿等威慑、胁迫的动作。⑲视瞻：指顾盼的眼神。⑳傥：倘若。㉑摅：飞腾。

【译文】

镇西将军谢尚写信给扬州刺史殷浩，替刘真长求取会稽的官职，殷浩答复说："真长标榜同道伐除异己，是个大角色。他经常说州郡长官降职太过分，居然又要为他奔走效力吗？"

桓温进兵洛阳，途经淮水、泗水，踏上北方地区，和下属们登上船楼，远望中原，感叹地说道："终究使国土沦陷，长时间成为废墟。王夷甫等人不能不担当这一罪责！"袁虎轻率地回复说：

"国家的命运本来有兴有衰，难道是他们的过失？"桓温神色威严，面带怒容，环顾满座的人说："大家多少都听说过刘景升吧？他有一条千斤重的大牛，吃的粮草，比普通牛多十倍，但是拉起重载走远路，居然连一头瘦弱的母牛都不如。魏武帝进到荆州后，把大牛杀了来慰劳士兵，那时没有人不叫好。"桓温本意是用大牛来比喻袁虎。在座的人都震惊了，袁虎也大惊失色。

袁虎和伏滔都在桓温的大司马府中任职，桓温每当游乐宴饮，都叫袁虎、伏滔陪同。袁虎对此觉得非常羞愧，经常对桓温叹息说："您的深厚情意，不能够使国士感到荣耀，把我和伏滔一样看待，还有什么耻辱比这更甚的呢！"

高柔在东边，深受谢仁祖看重。到京城以后，却不被王濛、刘真长所赏识。仁祖说："近来看到高柔极力自陈奏进，却毫无成绩。"刘真长说："故而不能在偏僻的地方居住，随便地待在哪个角落，只会被人当作议论的对象。"高柔听见这句话，说："投奔他不图什么。"有人向刘真长把高柔的话学着说了，真长说："我真的也没有什么能够给他。"然而游乐宴会还是给众人写信说："可以邀请安固令。"安固令，便是高柔。

丹阳尹刘惔、江虨、王叔虎、孙兴公坐在一块儿，江虨和王叔虎之间相互露出看不起的神色。江虨用手逼迫王叔虎说："酷吏！"言语和表情都很严厉。刘惔看着他说："这叫发脾气吗？不仅仅是说话难听、眼神难看。"

孙绰作《列仙传·商丘子赞》讲道："所放牧的是什么呢？恐怕不是真正的猪。假使遇到风云变化，会载着我像龙一样飞腾而去。"那时的人大都觉得他有才能。蓝田侯王述告诉别人说："最

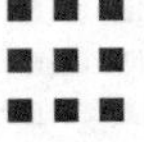

近看到孙家那小子写文章，写到‘何物真猪’呢。”

【原文】

桓公欲迁都[1]，以张拓定之业[2]。孙长乐上表谏。此议甚有理。桓见表心服，而忿其为异[3]。令人致意[4]孙云：“君何不寻《遂初[5]赋》，而强知[6]人家国事[7]！”

孙长乐兄弟就谢公宿，言至款杂[8]。刘夫人在壁后听之，具闻其语。谢公明日还，问：“昨客何似？”刘对曰：“亡兄[9]门未有如此宾客。”谢深有愧色。

简文与许玄度共语，许云：“举君亲[10]以为难。”简文便不复答，许去后而言曰：“玄度故可不至于此。”

谢万寿春败后还，书与王右军云：“渐负宿顾[11]。”右军推书曰：“此禹、汤之戒[12]。”

蔡伯喈[13]睹睐笛椽[14]，孙兴公听妓，振且摆折[15]。王右军闻，大嗔曰：“三祖寿[16]乐器，虺瓦吊[17]孙家儿打折。”

王中郎与林公绝不相得[18]。王谓林公诡辩，林公道王云：“著腻颜帢[19]，缔布[20]单衣，挟《左传》，逐郑康成[21]车后，问是何物尘垢囊[22]？”

【注释】

①欲迁都：东晋穆帝永和十二年（公元356年），桓温请求迁都洛阳。②拓定之业：此指北伐收复失地。③为异：提出异议。④

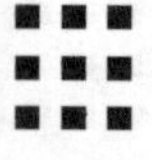

致意：传话，转告。⑤寻：重温。遂初：遂其初愿，谓去官隐居。⑥强：强行。知：管，过问。⑦家国事：国事，政务。⑧款杂：空泛驳杂。⑨亡兄：指已死的刘真长，是谢安的大舅哥。⑩君亲：君主和父母双亲。⑪宿顾：指平素的关照。⑫禹、汤之戒：讥讽谢万只是表面上承认错误。⑬蔡伯喈：蔡邕，字伯喈，东汉人。⑭笛椽，疑当作“椽笛”，指用屋上竹椽做成的笛子。⑮摆折：指敲打折断了。⑯三祖台：疑指铜雀台，三祖指魏太祖曹操、魏高祖曹丕、魏烈祖曹睿。⑰虺（huǐ）瓦：是对女子的蔑称。吊：怜惜。⑱相得：彼此合得来。⑲颜帢：魏代士人戴的一种便帽，前面横缝着。⑳缔布：古代的一种粗葛布。㉑郑康成：郑玄，字康成，东汉时的经学大师，遍注群经。㉒尘垢囊：装灰尘和污垢的口袋。

【译文】

桓公（桓温）想要迁徙首都，用来扩张和北伐收复的失地。长乐侯孙绰上奏表谏止。这个奏议很有道理。桓温看完奏表心中赞叹佩服，但恨孙绰提出异议。让人向孙绰传话说：“你为何不重温《遂初赋》，而强行去管别人的国家事呢！”

长乐侯孙绰兄弟到谢安那里投宿，言辞空洞而又驳杂。谢安妻子刘夫人在隔壁听见了他们的谈话。谢安第二天回去内室，问刘夫人客人怎么样，刘夫人答复说：“我死去的兄长（刘惔）家里没有这样的宾客。”谢安神色很惭愧。

简文帝司马昱和许玄度在一块儿谈论，许玄度说：“指出君主和父母双亲谁更重要是困难的。”简文帝便不再答复，许玄度走后

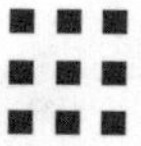

他才说："玄度原本可以不这样说话。"

谢万在寿春失败后归来，写信给右军将军王羲之说道："很惭愧辜负了你平常对我的关照。"王羲之推开信说："这是夏禹、商汤劝诫自己的话。"

蔡伯喈看到竹椽用它制成竹笛，孙兴公听到歌女唱歌时，敲击竹笛而且把它弄断了。右军将军王羲之知道后，十分气愤地说："这是祖上三代留下来的乐器，被孙家儿子打破了。"

北中郎将王坦之和支道林彼此十分合不来。王坦之觉得支道林只会诡辩，支道林评价王坦之说："戴着油腻的古帽，穿着粗布单衣，携着《左传》，跟着郑康成的车子后面跑，请问这是什么尘垢口袋啊？"

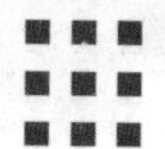

假谲第二十七

【原文】

魏武少时，尝与袁绍好为游侠[①]。观人新婚，因[②]潜入主人园中，夜叫呼云："有偷儿贼！"青庐[③]中人皆出观，魏武乃入，抽刃劫新妇，与绍还出，失道[④]，坠枳棘[⑤]中，绍不能得动[⑥]。复大叫云："偷儿在此！"绍遑迫自掷[⑦]出，遂以俱免。

魏武行役[⑧]，失汲道[⑨]，军皆渴，乃令曰："前有大梅林，饶子，甘酸，可以解渴。"士卒闻之，口皆出水。乘此得及前源。

魏武常言："人欲危己，己辄心动。"因语所亲小人曰："汝怀刃密来我侧，我必说心动，执汝使行刑，汝但勿言其使，无他，当厚相报。"执者[⑩]信焉，不以为惧，遂斩之。此人至死不知也。左右以为实，谋逆者挫气[⑪]矣。

魏武常云："我眠中不可妄[⑫]近，近便斫人，亦不自觉，左右宜深慎此！"后阳[⑬]眠，所幸一人窃以被覆之，因便斫杀。自尔每眠，左右莫敢近者。

袁绍年少时，曾遣人夜以剑掷魏武，少下[⑭]，不著。魏武揆[⑮]之，其后来必高。因帖卧床上，剑至果高。

【注释】

①游侠：此指任侠，行为放荡，靠武力我行我素。②因：趁机。③青庐：古代婚俗，用青布幔搭成屋，成为举行婚礼时行交拜礼的地方。④失道：迷失道路。⑤枳棘：积木与棘木。⑥动：此指脱身。⑦遑迫：惊慌急迫。掷：跳。⑧行役：行军。⑨汲道：通向水源的道路。汲，取水。⑩执者：指被逮捕的人。⑪挫气：损伤了锐气。⑫妄：随便。⑬阳：同“佯”，假装。⑭少下：稍微低了点。⑮揆：揣测。

【译文】

曹操年少时，曾经喜欢和袁绍一块做游侠。看到人家新婚，就趁机偷偷进入主人家园子里，到了夜晚就大声叫喊道：“有小偷！”青庐中的人都跑出来看，曹操就乘机进去，拔出刀来挟持了新娘，与袁绍一块儿跑出来，半道上迷了路，掉到了荆棘丛中，袁绍动弹不了。曹操又大声叫道：“小偷在这儿！”袁绍惊慌失措地跳了出来，于是两人这才一块儿逃走。

魏武帝曹操行军路上，找不到通向水源的道路，士兵们都渴得很，于是他传令说：“前方有一片青梅树林，结了很多果子，又甜又酸，能够解渴。”士兵听说后，嘴里都流出口水。依靠这一招才赶到前方的水源。

魏武帝曾经说过：“要是有人要加害我，我就会心跳。”授意他身边的侍从说：“你揣着刀暗中走到我身边，我必定会说我心跳得厉害，之后就把你抓起来送去受刑，你只需不说是我指使你的，就不会有什么事，我还会重重回报你。”被逮捕的人信任了他的话，也没觉得害怕，结果就被杀了。此人到死也不明缘由。左右的人也认为这是真的，谋反者损伤了锐气。

魏武帝曹操曾经说：“我睡觉的时候别人不能随意靠近我，靠近了，我就会杀人，自己也不知道。手下的人对此应该特别小心！”此后他假装睡觉，一个他宠爱的下人悄悄给他盖被子，他就趁此杀死了他。从此每当他睡觉时，手下的人没有谁敢靠近。

袁绍年少的时候，曾经派人在夜里投剑杀死曹操，剑掷过去，稍微低了一些，没有刺中。曹操猜想随后投来的剑必定会高些。就紧贴床躺着，第二支剑掷过来真的高了。

【原文】

王大将军既为逆[①]，顿军姑孰。晋明帝以英武之才，犹相猜惮[②]，乃著戎服，骑巴賨马[③]，赍[④]一金马鞭，阴察军形势。未至十余里，有一客姥[⑤]居店卖食，帝过愒[⑥]之，谓姥曰：“王敦举兵图逆，猜害忠良，朝廷骇惧，社稷是忧。故劬劳[⑦]晨夕，用相觇察[⑧]，恐形迹危露，或致狼狈，追迫之日，姥其匿之。”便与客姥马鞭而去，行敦营匝而出。军士觉，曰：“此非常人也！”敦卧心动，曰：“此必黄须鲜卑奴[⑨]来！”命骑追之。已觉多许里[⑩]，追士因问向姥：“不见一黄须人骑马度此邪？”姥曰：“去已久矣，不可复及。”于是骑人息意[⑪]而反。

王右军年减十岁时，大将军甚爱之，恒置帐中眠。大将军尝先

出，右军犹未起，须臾钱凤[12]入，屏[13]人论事，都忘右军在帐中，便言逆节[14]之谋。右军觉，既闻所论，知无活理，乃剔吐[15]污头面被褥，诈孰眠。敦论事造半，方忆右军未起，相与大惊曰："不得不除之！"及开帐，乃见吐唾从横[16]，信其实孰眠，于是得全。于时称其有智。

陶公自上流来赴苏峻之难，令诛庾公，谓必戮庾，可以谢峻。庾欲奔窜则不可，欲会恐见执，进退无计。温公[17]劝庾诣陶，曰："卿但遥拜，必无他。我为卿保之。"庾从温言诣陶。至便拜。陶自起止之，曰："庾元规何缘拜陶士衡？"毕，又降就下坐，陶又自要起同坐。坐定，庾乃引咎责躬[18]，深相逊谢。陶不觉释然。

【注释】

①为逆：发动叛乱。②猜惮：怀疑畏惧。③巴賨马：巴地人进贡之马。④赍：携带。⑤客姥：客居的老妇。⑥愒：休息。⑦劬劳：劳累。⑧觇察：暗中察看。⑨黄须鲜卑奴：指晋明帝。⑩觉：差，相差。多许里：指相距里程很多。⑪息意：打消念头。⑫钱凤：字世仪。⑬屏：屏退，使避开。⑭逆节：指叛逆作乱。⑮剔吐：呕吐。剔，作"阳"，通"佯"，假装。⑯从横：纵横。从，同"纵"。⑰温公：温峤，字太真。⑱引咎责躬：归罪于自己，责备自己。

【译文】

大将军王敦发动叛乱之后，把军队驻扎在姑孰。晋明帝司马绍即使有杰出的才干，也还是怀疑畏惧他，便穿上军装，骑着巴马，

带上一条金马鞭，去悄悄察看叛军情况。离王敦军营还差十多里，有一位外地老妇在店里卖吃食，晋明帝路过那里顺便休息，他对老妇说：“王敦起兵叛乱，猜忌陷害忠良大臣，朝廷惊恐，我在为国家忧虑。故而自早到晚不辞劳苦，来暗中察看敌情，因担忧行动败露，或者形势窘迫，我被跟踪时，想要您为我隐瞒行踪。”便把马鞭送给老妇就离开了，绕着王敦的军营转了一圈出来。王敦的士兵看到了，说：“这不是平常人啊！”王敦躺在床上，突然心跳，说：“这必定是晋明帝来了！”下令骑兵去追赶。已经相距很远了，追赶的士兵就问那位老妇人：“有没有看到一个黄胡子的人骑马打这儿经过吗？”老妇说：“已经走了很久了，再也不能追上了。”于是骑兵就此打消了追击的念头。

右军将军王羲之年少不满十岁的时候，大将军王敦十分疼爱他，常常让他在军帐中睡觉。有一回大将军先出了军帐，王羲之还没有起床，不一会儿钱凤进来，赶走闲人商量事情，完全忘掉了王羲之还在营帐里，就说起了叛乱的打算。王羲之睡醒来，已经听见谈论的内容，就知道没有活命的希望，便吐出口水弄脏头脸被褥，假装熟睡。王敦商量事情到中途，才记起王羲之还没起床，彼此非常惊恐地说：“不得不杀了他！”等到掀开帐子，却见王羲之口水乱流，信任他真的在熟睡，这样保全了性命。那时人们都称赞他有智谋。

陶侃从长江上游东下平定苏峻叛乱，命令杀死庾亮，觉得必须杀掉庾亮，才能够安抚苏峻。庾亮想逃跑已不可能，希望去见陶侃，害怕被捕，进退两难，无计可施。温峤劝庾亮去拜会陶侃，

说："你只需远远地行跪拜礼，一定不会有什么事。我向你保证。"庾亮听从温峤的话去拜访陶侃。到了那儿就跪拜。陶侃自己起身阻挡他，说："庾元规为什么要拜陶士衡？"行过礼后，庾亮又降到下位就座，陶侃又自己邀请庾亮起来与自己同坐。坐好后，庾亮就引咎自责，深表谦恭谢罪之意。陶侃在不知不觉中打消了疑虑。

【原文】

温公丧妇。从姑刘氏，家值乱离散，唯有一女，甚有姿慧。姑以属公觅婚，公密有自婚意，答云："佳婿难得，但如峤比，云何？"姑云："丧败之余[①]，乞粗[②]存活，便足慰吾余年，何敢希汝比。"却后[③]少日，公报姑云："已觅得婚处，门地粗可，婿身名宦尽不减峤。"因下玉镜台[④]一枚。姑大喜。既婚，交礼，女以手披纱扇[⑤]，抚掌大笑曰："我固疑是老奴[⑥]，果如所卜。"玉镜台，是公为刘越石长史北征刘聪所得。

诸葛令[⑦]女，庾氏妇[⑧]，既寡，誓云不复重出[⑨]。此女性甚正强[⑩]，无有登车[⑪]理。恢既许江思玄[⑫]婚，乃移家近之[⑬]。初诳[⑭]女云："宜徙[⑮]。"于是家人一时去[⑯]，独留女在后。比[⑰]其觉[⑱]，已不复得出。江郎莫来，女哭詈弥甚[⑲]，积日[⑳]渐歇。江彪瞑入宿，恒在对床上。后观其意转帖[㉑]，彪乃诈厌[㉒]，良久不悟[㉓]，声气转急[㉔]。女乃呼婢云："唤江郎觉！"江于是跃来就[㉕]之，曰："我自是天下男子，厌何预[㉖]卿事而见唤[㉗]邪？既尔[㉘]相关，不得不与人语。"女

默然而惭[29]，情义遂笃[30]。

【注释】

①丧败之余：兵荒马乱后的幸存者。②粗：大体上，马马虎虎。③却后：过后。④玉镜台：玉制镜座，用以承托圆形的铜镜。⑤纱扇：新娘用来遮脸的纱巾，疑是盖头一类。⑥老奴：对男子的戏称，犹老家伙，老东西。⑦诸葛令：即诸葛恢。⑧庾氏妇：庾家媳妇。⑨誓云：发誓说。重出：再嫁。⑩甚：很。正强：正直刚烈。⑪登车：上车，此指出嫁。⑫江思玄：即江虨（bīn），字思玄，陈留（在今河南开封）人。⑬近之：靠近江家。⑭初：开始。诳：欺骗。⑮宜：应该。徙：移居。⑯一时：一同。去：离开。⑰比：等到。⑱觉：发现。⑲詈：骂，责备。弥甚：更加厉害。⑳积日：累日，过了几天。㉑转帖：渐渐平息、温顺。㉒诈：假装。厌：同“魇”，噩梦。㉓不悟：不醒。㉔声气转急：呼吸越来越急促。㉕就：靠近。㉖预：关涉，相干。㉗见唤：唤我。㉘既尔：既然。㉙默然：沉默不语。惭：羞愧。㉚笃：深厚。

【译文】

温峤的妻子死了。他的堂姑母刘氏，遇到战乱和家人走散了，只有一个女儿，貌美且聪慧。堂姑叮嘱温峤给女儿寻门亲事，温峤自己已有自己娶她的意思，就答复道：“好女婿实在难找，要是像我这样的怎么样？”堂姑母说：“兵荒马乱后的幸存者，只求能勉勉强强地活下去，就能够告慰我的后半生了，怎敢跟你比呢。”几日后，温峤对姑母说：“已经寻到一户人家，门第还行，女婿名

声、地位全都和我差不多。”于是送上一枚玉镜台做聘礼。姑母很高兴。新婚的时候，行了礼以后，新娘用手拨开盖头，拍手大笑说：“我本来就疑心是你这个老家伙，真的不出所料。”玉镜台，是温峤出任刘越石的长史北伐刘聪时获得的。

尚书令诸葛恢的女儿，是庾会的妻子，守寡之后，发誓说不再重新嫁人。这个女儿性情非常正直倔强，没有再嫁的可能。诸葛恢同意江思玄求婚以后，便把家搬到靠近江思玄的地方。起初他骗女儿说：“应该迁到这里。”后来全家人一起都走了，单单把女儿留了下来。等她省悟后，已经无法离开了。江思玄晚上到来，她哭骂得更加厉害，好多天以后才逐渐安静下来。江思玄晚上过来就寝，总是在对面床上睡。此后看她的心情渐渐平息，江思玄就假装做噩梦，很久也没醒来，呼吸越来越急促。她叫侍女说：“叫醒江郎！”江思玄便跳起来到她床上去，说：“我原是世上普通男子，做噩梦和你有什么关系，为什么叫醒我呢？既然如此关心我，就必须和我讲话。”她默不作声，十分羞愧，从此之后两人的感情才好起来。

黜免第二十八

【原文】

诸葛厷在西朝，少有清誉，为王夷甫所重，时论亦以拟王。后为继母族党所谗，诬之为狂逆。将远徙，友人王夷甫之徒诣槛车[①]与别，厷问："朝廷何以徙我？"王曰："言卿狂逆。"厷曰："逆则应杀，狂何所徙！"

桓公入蜀，至三峡中，部伍中有得猿子者，其母缘岸哀号，行百余里不去，遂跳上船，至便即绝。破视其腹中，肠皆寸寸断。公闻之怒，命黜其人。

殷中军被废[②]，在信安，终日恒书空作字。扬州吏民寻义逐之，窃视，唯作"咄咄怪事"四字而已。

桓公坐有参军椅烝薤不时解[③]，共食者又不助，而椅终不放。举坐皆笑。桓公曰："同盘[④]尚不相助，况复危难乎？"敕令免官。

殷中军废后，恨简文曰："上人著百尺楼上，儋[⑤]梯将去。"

邓竟陵[⑥]免官后赴山陵，过见[⑦]大司马桓公，公问之曰："卿何以更瘦？"邓曰："有愧于叔达，不能不恨于破甑[⑧]。"

桓宣武既废太宰父子[⑨]，仍上表曰："应割近情，以存远计。若除太宰父子，可无后忧。"简文手答表曰："所不忍言，况过于

言？”宣武又重表，辞转苦切[10]。简文更答曰：“若晋室灵长，明公便宜奉行此诏；如大运去矣，请避贤路！”桓公读诏，手战流汗，于此乃止。太宰父子远徙新安。

【注释】

①槛车：囚车。②殷中军被废：晋穆帝永和九年（公元353年），殷浩以中军将军受命北伐，结果大败而回，被桓温奏请废为庶人，于是迁居扬州东阳郡信安县。③烝薤（xiè）：同“蒸薤”，把米和薤调上油蒸熟的一种食物。不时解：不得解。④同盘；同桌吃饭。⑤儋：同“担”，扛着。⑥邓竟陵：即邓遐，字应玄，陈郡（今河南淮阳）人。⑦过见：拜访，看望。⑧恨：遗憾。⑨太宰父子：指司马晞与其子司马综。⑩转：更加。苦切：急切。

【译文】

诸葛厷在西晋时，自小便有清高的声名，受到王夷甫（王衍）的器重，当时的舆论也把诸葛厷比作王夷甫。之后诸葛厷被他继母的族党诽谤，诬陷他为狂妄叛逆。将被流放到很远的地方，朋友王夷甫等人去到囚车前和诸葛厷告别，诸葛厷问道：“朝廷为什么发配流放我？”王夷甫说：“说你狂放叛逆。”诸葛厷便说：“叛逆就应该杀掉，狂放有什么要流放的呢！”

桓温发兵攻蜀，到达三峡中，部队中有人抓捕到一只小猿，那只母猿沿岸哀哭号叫，陪着走了一百多里路也不愿离去，最后母猿跳到船上，刚落甲板就气绝死去。有人剖开母猿的肚子，看到肠子全部断成一寸一寸的。桓公知道此事后大怒，下令把那个捉猿的人

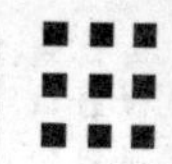

从军营开除。

中军将军殷浩被贬为庶人，住在信安县，他一天到晚老是对着空中写字。扬州的官吏和百姓为了寻求其义而跟随他，暗中观察，发觉他只是写“咄咄怪事”四个字而已。

桓温举行宴会，席间有一个参军用筷子夹蒸薤，黏在一起夹不开，一起进餐的人都不帮助他，参军就夹住蒸薤不放。在场的人都笑了。桓公说：“同桌吃饭都不肯相互帮助，何况是有危险的时候呢？”于是下令免去在座人的职务。

中军将军殷浩罢职以后，对简文帝非常不满说道：“把人送到百尺高楼上，却扛着梯子走人了。”

竟陵太守邓遐被免官后去祭祀皇陵，并且去拜访大司马桓温，桓温问他说：“你为何又瘦了？”邓遐回答：“我对于叔达有愧，不能不抱怨打破饭甑。”

宣武将军桓温废黜了太宰司马晞父子之后，仍然上表说：“皇上应该割舍近情，以便成全保存国家的长远之计。要是能杀掉太宰父子，就能够没有后顾之忧了。”简文帝亲自书写答表说：“不忍心说出废黜太宰父子的话，更何况做的超越说的呢？”桓温再次上表，言辞更加迫切。简文帝重新批示说：“要是晋室的国运久长，请您奉行诏令；要是晋室国运已失，请让出进贤之路吧！”桓温读着诏书，手发抖、直流汗，这才不再上奏。太宰父子被流放到新安郡。

俭啬第二十九

【原文】

和峤性至俭[1]，家有好[2]李，王武子求之，与不过数十。王武子因其上直[3]，率将少年能食之者，持斧诣园，饱共啖毕，伐之，送一车枝与和公，问曰："何如君李？"和既得，唯笑而已。

王戎俭吝，其从子[4]婚，与一单衣，后更责[5]之。

司徒王戎既贵且富，区宅、僮牧、膏田、水碓[6]之属，洛下无比。契疏鞅掌[7]，每与夫人烛下散筹[8]算计。

王戎有好李，卖之，恐人得其种，恒钻其核。

王戎女适裴頠[9]，贷钱数万。女归，戎色不说。女遽还钱，乃释然。

卫江州[10]在寻阳，有知旧人投之，都不料理[11]，唯饷王不留行[12]一斤，此人得饷便命驾。李弘范[13]闻之，曰："家舅刻薄，乃复驱使草木。"

王丞相俭节，帐下甘果，盈溢不散。涉春烂败，都督白之，公令舍去，曰："慎不可令大郎[14]知。"

【注释】

①至俭：极其吝啬。②好：善，优良，良好。③上直：指官员上朝值班。直，当值，值勤。④从子：侄子。⑤责：索取，要回。⑥水碓（duì）：利用水力舂米的设备。⑦契疏：契约、账簿。鞅掌：繁多的样子。⑧筹：筹码。⑨裴颜：字逸民，官至尚书左仆射。⑩卫江州：卫展，字道舒。⑪料理：照顾，帮助。⑫王不留行：药草名，一名剪金花。送此物，是暗示不留。⑬李弘范：即李充。⑭大郎：父称长子为大郎，这里指王导之子王悦。

【译文】

和峤的生性非常吝啬，家中有良种李树，王济向他要一点李子，只给了不过几十个。王济就趁着他上朝值班的时机，带领能吃李子的少年，拿着斧头到果园去，饱吃之后，把树砍了，把一车子李树枝送去给和峤，询问道："比你家李树如何？"和峤看到这些树枝后，唯有苦笑而已。

王戎十分吝啬，他的侄儿结婚，仅仅送了一件单衣，过后把它给要回去了。

司徒王戎既显贵又富裕，房屋、仆役、良田、水碓这些，在洛阳城里无人能比。他家契约账簿很多，他经常和妻子一道在烛光下摆开筹码来计算。

王戎家有良种李子，卖李子时，怕别人获得种子，经常先把李核钻破再卖。

王戎的女儿嫁给了裴頠，曾向王戎借了几万钱。女儿回去娘家，王戎的脸色很不开心。女儿赶快把钱还给了他，王戎这才开心起来。

江州刺史卫展在寻阳时，有老朋友投奔他，他一概不帮助，只是送了王不留行一斤，这人得到了物就起身走了。李充听到这件事，说："我舅父太刻薄了，竟然役使草木来逐客。"

丞相王导本性节俭，幕府中的美味水果堆得满满的，也不分给大家。到了春天就腐烂了，卫队长禀报王导，王导叫他扔掉，嘱咐说："千万不要让王悦知道！"

汰侈第三十

【原文】

石崇[1]每要客燕集，常令美人行酒；客饮酒不尽者，使黄门[2]交斩美人。王丞相与大将军尝共诣崇，丞相素不能饮，辄自勉强，至于沉醉。每至大将军，固不饮以观其变。已斩三人，颜色如故，尚不肯饮。丞相让之，大将军曰："自杀伊家人，何预卿事！"

石崇厕常有十余婢侍列，皆丽服藻饰，置甲煎粉、沉香汁之属，无不毕备。又与新衣著令出[3]，客多羞不能如厕。王大将军往，脱故衣，著新衣，神色傲然。群婢相谓曰："此客必能作贼[4]！"

武帝尝降[5]王武子家，武子供馔，并用琉璃器。婢子百余人，皆绫罗绔褶[6]，以手擎[7]饮食。烝豚肥美，异于常味。帝怪而问之，答曰："以人乳饮豚。"帝甚不平，食未毕，便去。王、石[8]所未知作。

王君夫[9]以粭糒澳釜[10]，石季伦[11]用蜡烛作炊。君夫作紫丝布步障[12]碧绫里四十里，石崇作锦步障五十里以敌之。石以椒为泥[13]。王以赤石脂[14]泥壁。

【注释】

①石崇：字季伦，晋代人。②黄门：阉人，侍候的奴仆。③与新衣著令出：换新衣后才能出去。④作贼：做出不法的事情。⑤降：临幸，指皇帝到某处去。⑥绔椤：女人上衣。⑦擎：托着。⑧王、石：指王恺、石崇。⑨王君夫：王恺，字君夫，晋东海郯（今山东郯城北）人，⑩粭（yí）：同“饴”，饴糖，麦芽糖。糒（bèi）：烘干的饭。澳：擦洗。釜：炊具。⑪石季伦：石崇。⑫步障：一种帷幕。⑬以椒为泥：用花椒和泥涂壁，室内芳香。⑭赤石脂：风化石的一种，色红，以色理细腻者为胜，可以涂饰墙壁。

【译文】

石崇每次回请客人参加宴会，经常让美人劝酒；如果哪位客人喝得不尽力，就让家奴将劝酒的美人轮番杀掉。丞相王导和大将军王敦曾经一同到石崇家做客，王导一向不能饮酒，为了不使美人被害，老是勉强自己喝干，直到大醉。每次轮到大将军王敦喝，就坚持不喝，用来观察石崇变什么新招。为此石崇已经接着杀了三人，王敦神态仍和平常一样，还是不肯喝。王导谴责他，王敦说：“石崇杀他家中人，干你什么事！”

石崇家的厕所里常常有十多个婢女列队伺候客人，都穿着华丽的衣饰，厕所里摆放了甲煎粉、沉香汁之类的东西，十分齐备。还给客人穿上新衣服才让出去，客人们大都害羞不去上厕所。王敦去厕所，换下旧衣服，换上新衣服，一副神色傲慢的样子。婢女们互

相议论说："这个客人必定会做出不法的事情。"

晋武帝曾经到王武子家里去，武子摆宴侍奉，用的全是琉璃器皿。婢女一百多人，穿的全是绫罗绸缎，用手托着饮食。有一道蒸乳猪，味道肥嫩又鲜美，和普通的味道不一样。武帝觉得奇怪，就问他怎么回事，王武子答复说："这是用人乳喂养的小猪。"武帝心中十分不高兴，还没有吃完，就离开了。王恺、石崇再豪富，也不晓得这样的做法。

王恺用饴糖、干饭擦洗锅，石崇就用蜡烛烧饭。王恺做了一条长达四十里的紫丝布、碧绫里子的步障，石崇就做一条长达五十里的锦步障来匹敌。石崇又用花椒和泥涂墙。王恺就用赤石脂来涂壁。

【原文】

石崇为客作豆粥，咄嗟[①]便办；恒冬天得韭蓱齑[②]。又牛形状气力不胜王恺牛，而与恺出游，极晚发，争入洛城，崇牛数十步后迅若飞禽，恺牛绝[③]走不能及。每以此三事为搤腕，乃密货[④]崇帐下都督及御车人，问所以。都督曰："豆至难煮，唯豫作熟末[⑤]，客至，作白粥以投之。韭蓱齑是捣韭根，杂以麦苗尔。"复问驭人牛所以驶[⑥]。驭人云："牛本不迟，由将车人不及制之尔。急时听偏辕[⑦]，则驶矣。"恺悉从之，遂争长[⑧]。石崇后闻，皆杀告者。

王君夫有牛名八百里駮[⑨]，常莹[⑩]其蹄角。王武子语君夫："我射不如卿，今指赌卿牛，以千万对之。"君夫既恃手快[⑪]，且谓骏物[⑫]无有杀理，便相然可[⑬]，令武子先射。武子一起便破的，却据胡

床，叱[14]左右："速探牛心来！"须臾，炙至，一脔便去。

王君夫尝责一人无服余衵[15]，因直内著曲阁[16]重闺里，不听人将出[17]。遂饥经日[18]，迷不知何处去。后因缘相为[19]，垂死[20]，乃得出。

【注释】

①咄嗟：呼唤和答应声。②韭蓱齑：用韭菜、艾蒿等捣碎制成的腌菜。③绝：尽力。④货：贿赂。⑤末：末子，细碎的东西。⑥驶：跑得快。⑦偏辕：指让车的重心偏向一根辕木。⑧争长：争胜。⑨八百里駮：牛名。⑩莹：这里指把牛的蹄和角磨得晶莹光洁。⑪手快：这里指箭术高超。⑫骏物：指好牛。⑬然可：允许。⑭叱：喝令。⑮无服：没有穿。余衵：内衣。⑯因：于是。直：直接。内著：放在。阁：同"阁"。曲阁重闺：弯弯绕绕、重重叠叠的房子、宅院。⑰听：允许。将出：带出。⑱经日：过了几天。⑲因缘：凭借，依靠。相为：相救。⑳垂死：将死，快死了。

【译文】

石崇为客人做豆粥，马上就可以做成；经常在冬天也能得到韭菜和艾蒿制成的腌菜。他家的牛不管形状和力气看上去都不如王恺家的牛，不过与王恺出游，很晚才出发，抢着进洛阳城，石崇的牛跑了几十步后就快得好像飞鸟，王恺的牛极力奔跑也追不上。王恺常为这三件事而觉得不平，于是他暗中贿赂石崇手下的管家与驾车人，询问其中的原因。管家说："豆子很难煮烂，不过预先烧成熟

烂的碎末，客人来到，烧好白粥放进去。韭菜和艾蒿的腌菜是将韭菜根捣碎，把麦苗掺进去罢了。”再去询问驾车人牛跑得快的原因。驾车人说：“牛原本跑得不慢，不过由于驾车人不知道如何控制它罢了。在紧急的时节，任凭车子偏向一边，车子就行驶得快了。”王恺全部照着做，于是争得胜利。石崇晓得后，把泄密者全都杀了。

王君夫有一头牛叫作八百里駮，常常把牛的蹄和角磨得晶莹光洁。王武子对君夫说：“我射箭不如你，今日指名用你的牛来和你赌射箭，我用一千万钱来抵你的牛。”君夫既仰仗着自己箭术高明，又觉得千里牛没有杀掉的可能性，就同意了他，而且让王武子先射。王武子一箭就射中了箭靶，退下来就坐到交椅上，吆喝下人赶快把牛心取来，一会儿，烤好的牛心送过来，王武子吃了一块就离开了。

王君夫曾经处分一个人不准他穿衣服，又把他关在深宫内院里，不准人带他出去。于是这个人饿了好几天，迷迷糊糊地不晓得往哪走。后来一个朋友帮助了他，快死了，才出去。

忿狷第三十一

【原文】

魏武有一妓，声最清高①，而情性酷恶。欲杀则爱②才，欲置③则不堪。于是选百人，一时俱教。少时④，还有一人声及之，便杀恶性者。

王蓝田性急。尝食鸡子，以箸⑤刺之，不得，便大怒，举以掷地。鸡子于地圆转未止，仍下地以屐齿蹍⑥之，又不得，瞋甚，复于地取内口中，啮破即吐之。王右军闻而大笑曰："使安期有此性，犹当无一豪⑦可论，况蓝田邪？"

王司州尝乘雪往王螭⑧许。司州言气⑨少有牾逆⑩于螭，便作色不夷⑪。司州觉恶，便舆床就之⑫，持其臂曰："汝讵复足与老兄计！"螭拨其手曰："冷如鬼手馨⑬，强来捉人臂！"

桓宣武与袁彦道樗蒱，袁彦道齿不合⑭，遂厉色掷去五木。温太真云："见袁生迁怒，知颜子为贵。"

【注释】

①清高：清亮激越。②爱：怜惜。③置：赦免，此指留下。④少时：不久。⑤箸：筷子。⑥蹍：踩，踏。⑦豪：同"毫"，

比喻极其细微的地方。⑧王螭：王恬，小名螭虎，是王胡之的堂弟。⑨言气：言语口气。⑩牾（wǔ）逆：违逆；冒犯。⑪不夷：不高兴，不愉快。⑫舆床就之：把坐榻移到他身边去。⑬馨：义同“样”“般”。⑭齿不合：此处指的可能是所掷彩数不符合。

【译文】

魏武帝曹操有一名歌妓，声音十分清亮激越，不过性情也非常恶劣。曹操想杀了她却又可惜她的才能，想留下她却又难以容忍。于是就挑选了一百名歌妓，一起培养。不久，真的有一名歌妓的歌喉赶上了她，曹操便把那位性情恶劣的歌妓杀了。

王述性格急躁。有一回吃鸡蛋，他用筷子去戳，没有戳到，就大为恼火，把鸡蛋拿起来扔到地上。鸡蛋在地上转个不停，他就跳下地用木屐的齿来踩踏，又没有踩踏到，他愤怒至极，便把蛋从地上捡起来放进口中，把鸡蛋咬烂后立刻吐了出来。王羲之听闻此事后大笑道：“假使王承有此种脾气，尚且丝毫不值得一提，何况其子王述呢？”

司州刺史王胡之一度冒雪到王螭府上去。王胡之说话时言语口气稍微冒犯了王螭，王螭就变了脸色，很不愉快。王胡之感到不妙，便把坐榻挪到王螭身边，拉着他的手臂说：“你哪儿值得和老兄计较！”王螭甩开他的手说：“冷得像鬼手一般，还非得来拉人家的手臂！”

桓温和袁彦道赌博，袁彦道掷五木的采数不合心思，于是脸色难看地把五木扔下了。温太真说：“看到袁生迁怒于五木，更知道颜子是可贵的。”

谗险第三十二

【原文】

王平子形甚散朗，内实劲侠[1]。

袁悦[2]有口才，能短长说[3]，亦有精理。始作谢玄参军，颇被礼遇。后丁艰[4]，服除还都，唯赍[5]《战国策》而已。语人曰："少年时读《论语》《老子》，又看《庄》《易》，此皆是病痛[6]事，当何所益邪？天下要物，正有《战国策》。"既下，说司马孝文王，大见亲待，几乱机轴[7]，俄而见诛。

孝武甚亲敬王国宝、王雅[8]。雅荐王珣于帝，帝欲见之。尝夜与国宝及雅相对，帝微有酒色，令唤珣，垂至，已闻卒传声。国宝自知才出珣下，恐倾夺要宠[9]，因曰："王珣当今名流，陛下不宜有酒色见之，自可别诏召也。"帝然其言，心以为忠，遂不见珣。

王绪数谗殷荆州于王国宝，殷甚患之，求术于王东亭。曰："卿但数诣王绪，往辄屏人，因论它事。如此，则二王之好离矣。"殷从之。国宝见王绪，问曰："比[10]与仲堪屏人何所道？"绪云："故是常往来，无它所论。"国宝谓绪于己有隐，果情好日疏，谗言以息。

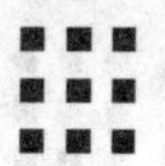

【注释】

①劲侠：指刚烈、心胸狭隘。②袁悦：字元礼。③短长说：指战国时代纵横家的纵横捭阖之说。④丁艰：旧时遭父母之丧叫丁艰。⑤赍：携带。⑥病痛：小病，比喻小事。⑦机轴：指枢要之位，这里指朝廷。⑧王国宝：字也叫国宝。王雅：字茂建。⑨倾夺：争夺。要宠：显要职务和宠幸。一本作"其宠"。⑩比：近来。

【译文】

王平子外表十分潇洒爽朗，但内心却实在是刚烈、狭隘。

袁悦有口才，善于游说之术，道理也很精辟。开始担任谢玄手下的参军，很受优待。此后遇到父母的丧事回家守孝，除服后回到京城时，只带了一部《战国策》。对人说："年轻的时候读《论语》《老子》，又读《庄子》《易经》，全是些小事，有什么好处呢？天下重要的东西，唯有《战国策》。"接着，他又劝说孝文王司马道子，非常受到亲近礼待，差一点弄乱了国家大政，不久便被杀害了。

孝武帝司马曜十分信任王国宝和王雅。王雅向孝武帝推荐王珣，孝武帝想见见他。一天夜晚孝武帝和王国宝、王雅在一块儿，孝武帝略有醉意，他下令传王珣晋见，王珣将要到了，已经听见士兵传唤的声音。王国宝自知才能在王珣之下，担心他会夺了自己的宠幸，就对孝武帝说："王珣是当世的名流，陛下不该在酒后召见他，能够改日再下令召见他。"孝武帝感觉他说的很对，觉得他忠心耿耿，就没有召见王珣。

王绪多次在王国宝面前说荆州刺史殷仲堪的坏话，殷仲堪因而很烦恼，他向东亭侯王珣求对策。王珣说："你只需频繁地去访问王绪，到了以后就叫身边的人退走，然后说些不相干的事。如此，就会离间他和王国宝的关系。"殷仲堪按王东亭说的去做了。此后王国宝见到王绪，询问道："近来你和殷仲堪在一块儿时总要赶走侍从你们都说些什么呢？"王绪说："我们不过一般的来往，没有谈其他的事情。"王国宝感觉王绪对自己有所隐瞒，两人关系开始一天比一天疏远，谗言也因而平息了。

尤悔第三十三

【原文】

魏文帝[1]忌弟任城王[2]骁壮，因在卞太后阁共围棋，并啖枣，文帝以毒置诸枣蒂[3]中，自选可食者而进[4]。王弗悟[5]，遂杂进之。既中毒，太后索水救之。帝预敕左右毁瓶罐，太后徒跣趋井，无以汲。须臾，遂卒。复欲害东阿，太后曰："汝已杀我任城，不得复杀我东阿！"

王浑后妻，琅邪颜氏女。王时为徐州刺史，交礼拜讫，王将答拜，观者咸曰："王侯州将，新妇州民[6]，恐无由答拜。"王乃止。武子以其父不答拜，不成礼，恐非夫妇，不为之拜[7]，谓为"颜妾"。颜氏耻之。以其门贵，终不敢离。

陆平原河桥败，为卢志所谗，被诛。临刑叹曰："欲闻华亭[8]鹤唳[9]，可复得乎？"

刘琨善能招延[10]，而拙于抚御[11]。一日虽有数千人归投，其逃散而去亦复如此。所以卒无所建。

王平子始下，丞相语大将军："不可复使羌人[12]东行。"平子面似羌。

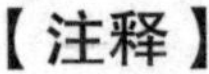

【注释】

①魏文帝：即曹丕。②任城王：曹彰，字子文。③蒂：瓜、果等跟茎、枝相连的部分；把儿。④进：吃。⑤弗悟：不知道。⑥州民：颜氏是琅邪国人，琅邪国属徐州管辖，所以算是州民。⑦不为之拜：谓王济不拜后母。⑧华亭：地名，属吴郡吴县。⑨唳：鸣叫。⑩招延：招引，招致。⑪抚御：安抚驾驭。⑫羌人：这里指王平子。

【译文】

曹丕害怕三弟任城王曹彰的壮悍骁勇，趁着在卞太后住所下围棋时，取枣子与他一块儿吃，文帝先就将毒药放进枣蒂中，自己拣无毒的吃。任城王不知道，就胡乱地拿着吃。中毒后，卞太后要找水来救治他。可是文帝先就让手下的人打碎了全部装水的瓶罐，卞太后匆忙间光着脚赶到井边，却没有打水的器皿。一会儿，任城王就死了。魏文帝又要害死东阿王，卞太后说："你已经把我的任城王害死了，不能再杀我的东阿王了！"

王浑的后妻，是琅邪颜家的女儿。王浑那时出任徐州刺史，颜氏行完交拜礼后，王浑刚要答拜，观看婚礼的人都觉得："王侯是州将，新娘是本州平民，可能答拜没有道理。"王浑就没有答拜。王武子觉得自己的父亲没有答拜，就没有完成婚礼，或许不算夫妻，谓王济就不对继母行拜礼，只称她为"颜妾"。颜氏觉得这是耻辱。但由于王家门第高贵，始终不敢离婚。

平原内史陆机河桥兵败后，遭受卢志的陷害，被杀。临刑前陆机叹息道："想听听家乡华亭的鹤鸣，还有可能吗？"

刘琨擅长招揽人才，却不善于安抚和驾驭。一天之内即使有几

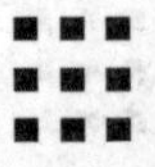

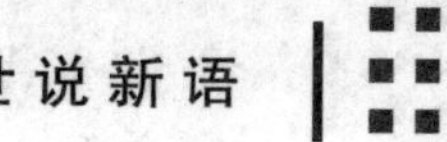

千人来投奔，不过逃跑的也有这个数目。故而他最终也没有什么建树。

王平子刚从荆州下建康，丞相王导对大将军王敦说：“不可以再让那个羌人到东边来。”由于王平子的脸长得像羌人。

【原文】

王大将军起事[1]，丞相兄弟诣阙谢[2]。周侯深忧诸王，始入，甚有忧色[3]。丞相呼周侯曰：“百口委卿[4]！”周直过不应。既入，苦相存救[5]。既释，周大说，饮酒。及出，诸王故[6]在门。周曰：“今年杀诸贼奴[7]，当取金印如斗大，系肘后。”大将军至石头，问丞相曰：“周侯可为三公不？”丞相不答。又问：“可为尚书令不？”又不应。因[8]云：“如此，唯当杀之耳。”复默然。逮[9]周侯被害，丞相后知周侯救己，叹曰：“我不杀周侯，周侯由我而死，幽冥[10]中负此人。”

王导、温峤俱见明帝，帝问温前世所以得天下之由。温未答。顷，王曰：“温峤年少未谙，臣为陛下陈之。”王乃具叙宣王创业之始，诛夷名族，宠树同己，及文王之末高贵乡公事[11]。明帝闻之，覆面著床曰：“若如公言，祚安得[12]长！”

【注释】

①起事：起兵谋反。②阙：指朝廷。谢：谢罪。③忧色：忧虑的神情。④委：托付。卿：你。这里指周顗。⑤苦：极力，竭力。

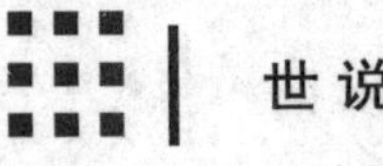

存救：保全挽救。⑥故：还，仍然。⑦今年：这次，这回。贼奴：对贼寇、坏人的骂语。⑧因：于是。⑨逮：及，等到。⑩幽冥：地府，阴间。⑪高贵乡公事：文王司马昭继之兄司马师任魏大将军后，打算取代魏朝，杀魏帝高贵乡公，立曹奂为帝，他自己晋爵为晋王，死后谥为文王。⑫安得：如何能得、怎能得。含有不可得的意思。

【译文】

王敦起兵叛乱，王导兄弟到朝廷请罪。周顗为王氏诸人忧虑，刚刚进宫时，脸上充满忧愁的神色。王导喊周顗道："我全家百口人的性命全都托付给你了！"周顗直接走过去没有应答。进去后，他全力保全援救他们。王导等被赦免后，周顗非常高兴，喝了酒。等到走出来时，王家人仍然在门口。周顗说："这次杀了那帮逆贼，我要取颗斗大的金印，挂在肘后。"王敦攻入石头城后，问王导："周侯能够担任三公吗？"王导不答话。王敦又问："能够担任尚书令吗？"王导还是没有应答。王敦于是说："既然这样，只有杀掉他了。"王导又默不作声。等到周顗被杀害后，王导才晓得周顗救过自己，感叹道："我不杀周侯，但周侯却是由于我才死的。到阴曹地府中我都对不起这个人啊。"

王导和温峤一起谒见晋明帝，明帝问温峤前人统一天下是什么原因。温峤还没有回答。不久，王导说："温峤年少，对这段事情尚不熟悉，臣为陛下说明。"王导就将晋宣王最初创业的时候，诛灭有名望的家族，宠幸并培植赞成自己的人，还有文王晚年杀高贵乡公的事述说了一次。晋明帝听后，掩面伏在坐床上说："要像您所说，皇位如何能长久！"

纰漏第三十四

【原文】

王敦初尚主，如厕，见漆箱盛干枣，本以塞鼻，王谓厕上亦下果[①]，食遂至尽。既还，婢擎金澡盘盛水，琉璃碗盛澡豆[②]，因倒著水中而饮之，谓是干饭。群婢莫不掩口而笑之。

元皇初见贺司空[③]，言及吴时事，问："孙皓烧锯截一贺头，是谁？"司空未得言，元皇自忆曰："是贺劭。"司空流涕曰："臣父遭遇无道，创巨痛深，无以仰答明诏[④]。"元皇愧惭，三日不出。

蔡司徒渡江，见彭蜞[⑤]，大喜曰："蟹有八足，加以二螯[⑥]。"令烹之。既食，吐下委顿[⑦]，方知非蟹。后向谢仁祖说此事，谢曰："卿读《尔雅》不熟，几为《劝学》死。"

任育长[⑧]年少时，甚有令名。武帝崩，选百二十挽郎[⑨]，一时之秀彦，育长亦在其中。王安丰选女婿，从挽郎搜其胜者，且择取四人，任犹在其中。童少时神明可爱，时人谓育长影亦好。自过江，便失志。王丞相请先度时贤共至石头迎之，犹作畴日相待，一见便觉有异。坐席竟，下饮[⑩]，便问人云："此为茶，为茗？"觉有异

色，乃自申明云："向问饮为热为冷耳。"尝行从棺邸下度，流涕悲哀。王丞相闻之曰："此是有情痴。"

【注释】

①下果：摆设果品供食用。②澡豆：用豌豆末和香药制成的丸剂，可以用来洗手洗脸。③元皇：晋元帝司马睿，东晋第一主。贺司空：贺循，字彦先。④仰答明诏：回答提问。⑤彭蜞：外形似蟹的甲壳类动物，但不能食用。⑥螯：螃蟹前面的一对夹钳。⑦吐下：指上吐下泻。⑧任育长：任瞻，字育长。⑨挽郎：牵引灵柩唱挽歌的年轻男子。⑩下饮：上茶，设茶。

【译文】

王敦刚娶舞阳公主为妻时，有一回上厕所，看见漆盒里装着干枣，这本来是上厕所用来塞鼻子的，王敦却认为是厕所里摆的果品，就全给吃光了。出去后，婢女手端着金澡盘盛水，琉璃碗里装着澡豆，就把它倒到水里给吃了，王敦还认为是干粮。婢女们看见后都掩着嘴而笑。

晋元帝起初召见司空贺循时，谈到吴国的事情，问道："孙皓曾烧红锯子锯断了一位姓贺的头颅，这人是谁？"贺循没有答复，元帝自己回忆说："是贺劭。"贺循流着眼泪说："我父亲碰到了无道昏君，我的创伤巨大，悲痛深重，无法奉答陛下的提问。"元帝觉得惭愧，三天没有出门。

蔡谟渡江南下，看见彭蜞，十分高兴地说："蟹有八只脚，加

上两只螯。”叫人把它煮熟。吃了之后，上吐下泻，精神萎靡不振，这才晓得吃的不是螃蟹。此后向谢尚谈起这件事，谢尚说：“你读《尔雅》没读熟，几乎被《劝学》害死。”

任育长年少时，名声很好。晋武帝去世后，选了一百二十名跟随灵柩唱挽歌的人，全是当时的优秀人才，任育长也在里面。王安丰选女婿，在这一百二十名里面挑选了四个较为卓越的人才，任育长还是在里面。少年时任育长聪慧可爱，那时人们说连任育长的影子都好看。但自从过江之后，他就神志失常了。当时丞相王导邀请已经渡江的名流一块到石头城迎接他，大家依旧像以前那样相互问候，可一见面就觉得有了变化。大家才刚坐定，送上茶来，他就询问说：“这是茶，还是茗？”觉得大家神色有异时，又自己申诉说：“我刚刚在问茶是热的还是冷的罢了。”他一度从棺材铺前经过，也流下泪来觉得悲哀。王导听到这事后说：“这是一位有情的痴子。”

惑溺第三十五

【原文】

魏甄后[①]惠而有色，先为袁熙[②]妻，甚获宠。曹公之屠邺也，令疾召甄，左右白：“五官中郎[③]已将去。”公曰：“今年破贼，正为奴[④]。”

荀奉倩[⑤]与妇至笃，冬月妇病热，乃出中庭[⑥]自取冷，还以身熨之。妇亡，奉倩后少时亦卒。以是获讥于世。奉倩曰：“妇人德不足称，当以色为主。”裴令闻之，曰：“此乃是兴到[⑦]之事，非盛德言[⑧]，冀后人未昧此语。”

贾公闾[⑨]后妻郭氏酷妒。有男儿名黎民，生载周[⑩]，充自外还，乳母抱儿在中庭，儿见充喜踊，充就乳母手中呜[⑪]之。郭遥望见，谓充爱乳母，即杀之。儿悲思啼泣，不饮它乳，遂死。郭后终无子。

【注释】

①魏甄后：魏文帝曹丕的皇后甄氏。②袁熙：袁绍次子，有勇力。③五官中郎：指曹丕。④奴：相当于“她”。⑤荀奉倩：即荀粲，字奉倩，魏太尉荀彧之子。⑥中庭：庭院；庭院之中。⑦兴

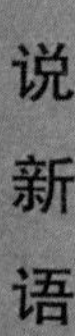

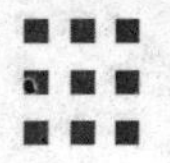

到：兴致所至。⑧盛德言：符合高尚品德的言语。⑨贾公闾：即贾充，字公闾。⑩载周：满一周岁。⑪呜：逗弄孩子，亲昵的样子。

【译文】

魏甄后聪慧貌美，本来是袁熙的妻子，很受宠爱。曹操攻破邺城后，马上下令召见甄氏，身旁的人禀告说："五官中郎将曹丕已经把她带走了。"曹操说："今年打败敌人，正是为了这小子。"

荀奉倩和妻子的情感很深，冬日妻子生病发烧，荀奉倩就到院子里把自己冻冷，然后进到屋子，用自己的身体贴着妻子给她退烧。妻子离世后，荀奉倩之后不长时间也死了。故而被世人所讥讽。荀奉倩曾经说过："妇女的德没有什么可称道的，应该以姿色为主。"中书令裴楷听完这句话，说："这不过一时兴趣所至的事，德行高尚的人不应当说这样的话，希望后人不要因这句话而糊涂。"

贾充的后妻郭氏心胸十分狭隘。有个儿子叫作黎民，刚满周岁时，贾充从外面归来，奶娘抱着他在院子里，儿子看到贾充兴奋异常，贾充就到奶娘跟前，在她手中逗弄孩子。郭氏远远看见了，认为贾充爱上奶娘，就把奶娘杀了。儿子想念奶娘，忧伤地啼哭，别人的奶不喝，最终死了。郭氏此后再也没有子嗣。

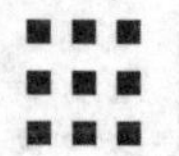

仇隙第三十六

【原文】

孙秀既恨石崇不与绿珠，又憾潘岳昔遇之不以礼。后秀为中书令，岳省内见之，因唤曰："孙令，忆畴昔周旋不？"秀曰："中心藏之，何日忘之[①]！"岳于是始知必不免。后收石崇、欧阳坚石[②]，同日收岳。石先送市，亦不相知。潘后至，石谓潘曰："安仁，卿亦复尔邪？"潘曰："可谓'白首同所归'。"潘《金谷集诗》云："投分[③]寄石友，白首同所归。"乃成其谶。

刘玙兄弟[④]少时为王恺所憎，尝召二人宿，欲默除之。令作坑，坑毕，垂[⑤]加害矣。石崇素与玙、琨善，闻就恺宿，知当有变，便夜往诣恺，问二刘所在。恺卒迫不得讳，答云："在后斋中眠。"石便径入，自牵出，同车而去。语曰："少年何以轻就人宿！"

王大将军执司马愍王[⑥]，夜遣世将[⑦]载王于车而杀之，当时不尽知也。虽愍王家亦未之皆悉，而无忌兄弟皆稚。王胡之与无忌长甚相昵。胡之尝共游，无忌入告母，请为馔。母流涕曰："王敦昔肆酷[⑧]汝父，假手世将。吾所以积年不告汝者，王氏门强，汝兄弟尚幼，不欲使此声著[⑨]，盖以避祸耳。"无忌惊号，抽刃而出。胡之去已远。

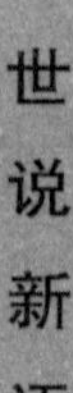

应镇南[10]作荆州，王修载、谯王子无忌同至新亭与别。坐上宾甚多，不悟二人俱到。有一客道："谯王丞致祸，非大将军意，正是平南所为耳。"无忌因夺直兵参军[11]刀，便欲斫修载。走投水，舸上人接取，得免。

【注释】

①"中心"二句：指心中存着这件事，哪一天能忘记。中心，心中。②欧阳坚石：欧阳建，字坚石。③投分：志趣相合。④刘玙兄弟：指刘玙、刘琨兄弟二人。⑤垂：将要。⑥司马愍王：司马丞，字元敬。⑦世将：王廙，字世将。⑧肆酷：肆意残害。⑨声著：声张，张扬。⑩应镇南：应詹，字思远。⑪直兵参军：值班的参军。

【译文】

孙秀既怨恨石崇不肯把绿珠送与他，又不满潘岳先前对他不以礼相待。后来出任了中书令，潘岳在官署中看见他，便叫他说："孙令，还记得过去交往时的情况吗？"孙秀说："心中牢牢记着，哪天会忘记呢！"潘岳因此才知道不能免祸了。此后逮捕了石崇和欧阳坚石，同一天也逮捕了潘岳。石崇先被押送刑场，还不晓得潘岳也将遇害。潘岳随后也押来了，石崇对他说："安仁（潘岳，字安仁），你也是如此吗？"潘岳回答："可说是'白头之后一起归去。"潘岳的《金谷集诗》中说："寄语志同道合的朋友，白头之后一起归去。"这两句话居然成了他们的谶语。

刘殇兄弟年少时被王恺憎恨，有一回王恺让兄弟二人在自己家

住宿，想悄悄除去他们。王恺让人挖坑，坑挖好后，就要加害他们。石崇向来和刘玙、刘琨兄弟感情不错，听说他们在王恺家留宿，晓得会发生变故，就连夜赶来王恺家，问刘玙兄弟在哪儿。王恺仓促之间没有隐瞒，答复说："在后面的屋里睡觉。"石崇就直接去了后屋，把他们兄弟拉出来，一块儿坐车走了。他对他们说："年轻人如何能随随便便到别人家住宿！"

大将军王敦抓了愍王司马丞，晚上派王世将在车里把愍王给杀害了，当时人们并不清楚事情的真相。就算愍王的家人也不是全都知道，司马无忌兄弟年岁还小。王胡之（王世将子）和无忌长大后感情很好。有一次王胡之和无忌在一块游玩，无忌回家告诉母亲，请她预备饭食。母亲哭着说："王敦先前肆意对你父亲进行迫害，借王世将的手把你父亲杀了。我多年来不告诉你们的缘由，就是王氏家族势力强大，你们兄弟都还小，我不想把这件事张扬出来，就是为了避免灾难啊。"无忌听了，十分震惊地痛哭起来，拔出刀就跑出去。王胡之已跑得很远了。

镇南大将军应詹担任荆州刺史时，王修载、谯王司马丞的儿子司马无忌一起到新亭给他送行。座上宾客很多，没料到这两个人一块来了。有一个客人说："谯王司马丞被害，并非大将军王敦的意思，正是平南将军王世将做的。"无忌听完立即夺过值班参军的刀，就要杀死王修载（王世将子）。王修载马上逃走，跳入水中，幸好船上的人搭救，这才能够幸免。

【原文】

王右军素轻蓝田，蓝田晚节论誉转重，右军尤不平。蓝田于会稽丁艰，停山阴治丧。右军代为郡，屡言出吊，连日不果。后诣门自通，主人既哭，不前而去，以陵辱①之。于是彼此嫌隙大构。后蓝田临②扬州，右军尚在郡。初得消息，遣一参军诣朝廷，求分会稽为越州。使人受意失旨，大为时贤所笑。蓝田密令从事数③其郡诸不法，以先有隙，令自为其宜。右军遂称疾去郡，以愤慨致终。

王东亭与孝伯语，后渐异④。孝伯谓东亭曰："卿便不可复测！"答曰："王陵廷争，陈平从默，但问克终⑤云何耳！"

王孝伯死，县其首于大桁⑥。司马太傅命驾出至标所⑦，孰视首，曰："卿何故趣⑧欲杀我邪？"

桓玄将篡，桓修⑨欲因玄在脩母许袭之。庾夫人⑩云："汝等近，过我余年，我养之，不忍见行此事。"

【注释】

①陵辱：凌辱；侮辱。②临：监临；治理。③数：一一列举。④渐异：指意见逐渐不同。⑤克终：这里指结果。⑥县：通"悬"，悬挂。大桁：即朱雀桥，横跨于秦淮河上。⑦标所：指悬挂王恭首级的地方。⑧趣：通"促"，急促。⑨桓修：字承祖，小名崖，与桓玄是堂兄弟。⑩庾夫人：桓冲妻。桓修母。

【译文】

王右军（羲之）向来看不起王蓝田（王述），蓝田晚年权势和

名声更重，右军心中更为不平。蓝田出任会稽内史时，母亲去世，在老家山阴守丧。右军代理会稽内史，多次说要去吊丧，却连续几天没有去。此后自己前往，到门前自己通报，主人哭起来之后，他却不进去吊丧就走了，以此来凌辱王述。此后双方深深地结下了怨恨。以后王述出任扬州刺史，王羲之仍然在会稽郡。刚得到王述受任的信息，就派一名参军到朝廷去，请求把会稽划出来新建越州。使者接受使命时没有领悟意旨，结果大受当代贤人的讥笑。王述悄悄派从事去检查列举王羲之的会稽郡各种不法行为，由于先前两人有嫌隙，王述就叫王羲之自己找个合适的办法去处理。王羲之便称病离职，由于愤慨而致死。

王东亭（王珣）与孝伯（王恭）谈话，越来越不投机。孝伯对东亭说道："你这人越发让人不可捉摸了！"东亭答复说："王陵一度与吕后争执不下，陈平却默默地听从而不说话，这都不足为据，只看结果怎么样啊！"

王孝伯被杀后，首级被悬在朱雀桥上示众。太傅司马道子命令驾车到悬挂王孝伯首级的地方，仔细地看了看，说道："你为何急着要杀我呢？"

桓玄将要篡夺帝位，桓修想趁桓玄在桓修母亲那儿时袭击他。桓修母亲庾夫人说："你们是近亲，等我晚年之后再说吧，我养大了他，不忍看见你做这样的事。"